D1023331

SIDI

Arturo Pérez-Reverte

SIDI

Primera edición: septiembre de 2019

Imagen de cubierta: *La despedida*. Augusto Ferrer-Dalmau
Diseño: Penguin Random House Grupo Editorial / María Pérez-Aguilera

www.megustaleerenespanol.com

ISBN: 978-1-644731-06-2

Impreso en Estados Unidos – *Printed in USA*

Penguin
Random House
Grupo Editorial

A Alberto Montaner, inevitablemente.

Sidi es un relato de ficción donde, con la libertad del novelista, combino historia, leyenda e imaginación. He simplificado en lo posible la grafía de las expresiones en lengua árabe. Episodios reales como el destierro del Cid y batallas como las de Almenar y Pinar de Tébar se alteran o funden entre sí según las necesidades de la narración. Eso ocurre también con los personajes históricos y los inventados. Hay muchos Ruy Díaz en la tradición española, y éste es el mío.

Costumbres de aquella era
caballeresca y feroz,
en que degollando moros
se glorificaba a Dios.
Mas tal es la historia nuestra:
no es culpa mía si es bárbara;
yo cumplo con advertírselo
a mi pueblo al relatársela.

José de Zorrilla, *La leyenda del Cid*

Hay hombres que son más recordados
que naciones enteras.

Elizabeth Smart

Primera parte
La cabalgada

I

Desde lo alto de la loma, haciendo visera con una mano en el borde del yelmo, el jinete cansado miró a lo lejos. El sol, vertical a esa hora, parecía hacer ondular el aire en la distancia, espesándolo hasta darle una consistencia casi física. La pequeña mancha parda de San Hernán se distinguía en medio de la llanura calcinada y pajiza, y de ella se alzaba al cielo una columna de humo. No procedía ésta de sus muros fortificados, sino de algo situado muy cerca, seguramente el granero o el establo del monasterio.

Quizá los frailes estén luchando todavía, pensó el jinete.

Tiró de la rienda para que el caballo volviese grupas y descendió por la falda de la ladera. Los frailes de San Hernán, meditaba mientras atendía en dónde ponía el animal las patas, eran gente dura, hecha a pelear. No habrían sobrevivido de otro modo junto al único pozo de buena agua de la zona, en el camino habitual de las algaras moras que cruzaban el río desde el sur en busca de botín, ganado, esclavos y mujeres.

Ganen o pierdan, concluyó el jinete, cuando lleguemos todo habrá terminado.

La hueste aguardaba desmontada para no fatigar a los caballos, al pie de la loma: ocho mulas con la impedimenta y cuarenta y dos hombres a caballo revestidos de hierro y cuero, sujetas las lanzas al estribo derecho y la silla, con el polvo de la cabalgada rebozando a hombres y animales; adherido a los rostros barbudos cubiertos de sudor hasta el punto de que sólo los ojos enrojecidos y las bocas penetraban las impávidas máscaras grises.

—Media legua —dijo el jinete.

Sin necesidad de que diera la orden, silenciosos por costumbre, todos subieron a las sillas, afirmándose en los estribos mientras acomodaban los miembros fatigados. Formaban una fila sin demasiado orden y llevaban los escudos colgados a la espalda. Arrimó espuelas el jinete, tomando la cabeza, y la hueste se puso en marcha siguiéndole la huella con rumor de cascos de caballos, crujidos de cuero en las sillas de montar y sonido de acero al rozar las armas en las cotas de malla.

El sol había descendido un poco cuando llegaron a San Hernán.

Se acercó la columna despacio, con el andar oscilante de sus monturas. Crepitaba aún el último fuego en el granero quemado, entre maderas que humeaban. Veinte pasos más allá, los muros de piedra y adobe del monasterio estaban intactos. Lo primero que habían visto los jinetes al aproximarse, sin que nadie hiciera comentarios pero sin que el detalle escapara a ninguno, era que la cruz seguía en lo alto del pequeño campanario. Cuando los moros se hacían con algo, era lo primero que tiraban abajo.

Aun así, el último tramo lo había hecho la gente desplegada en son de batalla, observando el paisaje con ojos inexpresivos y vacíos, pero atentos; escudo al brazo y lanza cruzada en el arzón, por si un enemigo oculto buscaba madrugar. Hombre prevenido, advertía el viejo dicho, medio combatido.

Que no vieras moros no significaba que ellos no te vieran a ti.

La puerta estaba en el lado norte del muro. Al aproximarse hallaron a los frailes esperándolos, sucios de tierra y tizne sus hábitos de estameña. Eran una docena y algunos aún empuñaban rodelas y espadas. Uno de ellos, joven, bermejo de pelo, sostenía una ballesta y llevaba tres saetas metidas en el cíngulo.

Se adelantó el abad. Barba luenga de hebras grises, ojos fatigados. Su cráneo calvo y tostado le ahorraba la tonsura. Miraba desabrido al jefe de los jinetes.

—A buenas horas —dijo con sequedad.

Encogió el otro los hombros bajo la cota de malla, sin responder. Contemplaba dos cuerpos cubiertos con mantas, puestos a la sombra que empezaba a ensancharse al pie del muro.

—Son de los nuestros —dijo el abad—. El hermano Pedro y el hermano Martín. Los sorprendieron en el huerto y no tuvieron tiempo de refugiarse dentro.

—¿Algún moro?

—Allí.

Caminó unos pasos precediendo al jinete, que lo siguió con la rienda floja, apretando las piernas contra los flancos del caballo para guiarlo. Junto al lado oriental del muro había tres cuerpos tirados entre las jaras secas. El jefe de la hueste los contempló desde la silla: vestían aljubas pardas, y a uno el turbante se le había desliado hasta descubrir un gran tajo parduzco que le hendía la frente. Otro estaba boca abajo, sin herida visible. Al tercero, caído de costado, le asomaba del pecho un virote de ballesta y tenía los ojos entreabiertos y vidriosos. El sol empezaba a hincharlos y ennegrecerlos a todos. La sangre estaba casi coagulada, y sobre los cuerpos hacía zumzumzumzum un enloquecido enjambre de moscas.

—Intentaron dar el asalto por esta parte —dijo el abad—. Creyeron que sería fácil porque aquí el muro es más bajo.

—¿Cuántos eran?

—Una aceifa de treinta, o tal vez fueran más. Atacaron al amanecer, con la primera luz, cuando los dos hermanos salían al huerto... Querían cogerlos vivos y meterse dentro, pero los nuestros gritaban para alertarnos. Así que los mataron y estuvieron toda la mañana dándonos guerra, intentando entrar.

—¿Cuándo se fueron?

—Hace rato —el abad miró a la hueste, que aguardaba a unos pasos conversando con los frailes—. Quizá los vieron llegar, o tal vez no. El caso es que se fueron.

Se pasó el jinete una mano por la barba. Reflexionaba observando las huellas de los fugitivos, que se alejaban hacia poniente: caballos herrados, y eran muchos. El abad lo miró desde abajo, inquisitivo, entornados los ojos por el sol.

—¿Van a perseguirlos?

—Claro.

—Pues les llevan delantera.

—No hay prisa. Estas cosas se hacen despacio. Y mi gente está cansada.

La expresión del fraile se había suavizado un poco.

—Podemos darles agua y algo de vino... No hemos horneado pan, aunque queda algo de hace tres días. También tocino y cecina.

—Bastará con eso.

Regresaron con los otros, caminando el abad junto al estribo del jinete. Éste hizo un gesto con la cabeza al que había quedado al frente de la tropa: un tipo rubiasco, ancho de hombros y cintura, que llevaba una deshilachada gonela gris sobre la cota, y que a su vez dio la orden de desmontar. Los jinetes bajaron de sus cabalgaduras para estirar los miembros doloridos, sacudiéndose el polvo y quitándose los yelmos, casi todos forrados de tela y, aun así, ardientes por el sol.

—¿De dónde vienen? —quiso saber el abad.

El jefe de la hueste también había puesto pie a tierra. Pasó las riendas delante de la cabeza del caballo y le palmeó el cuello con suavidad. Después se quitó el yelmo. Aunque la capucha de la cota de malla le colgaba detrás, entre los hombros, bajo la cofia de paño burdo su cabello rapado estaba húmedo de sudor.

—Nos pagaron para que persiguiéramos a la partida mora. Y en eso estamos.

—¿Sólo son vuestras mercedes?

—Tengo más gente y bagajes en Agorbe. Pero de los moros nos encargamos nosotros.

El abad señaló hacia poniente.

—Hay varios lugares nuevos en esa dirección. Temo por los colonos.

El jefe de la hueste miró hacia donde indicaba el fraile. Luego se quitó la cofia, se enjugó la frente con ella y volvió a encogerse de hombros.

—Pues rece vuestra paternidad por ellos, señor abad. Que no les irá mal.

—¿Y vuestras mercedes?

—Cada cosa a su tiempo.

Lo miraba el otro con atención, el aire valorativo.

—Todavía no me habéis dicho el nombre, señor caballero.

—Ruy Díaz.

Parpadeó el fraile, sorprendido. O más bien impresionado.

—¿De Vivar?

—De Vivar.

Al caer la noche acamparon más a poniente, al abrigo de unas cortaduras que permitían encender fuegos sin ser vistos de lejos.

Los hombres desensillaron los caballos, aflojaron los arreos y se tumbaron sobre sus ruanas a comer y beber algo de vino aguado. Lo hicieron casi todos en silencio, pues estaban demasiado cansados para conversar. Dejaron las patas de los animales trabadas y las armas a mano. Dos jinetes con cuernos de guerra colgados del cuello hacían guardia circular en torno al pequeño campamento. A ratos se oía el sonido de los cascos de sus caballos mientras las sombras montadas pasaban despacio en la noche, bajo las estrellas.

Se acercó el segundo de la hueste: Minaya, lo llamaban, y Alvar Fáñez tenía por nombre. Su silueta maciza, acuclillada junto a Ruy Díaz, se recortaba en el resplandor de la hoguera más próxima. La cruz de una daga le relucía al cinto. Olía a sudor, metal y cuero, como todos. Tenía las facciones picadas de viruela y cicatrices de aceros: una de esas caras que necesitaban un yelmo y una cota de malla para parecer completas.

—¿Cuál es el plan?

—No hay plan, de momento.

Se miraron tranquilos, sin despegar los labios. Agachado Minaya, recostado en la silla y las alforjas el jefe de la tropa. Inmóviles y conociéndose. Las llamas rojizas danzaban luces y sombras en sus caras barbudas.

—Esa aceifa va a hacer mucho daño, mientras tanto —dijo al fin Minaya.

—Las prisas también matan —objetó Ruy Díaz.

Dudó un momento el otro.

—Es cierto —dijo.

Mordía Ruy Díaz un trozo de carne seca, masticando para ablandarla. Le ofreció a su segundo, que negó con la cabeza.

—Dice el fraile que hay cuatro lugares nuevos de aquí a la sierra —dijo éste.

Miraron hacia los hombres tumbados en torno a los fuegos. El fraile estaba allí, con una manta por encima.

Era el pelirrojo que había disparado la ballesta durante la defensa de San Hernán. El abad le permitía acompañar a la hueste, pues era joven y conocía el territorio. Iba a irles bien como ayuda espiritual. Los había seguido a lomos de una mula, con la ballesta colgada del arzón.

—¿Con mujeres y niños?

Encogió los hombros Minaya.

—Algunos habrá.

—Mala cosa.

—Sí, por vida de. Muy mala.

Calculaba Ruy Díaz en su cabeza jornadas, caminos e incidencias posibles y probables. El ajedrez a jugar sobre un tablero de terrenos yermos, agua escasa y colinas rocosas, calor diurno y frío en la noche. Desde una semana atrás, según noticias, la partida moruna corría el campo entre el río que llamaban Guadamiel y la sierra del Judío: una extensa tierra de nadie, frontera entre la Castilla cristiana y los reinos musulmanes, donde alguna gente pobre y desesperada —colonos cristianos que huían de la miseria, familias mozárabes fugadas del sur, aventureros de diversa índole— se asentaba con pequeñas granjas para roturar la tierra y criar algún ganado con una mano en los aperos de labranza y otra en la espada, durmiendo con un ojo abierto y viviendo, mientras seguía viva, con el recelo en el alma y el Jesucristo en la boca.

—Los burgueses de Agorbe nos pagaron para cazar a esos moros —comentó Minaya.

—Y los cazaremos. Pero no pienso reventar a hombres ni caballos. Seis leguas por jornada... Seis o siete con prisas, como mucho.

—Cuanto más tardemos en dar con la aceifa, peor será.

—¿Para quién?

—Para los colonos.

—Míralo por la parte buena. Cuanto más tardemos, más cargados de botín y más lentos irán... Mujeres, esclavos y ganado.

Sonrió el segundo. Se volvió a escupir hacia el fuego y tornó a sonreír.

—Por vida de. Ése es tu plan, entonces.

—Más o menos.

—Engordar al cerdo antes de matarlo.

—Algo así. Y quedarnos luego con el embutido, el jamón y el mondongo.

Minaya le dirigió una ojeada al fraile.

—Mejor no hablarle de eso al bermejo. No para de preguntar por qué no picamos espuelas.

—Pues dile la verdad, o parte. Que estas cosas se hacen despacio para no agotar a la tropa y no caer en una emboscada. Lo otro puedes ahorrárselo.

Relinchó un caballo fuera de la cortadura, se oyó rodar de piedras y los dos hombres miraron en esa dirección, medio incorporados, de pronto tensos. Pero en seguida llegó la voz tranquilizadora de un centinela. Su montura había tropezado en la oscuridad.

—Apenas hemos hablado desde que salimos de Burgos —dijo Minaya.

—Hemos hablado de muchas cosas.

—No de todas.

Hubo otro silencio mientras Ruy Díaz terminaba de comerse la cecina. Su segundo seguía mirándolo a la luz de la hoguera, y ésta parecía acentuar los picados de viruela en la piel curtida.

—Te han seguido al destierro. Lo de quienes somos tus parientes es normal, pues la familia es la familia. Pero a los otros les debes reconocimiento. Han pasado catorce días y no les has dicho nada —hizo un ademán vago, señalando los bultos tumbados en torno a los fuegos—. Creo que esperan unas palabras sobre el asunto.

—¿Qué clase de palabras?
—No sé. Una arenga. Algo.
Ruy Díaz se hurgaba entre los dientes.
—Sabían a lo que venían, al seguirme.
—Pero nadie los obligó. Vinieron por tu nombre y tu reputación. No lo olvides.
—No lo olvido.
Envolvió el jefe de la hueste los restos de comida en un trapo y los metió en las alforjas.
—¿Y tú, Minaya?... ¿Por qué viniste tú?
—Me aburría en Burgos —emitió el otro una risa corta y seca—. Desde que éramos críos, sé que contigo no se aburre uno nunca.
Tras un momento callado y como pensativo, el segundo rió de nuevo. Más fuerte esta vez. Más prolongado.
—¿De qué te ríes ahora, Minaya?
—De la cara de Alfonso en Santa Gadea. Cuando, todo solemne, subiste los tres peldaños del altar, apoyaste la mano en el pomo de la espada y le dijiste que jurara... ¿Lo recuerdas?
—Pues claro. No lo he olvidado, y él tampoco.
—Todos aquellos infanzones, caballeros y apellidos ilustres, la flor y nata de León y Castilla, murmurando. Pero por lo bajo, claro. Y el único que se atrevió a decirlo en voz alta fuiste tú.
Cogió Ruy Díaz una rama seca del suelo y la arrojó al fuego.
—Bien caro me costó, como ves.
—No podías evitarlo, ¿verdad?
—¿El qué?
—Sacarle los colores a un rey. Por vida de. Siempre fuiste un testarudo arrogante.
—Vete a dormir, anda. Mañana la jornada será larga.
Se incorporó Minaya, frotándose los riñones. Luego bostezó como si fueran a desencajársele las mandíbulas.

—Buenas noches, Ruy. Que Dios te guarde.
—Buenas noches.

Rezó Ruy Díaz en silencio, moviendo apenas los labios: un paternóster y un avemaría, por no descuidar ni a la Madre ni al Hijo. En aquella clase de vida y en tales parajes, convenía dormir con las cosas en orden y el alma presta. Después de persignarse comprobó que espada y daga estaban cerca de sus manos, se cubrió el torso con la ruana, acomodó mejor la cabeza y se quedó inmóvil mirando las estrellas. Los fuegos languidecían y la mesnada roncaba a pierna suelta. Relinchó otro caballo. Sobre el campamento, en la bóveda negra del cielo, millares de astros luminosos giraban muy despacio en torno a la estrella maestra; y Orión, el cazador, ya mostraba su aljaba en los bordes sombríos de la cortadura.

Sacarle los colores a un rey, había dicho Minaya. Y por eso estaban allí.

No era difícil recordar, pensó Ruy Díaz, y menos esa noche, bajo aquel cielo que también cubría el monasterio de San Pedro de Cardeña, donde a dos semanas de marcha, y cada día más lejos, su mujer y sus hijas quedaban confiadas al amparo de los frailes, con dinero para mantenerlas sólo durante medio año.

No era difícil recordar, siguió pensando, junto a los cuerpos dormidos de los hombres que lo habían seguido en el destierro. Unos, como mencionaba el segundo de la hueste, obligados de honor por ser familia: su sobrino Félez Gormaz y el otro sobrino, el tartamudo Pedro Bermúdez, alférez encargado de la bandera. También los dos Álvaros eran parientes lejanos. El resto de mesnaderos era gente de criazón vinculada al señorío de Vivar, amigos estrechos como Diego Ordóñez o aventureros de soldada que se le habían sumado para ganarse el pan, por ganas de botín o por admiración a Ruy Díaz; confiados en que éste, sin reino cristiano al que acogerse, haría buena algara en tierra de moros.

Cuarenta y dos hombres allí, los mejores, y cincuenta y cinco en Agorbe bajo el mando de otros dos amigos de confianza, Martín Antolínez y Yénego Téllez, protegiendo los escasos bagajes. Eso era todo.

No resultaba difícil, desde luego, recordar al rey de Castilla y León rojo de cólera, puesta la diestra sobre los Evangelios, obligado a jurar que nada había tenido que ver en el asesinato de su hermano Sancho. A confirmar ante un crucifijo que era nuevo rey por limpio y recto designio de Dios, no por mano asesina interpuesta. El sexto Alfonso había llegado a Burgos esperando vítores, y los tuvo del pueblo bajo alborozado; pero también se topó con una fila de notables castellanos que, como quien no busca la cosa, cortándole el paso al palacio, lo condujo a la iglesia y al juramento.

Una emboscada, diría luego Alfonso a sus íntimos. Con sus sonrisas hipócritas y sus maneras cortesanas, con sus mantos de solemnidad, esos estirados burgaleses le habían tendido una emboscada. El único que no sonreía era Ruy Díaz, el infanzón de Vivar que había sido alférez de su difunto hermano. Estaba allí de pie ante él, espada al cinto, descubierta la cabeza, respetuoso pero mortal, grave y seco como un palo. Y una vez que lo tuvieron ante el altar, le apretó las cuerdas. De todos ellos, fue el único que se atrevió a hacer el trabajo sucio:

«¿Juráis no tener parte en el crimen contra vuestro hermano?»

«Sí, juro.»

«Si decís verdad, que Dios os lo premie. Y si perjuráis, que os lo demande. Y como al rey don Sancho, también os maten a traición villanos, no caballeros.»

«Mucho me aprietas, Ruy Díaz.»

«Es que el lance es apretado.»

Tras lo cual, corrido el rostro, encarnado como la grana, con rápido andar, apartando a los burgaleses mientras reclamaba en torno a sus caballeros leoneses, asturianos y gallegos, el sexto Alfonso salió de la iglesia.

«¡Paso al rey!», gritaba Ruy Díaz, solo en el presbiterio.

Medio año más tarde estaba decretado su destierro.

II

Salieron al rayar el alba, siluetas fantasmales de hombres y monturas en la primera claridad gris, cada una con su lanza, cabalgando con rapidez para aprovechar que el calor no se asentaba hasta avanzada la mañana. Y sobre esa hora alcanzaron el primero de los llamados lugares nuevos que jalonaban el camino. Era una granja pequeña de muros pardos que, según el fraile de San Hernán, habitaban dos familias venidas de Asturias.

La columna de jinetes se detuvo a la distancia de un tiro de flecha. No salía humo de la chimenea. Todo parecía desierto y no ladraban perros, pese a la cercanía de los caballos. Avanzaron dos exploradores guarnecidos de cuero, con armas ligeras, mientras Ruy Díaz observaba los cuervos que sobrevolaban el lugar. Al bajar la vista encontró la mirada de Minaya y supo que su segundo estaba pensando lo mismo que él.

Todo paisaje tenía cuatro o cinco significados distintos, pero ellos no veían más que uno. Y eso no les gustaba.

Se puso de pie en los estribos para ver mejor. Los dos jinetes habían llegado a la granja. Uno de ellos, tras desmontar espada en mano y entregar las riendas a su compañero, cruzó el umbral mientras aquél miraba en torno desde la silla. Al rato salió el que había entrado en la granja y Ruy Díaz los vio acercarse uno al otro. Parecieron conversar un momento. Después, el que estaba montado alzó la espada con la empuñadura hacia arriba, sujetándola por la hoja. Nada hostil a la vista, significaba eso.

Ruy Díaz se volvió hacia la hueste y, sin necesidad alguna, arrimando espuelas entre chasquidos de lengua y golpecitos de rienda, todos se dirigieron despacio a la granja.

Desmontó ante la puerta. El explorador que estaba a caballo tenía el rostro grave, y el que había entrado en el recinto mostraba demudado el color, con restos de vómito fresco en la barba. Se llamaba Galín Barbués y era un aragonés joven, tranquilo y fiable, de los que no se alteraban con facilidad. Estirpe almogávar. Se les había unido en el puente del Arlanzón, sabedor del destierro de Ruy Díaz, dejando atrás algún incidente en su tierra del que no le apetecía conversar. Y no era el único. Hombres con asuntos oscuros a la espalda había varios en la tropa.

—¿Malo? —le preguntó Ruy Díaz.

—Peor.

Caminaron juntos hasta la entrada. La granja era una construcción parecida a los otros lugares nuevos de la frontera del Duero: un muro de adobe circundaba el establo y el edificio principal, fortificado con muros gruesos y saeteras en vez de ventanas. En el patio había cenizas de una fogata y restos de un buey, cabeza, patas y algunas vísceras, sacrificado allí para asar su carne. Tres o cuatro cuervos que picoteaban los despojos revolotearon cuando Ruy Díaz y el explorador entraron en el patio, para ir a posarse algo más lejos, sobre los dos cuerpos humanos crucificados en la puerta del establo.

—Dos viejos —dijo Barbués con calma—. Demasiado mayores para venderlos como esclavos... Inútiles para todo lo demás.

Asentía Ruy Díaz sin decir nada, mirando los cuerpos clavados en las estacas. De lejos parecían muñecos rellenos de paja como los que se vendían para los niños en el mercado. De cerca eran dos ancianos canos y flacos, y a uno le colgaban las tripas. Antes de ponerlos allí les habían cortado las orejas y la nariz: los tajos y vísceras estaban negros de moscas.

Señaló Barbués los despojos del buey.

—Un poco de diversión mientras los moros cenaban —se pasó una mano por la barba, limpiándose los últimos restos de vómito—. Sus gritos como música.

Miraba Ruy Díaz en torno, inquisitivo.

—¿Fue toda la diversión?

—No toda.

Siguió al explorador hasta la casa. El portón estaba roto, y el sol proyectaba desde el exterior un rectángulo luminoso en el suelo. La luz alcanzaba la mitad inferior del cuerpo desnudo de una mujer: las piernas abiertas e inmóviles, muy pálidas, el vello oscuro.

—No hay sangre —dijo Ruy Díaz.

—La estrangularon.

—Quizá se resistió demasiado.

—Puede ser.

Salieron. Minaya y el fraile de pelo bermejo estaban en el patio, mirando a los crucificados. El fraile musitaba unos latines rematados por doble señal de la cruz con la mano alzada. Después se persignó, y volvió a hacerlo cuando vio salir a los dos hombres de la casa. Su rostro joven, moteado de pecas, estaba desencajado por el horror.

—¿Quién vivía aquí? —le preguntó Ruy Díaz.

—Dos familias... Vinieron hace año y medio.

—¿Cuántos eran?

Echó cuentas el fraile.

—Sumando abuelos, padres e hijos, me parece que nueve personas... —señaló a los crucificados—. Por tanto, han cautivado a siete.

—A seis.

Se quedó el otro boquiabierto, tardando en comprender. Al fin miró la casa y se estremeció.

—Oh, Dios mío.

—Sí.

Corrió el fraile hacia allí y regresó al momento, blanco como el pergamino. Caminaba tambaleándose, y todos pensaron que iba a caerse. Pero respiró hondo y los miró uno a uno. Era joven, pero no le faltaba entereza. Fraile, colono o guerrero, la frontera del Duero templaba a cualquiera que sobreviviese algún tiempo allí.

—Es una de las madres —dijo—. No sé cómo se llamaba.

Se quedó callado un momento. Le temblaban las manos.

—Los moros se han llevado a dos hombres hechos, y también a una mujer, una muchacha y dos niños.

—También algún ganado —dijo Minaya, indicando el establo vacío y las huellas en el suelo.

Asintió el fraile.

—Tenían tres o cuatro cabras y alguna oveja —señaló los restos del buey—. Eran pobres y labraban con ese único animal.

Buscaron algo para cubrir a la mujer y encontraron un saco de arpillera que le echaron por encima. Después salieron del recinto. La tropa aguardaba a pie y disciplinada, teniendo los caballos por la rienda. Cuando Ruy Díaz y los otros estuvieron fuera de la granja, casi todos se acercaron a mirar.

—Que dos hombres casados amortajen a la mujer —les ordenó—. Y luego enterrad a los tres. Rápido, porque nos vamos.

Se quedó observando el rastro en la dirección por la que se había ido la aceifa mora: estiércol, pisadas de caballos, ganado y gente a pie. Las huellas eran numerosas y las boñigas no estaban demasiado secas. Se agachó y deshizo una entre los dedos, para olerla.

—Hay otro lugar nuevo en esa dirección —comentó el fraile—. Seguramente lo han alcanzado ya, si mandan una avanzadilla con caballos, o llegarán mañana, si van con los prisioneros y el botín al mismo paso.

—¿Hay donde abrevar?

—Nada hasta allí, me parece. Pero la granja tiene un pozo de buena agua.

Se incorporó Ruy Díaz.

—¿Quién vive en ella?

—Una familia pequeña: padre viudo y dos hijos mozos. La madre murió de fiebres.

El jefe de la hueste alzó los ojos del rastro. En la reverberación del sol cada vez más alto, la sierra del Judío se perfilaba a lo lejos con distintos tonos de ocre. Antes de llegar a esas montañas, a cuatro o cinco leguas de la granja en la que estaban, la llanura se quebraba en una cadena de estribaciones de mediana altura.

Minaya fue a situarse a su lado. Tenía los pulgares colgados en el cinto donde le pendía la espada, y también contemplaba la sierra lejana.

—Ya deben de saber que les vamos detrás —dijo.

—O imaginarlo.

—Sí. Seguramente tienen batidores que van y vienen, ligeros de arreos y con buenos caballos, para averiguar qué se les cuece cerca... ¿Recelas alguna emboscada?

—No creo. Ésos van a lo suyo —Ruy Díaz hizo un vago movimiento con el mentón, indicando las colinas—. Y en todo caso, no antes de que lleguemos allí. En terreno llano no tienen nada que hacer.

—¿Cuándo calculas que les daremos alcance?

—No sé... Dos días, tal vez. Tres, como mucho.

—Un par de granjas más, quieres decir.

Ruy Díaz no respondió a eso. Se quedaron callados, observando el paisaje. A su espalda oían el sonido de la gente cavando tres tumbas con herramientas encontradas en la casa.

Al fin, Minaya movió la cabeza.

—Estás pensando por dónde van a volverse a su tierra, ¿verdad?

El rostro impasible de Ruy Díaz se mantuvo inmóvil. Entornaba los párpados ante el resplandor del sol, sin apartar los ojos de las colinas.

—Sí. En eso estoy pensando.

Aquel día y el siguiente se movieron con más rapidez, sin detenerse más que para dar descanso y cebada a los caballos. El crepúsculo de la segunda jornada los recortó en el último resplandor de poniente, visible todavía el disco rojo del sol: una línea de jinetes a contraluz en un cielo de nubes rosadas y bajas, acompañados por el tintineo de las armas y el sonido de las calabazas de agua casi vacías, que colgadas en los arzones entrechocaban como calaveras huecas.

Aprovechando la luna y orientados por la estrella maestra, cabalgaron así hasta muy entrada la noche, descansaron un poco y ensillaron antes del alba, cuya claridad los encontró de nuevo en marcha. Con la primera luz ya era posible buscar el rastro de la aceifa, y lo hallaron en una cañada, en dirección norte.

Vieron la columna de humo a media mañana —no soplaba nada de viento, por lo que se alzaba gris y vertical en el horizonte—, pero no llegaron hasta la tarde, cuando el sol empezaba a declinar. Para entonces, de la granja no quedaban sino tizones humeantes. Ni entre sus restos ni en los alrededores hallaron a nadie, muerto o vivo.

Quizá hubiera alguien en el pozo, pero era imposible comprobarlo porque éste estaba cegado. Habían metido dentro tierra y piedras, destruyendo el brocal.

—Eso significa que no van a volver por el mismo camino —resumió Minaya.

Ruy Díaz, pie a tierra, miraba hacia el norte. Tenía el yelmo colgado del arzón de la silla y el almófar, la capucha de cota de malla, echado atrás, sobre los hombros. A causa del sudor, el polvo de la cabalgada se le pegaba como una costra a la cara, agrietándose en torno a los ojos y la boca. Su barba parecía estopa gris. Minaya y el fraile de pelo rojo estaban a su lado, con la misma apariencia.

—Podemos aguantar una jornada más sin agua —comentó Minaya—. Después habrá que desviarse para buscarla.

Miraba el jefe de la hueste hacia el norte, en dirección a las estribaciones ya próximas de la sierra.

—Ellos la tienen delante —respondió tras pensarlo un momento. Después se volvió hacia el religioso—. Hay una laguna pequeña allí, ¿no?... O eso tengo entendido.

—Entre las colinas y la sierra —confirmó el otro—. La Jarilla, la llaman. Pero es más bien una charca.

—¿Todavía no está seca en esta época?

—Podría estarlo. En verano no suele haber más que fango.

—¿Creéis que los moros continuarán hasta allí?... ¿No será adentrarse mucho?

Lo pensó el fraile.

—Si yo fuera ellos —concluyó—, ya que he llegado aquí, seguiría hasta Garcinavas.

—¿Qué es eso?

—Una aldea pequeña. Seis o siete casas con veinte vecinos, o poco más.

—¿Buena para saquear?

—Algo hay. No es mala cosa. Ganado y esclavos, sobre todo.

—¿Tienen gente de armas?

—Apenas. Pueden defenderse de salteadores y vagabundos; pero una aceifa en regla, y ésta lo es, se los llevaría por delante.

—¿Hay agua?

—Un pozo en la misma aldea.

Se había agachado el fraile, remangándose el hábito, y dibujaba en la tierra con una ramita. Ruy Díaz y Minaya se pusieron en cuclillas, a su lado. Atentos a lo que trazaba.

—Garcinavas y La Jarilla están entre las colinas y la sierra —explicó—. En un camino perpendicular al que estamos siguiendo, que a poniente lleva al vado del río Guadamiel y a levante desemboca en la calzada romana.

Señaló Ruy Díaz el pozo cegado.

—Si no van a volverse a su tierra por el camino que usaron para venir, ¿por dónde lo harán?

—Hay dos rutas posibles. Una corta, la de poniente, lleva derecha al vado. La de levante, más larga, es por la calzada romana, y también va hacia el río, unas cinco leguas más arriba. Allí hay otro vado... Pueden usar cualquiera de las dos, aunque supongo que irán por la más corta.

—O no —dijo Ruy Díaz.

Miraba a Minaya, que se mostraba dubitativo.

—No podemos partir la hueste —dijo el segundo.

—No pienso hacerlo... O tal vez sólo un poco.

Se miraban, entendiéndose. Necesitaban pocas palabras para ello. Lo hacían así desde niños, antes de haber peleado juntos frente a moros y cristianos, incluidas Llantada y Golpejera contra las tropas leonesas, cuando Ruy Díaz llevaba como alférez la señal del joven rey Sancho, enfrentado a sus hermanos por la herencia partida del difunto Fernando I. De aquello último habían transcurrido ocho años que se les antojaban siglos.

—Si es por poniente —dijo al fin Ruy Díaz—, el camino más corto pasa cerca del castillo de Torregoda. Y ahí hay guarnición castellana. Es lo más avanzado por esa parte.

Entornaba Minaya los párpados, interesado.

—¿Crees que no se arriesgarán?

—Cargados con lo que llevarán en ese momento, lo dudo. Sin embargo, la calzada romana discurre hacia el sur y el río por un paraje desierto, que además bordea la frontera del reino moro de Zaragoza... —se volvió Ruy Díaz hacia el fraile—. ¿Es así, fráter?

—Lo es —asintió éste—. No hay alma mora ni cristiana allí. Ni siquiera el vado está vigilado por nadie. Hasta su nombre es moro: Magazalguad.

Lo pensaba despacio Minaya. Miró el horizonte y al jefe de la hueste.

—¿Y si te equivocas?

Esbozó Ruy Díaz una sonrisa cansada.

—Se nos escaparán y tendremos que devolver el dinero a los de Agorbe.

—Por vida de. No me gusta devolver dinero.

—A mí tampoco.

Volvió a mirar Minaya a lo lejos. Luego detuvo la vista en la hueste. Los jinetes estaban sentados en el suelo, buscando la precaria sombra de sus monturas. Algunos se habían quitado las cotas de malla para enrollarlas en las grupas junto al escudo y el yelmo o cargarlas en las mulas de la impedimenta. Eran hombres de fiar, pero se les veía sucios, doloridos, fatigados de cabalgar sin que eso acabara nunca. No los desgastaba tanto el combate como la rutina. Con otro que no fuera Ruy Díaz ya habrían empezado a gruñir por lo bajo.

—¿Y por qué no seguimos detrás, forzando la marcha, hasta que les demos alcance?

—Porque no sé si tendremos agua. De la lagunilla no me fío, y con el pozo pueden hacer lo mismo que con éste.

—Hay un paso entre nosotros y la calzada romana —dijo el fraile—. Lo llaman Corvera. Por ahí se puede atajar.

Lo miraron con súbito interés.

—¿A cuánto está?

—Jornada y media hacia el nordeste. Y hay un manantial pequeño que suele tener agua.

Estudió Ruy Díaz los dibujos del suelo. Se rascaba la barba. Entonces supo bien lo que iba a hacer.

—Que vengan los cabos de tropa.

Se acercaron sacudiéndose el polvo, con el caminar incierto, dolorido, de quien pasaba demasiado tiempo en la silla de un caballo: el alférez tartamudo Pedro Bermúdez; los dos Álvaros —Alvar Ansúrez y Alvar Salvadórez—, alto uno y bajo el otro, que siempre iban juntos y parecían hermanos aunque no lo eran; Félez Gormaz con su cuerno de órdenes colgado al cuello y el duro Diego Ordóñez, sargento mayoral de la hueste, que había matado a tres Arias en el palenque de Zamora cuando desafió a la ciudad por la muerte del rey Sancho.

Fueron a situarse alrededor, mirando curiosos los garabatos del suelo. Ruy Díaz se agachó e hizo una cruz en la tierra con la punta de su daga.

—Vamos a atajar a la aceifa en el camino de vuelta, y lo haremos desde aquí… Un lugar llamado paso Corvera.

Miraron todos la marca y luego se miraron entre ellos. Diego Ordóñez —cráneo calvo, barba espesa y crespa, nervudo, peligroso— se sonó la nariz con dos dedos y sacudió lo obtenido en el polvo.

—¿Y mientras tanto? —preguntó lo que todos se preguntaban.

—Dejaremos que los moros vayan a su aire.

—Quizá hagan algún estrago más.

Lo miró Ruy Díaz con dureza.

—Puede que sí. Pero los vamos a esperar.

Nadie comentó el detalle. Todos atendían, interesados. Satisfechos de que hubiera dicho «esperar» en vez de «cabalgar». Cuarenta y tres pares de riñones maltrechos iban a agradecerlo.

Todavía agachado, Ruy Díaz señaló a los dos Álvaros con el pomo de la daga.

—Vosotros seguiréis la huella a la aceifa, sin acercaros demasiado. Nada de contacto. De lejos deben creer que es toda la hueste, pero en realidad sólo vais a llevar a diez hombres... ¿Comprendido?

—Claro —dijo Alvar Ansúrez.

—Claro —añadió Alvar Salvadórez.

—De noche debéis hacer varias fogatas para parecer muchos. De día arrastraréis haces de ramas, trotando a ratos para levantar polvo. Aseguraos de que los moros no ven lo que creen ver. Si, como supongo, toman de vuelta la calzada romana, seguiréis detrás hasta que todos nos encontremos en el paso Corvera.

Alvar Ansúrez señaló el lado occidental del dibujo en la tierra.

—¿Y si toman otro camino?

—Entonces puede que se nos escapen, o puede que no... En tal caso mandaréis un mensajero para avisarnos. Como la aceifa irá cargada de botín, es posible que si nos movemos rápido podamos alcanzarla antes de que llegue al vado del Guadamiel.

—¿Y si no?

Se incorporó Ruy Díaz, enfundando la daga.

—Los moros serán un poco más ricos y nosotros un poco más pobres.

Estaban resentidos, sabía Ruy Díaz. No mucho, pero empezaban. Conocía a los hombres de armas y sus pensamientos.

A veces detenía el caballo a un lado de la columna y la miraba pasar, cabeceando despacio los cuellos de las monturas, con su olor a hombres y animales, a estiércol, cuero y metal, escudos a la grupa, lanzas en el estribo y campanilleo oscilante de armas y lorigas sobre las cabalgaduras. Podía leerlo en todos ellos, en su modo de sostenerle la mirada o apartarla, en la forma de apretar los labios agrietados o enjugarse el sudor de la cara, de cambiar de postura en la silla para aliviar el peso de la cota de malla en los hombros y en la espalda.

La mayor parte eran hombres de frontera, curtidos en algaras y escaramuzas, de los que sabían las cosas por haberlas visto, no porque se las contaran. La prueba de que las habían aprendido era que seguían vivos. Y no se trataba de incursiones para hacerse con algún moro descuidado y un par de vacas: buena parte de ellos había lidiado en batallas serias, en aquella España incierta de confines inestables, poblada al norte por leoneses, castellanos, gallegos, francos, aragoneses, asturianos y navarros que unas veces combatían entre ellos, cambiando los bandos según soplaba el viento, y otras lo hacían contra los reinos de moros, lo que no excluía alianzas con estos últimos para, a su vez, combatir o debilitar a otros reinos o condados cristianos.

—Minaya.

—Dime, Ruy.

—Que troten durante cinco credos, para que se relajen los caballos.

—A tu voluntad.

—Luego tenlos un rato al paso y que después caminen desmontados un cuarto de legua.

Se quedó mirando cómo obedecían, y al cabo hizo lo mismo con su caballo: un trote corto para ponerse de nuevo en cabeza de la columna, y luego al paso. Llegado el momento de desmontar, sin necesidad de que se diera la orden, toda la columna lo hizo, tomando a los caballos de la rienda. También Ruy Díaz puso pie en tierra.

—Son buenos hombres —dijo en voz baja Minaya, que caminaba a su lado—. Conocen su oficio y se ganan la paga. Cuando les pagues.

No respondió, aunque pensaba en ello. Aventureros aparte —un tercio aproximado de la hueste—, el resto era mesnada de Vivar, unida a su jefe por lugar y familia. Eso permitía apretar algo más las clavijas, pues las individualidades se diluían en la disciplina del grupo. Pero Ruy Díaz, que llevaba media vida batallando, sabía por experiencia que no convenía llevar a nadie a sus límites. Lo seguían por el prestigio de su nombre, y éste se hallaba en relación con las perspectivas de botín. Desterrado de Castilla, leal a su rey pese a todo, imposibilitado para luchar contra éste o sus aliados mahometanos o cristianos, no le quedaba sino guerrear en tierra de moros. La aceifa y el encargo de los burgueses de Agorbe para proteger el norte del Guadamiel no era una gran empresa, aunque buena para empezar, siempre y cuando saliera bien. Pero los incursores se movían rápido, la persecución resultaba larga y los hombres empezaban a volverse hoscos con la perspectiva de mucha fatiga y poco lucro. Sin duda, la acción lo resolvería todo: algunas cabezas de moros colgadas en los arzones pondrían las cosas en su sitio. Pero las cabezas tardaban en llegar.

—Deberías hablarles —insistió Minaya.

Hizo Ruy Díaz un ademán negativo. Tenía la certeza de que, por el momento, el silencio reforzaba su autoridad. Ponía la distancia necesaria entre él y los mesnaderos a los que iba a exigir demasiado en tiempos inmediatos.

—Llevan muchos días mirando tu espalda mientras cabalgas delante, Ruy...

—Así aprenden mucho sobre espaldas, imagino.

—Oh, basta. No seas necio... Eres una leyenda, diablos.

—No me fastidies, Minaya.

—No te fastidio. Por eso están aquí.

—Las leyendas sólo sobreviven vistas de lejos.

Eso era exacto. Su nombre ya sonaba legendario, y lo sabía. No sólo por ser el único que, humilde infanzón castellano, se había atrevido a exigir juramento a un rey, sino porque batallaba desde los quince años y nadie tenía un historial de armas como el suyo: batalla de Graus contra los aragoneses, campaña contra los moros de Zaragoza, combate singular en Calahorra contra el caballero navarro Jimeno Garcés, combate singular en Medinaceli contra el campeón sarraceno Utman Alkadir, batallas de Golpejera y Llantada contra el ahora rey Alfonso VI, asedio de Zaragoza, asedio de Coímbra, asedio de Zamora, batalla de Cabra contra el conde García Ordóñez y sus aliados musulmanes de la taifa de Granada, algara contra los moros de Toledo... Siempre afortunado en la lid, siempre invicto. Campidoctor, lo llamaban a veces. Dueño del campo, o campeador. Amado por unos y envidiado, temido y detestado por otros, había tomado como lema el de un emperador romano, sugerido por un abad amigo de su familia: *Oderint dum metuant.* Que me odien, pero que me teman. Estaba escrito en su escudo, en latín.

—Les hablaré cuando sea oportuno.

—Son sufridos y lo merecen —Minaya lo miró de soslayo—. ¿Te acuerdas de la niña de Covarrubias?... Ninguno protestó aunque teníamos cuatro leguas hechas desde el amanecer y los estómagos vacíos. Diste una orden, arrimaron espuelas y eso fue todo. Ni siquiera miraron atrás.

Asintió Ruy Díaz sin decir nada. Era difícil olvidar a esa niña. Tenía unos nueve años y había salido cuando golpeaban la puerta con los pomos de las espadas. La casa, como todas por el camino, estaba cerrada al paso de la hueste, pues precedían a ésta heraldos reales con la prohibición, bajo pena de vida, de socorrer a los desterrados. Pero los hombres estaban hartos y decidieron no dar un paso más sin comida ni vino, de grado o por violencia. Los vecinos de Covarrubias se habían encerrado en sus casas, asustados y sin querer abrir, y la tropa decidió tomar por asalto la que parecía más rica. El propio Ruy Díaz, exasperado como todos, estaba dispuesto a tolerarlo.

Fue entonces cuando ocurrió lo de la niña.

—¿De verdad te acuerdas, Ruy?

—Pues claro que me acuerdo.

La familia estaba detrás, aterrorizada: padre, madre, hermanos y sirvientes. Quizá la niña fue empujada a salir o tal vez lo hizo por propia iniciativa, pero apareció en el umbral para enfrentarse a los hombres barbudos y cubiertos de hierro que allí se agrupaban. Era trigueña, con ojos claros y el pelo recogido bajo una cofia. Con más curiosidad que miedo observó los rostros duros y feroces cual si buscara entre ellos al jefe; y como todas las miradas convergían en Ruy Díaz, ella acabó mirándolo también, al intuir quién era.

«El rey nos matará, señor.»

Eso dijo. Su voz era frágil como el cristal. En torno se había hecho un silencio espeso, de aceite.

«Os lo ruego. Seguid vuestro camino y que Dios os guarde.»

Su inocencia sonaba tan desvalida que aquellos guerreros cubiertos de cicatrices, hechos a saquear, violar y degollar, se miraron incómodos.

«Por piedad, señor.»

Desde su caballo, Ruy Díaz había contemplado a la niña mientras una extraña picazón le subía del pecho a la garganta. Le recordaba a sus hijas. No volvió la vista a sus hombres, pero sabía que todos estaban pendientes de él. Una palabra suya y la casa sería cenizas.

Pero no dijo una palabra, sino dos. Roncas y secas.

«En marcha.»

Y sin una protesta ni un mal gesto, disciplinados detrás de su jefe, noventa y siete hombres montaron a caballo y siguieron despacio su camino.

III

El siguiente amanecer los encontró con el sol en la cara, cabalgando hacia levante. A medida que el astro ascendía en el horizonte, la delgada franja de bruma que se dibujaba a lo lejos, rojiza al principio y luego ámbar, fue convirtiéndose en una línea de colinas pardas. Después, una luz violenta lo iluminó todo.

—Supongo que ahí estará el paso Corvera —dijo Minaya.

—Llama al Bermejo.

Se acercó el fraile joven a la cabeza de la columna, aguijando su mula. Llevaba la capucha del hábito subida para protegerse del sol. Seguía con la ballesta y la aljaba colgadas del arzón, golpeando la grupa de la montura al trotar. Ruy Díaz le dirigió un vistazo al arma. Era de hueso y tejo, de las buenas; de las que los moros llamaban *qaus ifranyi:* un arco del norte, de los francos.

—¿Dónde aprendió a manejarla, fráter?

Se ruborizó el religioso. Las pecas de su frente alternaban con gotas de sudor.

—Cazaba con mi padre, de niño.

—¿Por estas mismas tierras?

—Sí. Vinimos de Galicia cuando yo era todavía un mamoncillo.

—¿Colonos?

Sonrió apenas el otro, amargo. Con cierta insolencia.

—Un carro con un buey medio cojo, un hombre, una mujer y cuatro hijos... Era esto o la miseria. Mi padre eligió una tierra libre, cerca del río.

—Una vida dura —apuntó Minaya.

—Como todas aquí. Pero aquél no era mal lugar.

—¿Era?

—Lo fue hasta el verano de hace nueve años, cuando los moros se llevaron a mi madre y mi hermana. Mi madre estaba preñada y nunca supe más de ellas.

Minaya se volvía a medias en la silla, interesado.

—¿Y los hombres?

—Mi padre y un hermano, el mayor, murieron defendiendo la casa.

—Vaya. Lo siento.

—La frontera es así, y aquella vez nos tocó a nosotros —el fraile encogía los hombros con sencillez—. También las cabalgadas cristianas hacen lo mismo en tierra de ellos... Dios hace tajo parejo.

—Quizá demasiado parejo —dijo Ruy Díaz.

Se santiguó el religioso, escandalizado por el comentario.

—Él tiene sus designios.

—Ya.

—¿Y el otro hermano? —quiso saber Minaya.

—Nos escondimos y logramos escapar... Después mi hermano se fue al norte, creo. Nunca volví a verlo. A mí me acogieron en el monasterio.

—Al menos salisteis adelante. San Hernán es un buen sitio.

—Sí que lo es —confirmó el fraile—. Y se come caliente.

Ruy Díaz había dejado de prestar atención. Ahora miraba las colinas.

—¿Hacia dónde queda el paso Corvera? —preguntó.

Dudó un momento el religioso, haciendo visera con una mano. Al fin la extendió al frente.

—Vamos bien.

—¿A qué distancia podría vérsenos desde allí?

Lo miró el otro, desconcertado. Después se giró a observar la columna de jinetes y volvió a mirarlo.

—¿Quién?

—Da igual quién. Lo que pregunto es desde dónde podrían divisarnos.

Dudó el religioso, contemplando de nuevo las colinas.

—Tal vez desde una legua, si es alguien con buena vista.

Dijo eso y se quedó mirando a Ruy Díaz, inquisitivo. También Minaya parecía esperar una explicación. Cabalgaba junto a su jefe con las riendas flojas y el casco colgado en el arzón de la silla, echada atrás la capucha de cota de malla.

—¿Qué se te ha ocurrido? —preguntó.

—Estoy pensando en algo.

Avanzaron veinte o más pasos antes de que Ruy Díaz hablara de nuevo.

—Vuélvase atrás, fráter —le dijo al fraile—. Si hace falta, lo llamaré.

—A vuestra voluntad.

Volvió grupas el religioso. Minaya estaba pendiente de su jefe. Bajo la cofia de paño que le protegía la cabeza, el sudor trazaba surcos en el rostro barbudo y polvoriento.

—Si la aceifa elige la calzada romana como camino de vuelta —dijo al fin Ruy Díaz—, es posible que considere ese paso de las colinas; que además, según nos contó ayer el Bermejo, tiene un manantial.

Minaya lo pensaba despacio.

—¿Quieres decir que pueden temer que los atajemos por ahí? —concluyó.

—Eso mismo.

—Por vida de.

Descolgó el segundo de la hueste la calabaza con agua que pendía de su arzón, le quitó el corcho y se la pasó a su jefe.

—Te queda poca —dijo éste, agitándola.

—Ya.

Atrás la cabeza, se echó Ruy Díaz un corto sorbo en el gaznate. Después se la devolvió al otro, que bebió su trago.

—¿Qué harías si fueras moro, Minaya?

—Tener cuatro mujeres.

—Te hablo en serio.

—Y en serio te respondo. Con Alfonso VI de rey, a veces preferiría serlo.

—Ya está bien... ¿Qué harías?

El segundo de la hueste se limpió la boca con el dorso de la mano, colgó la calabaza y de nuevo se tomó su tiempo. Era hombre poco imaginativo, lento en la reflexión y diligente en la ejecución. El perfecto subalterno de mesnada castellana.

—Nadie sabe qué va a hacer un moro hasta que lo hace.

—Supón que ya lo hayan hecho.

Volvió a pensarlo el otro.

—Vigilaría el paso, por si las moscas —concluyó al fin.

—Exacto.

—Las sorpresas, armado hasta los dientes.

—Ahí. Ése es el punto.

Se había puesto en pie Minaya en los estribos, oteando las colinas lejanas. Al cabo se dejó caer de nuevo en la silla.

—¿Crees que han mandado a alguien?

—Saben hacer la guerra tan bien como nosotros. Y a veces, mejor.

Seguía reflexionando el segundo, arrugado el entrecejo.

—Si así fuera —añadió tras un momento—, ¿cuánta gente pueden haber puesto en el paso?

—No creo que les convenga debilitar la aceifa. Yo habría enviado a tres o cuatro hombres con armas ligeras.

Desfruncía Minaya el ceño.

—Para avisar en caso de que aparezcamos por allí —concluyó.

—Sí.

Se volvió el otro a mirar a la hueste. Detrás de ellos, Pedro Bermúdez, uno de los dos sobrinos de Ruy Díaz, mantenía en alto el asta de la señal —banda roja en diagonal sobre fondo verde—, aunque ésta iba enrollada dentro de su funda de cuero.

—Todavía estamos lejos, pero a partir de mediodía pueden divisarnos —dijo Ruy Díaz—. Nos detendremos entonces.

—Me parece prudente.

—Luego, con el sol bajo, cabalgaremos de nuevo, ya que el contraluz nos ocultará en el horizonte. La aproximación final vamos a hacerla de noche. La luna sale tarde, y eso ayudará un poco.

—¿A quiénes destaco de exploradores?

—Manda a Galín Barbués con alguno joven y ágil, que sepa moverse a pie. Que calcen esparteñas, pues quizá tengan que trepar. Cuando nos detengamos daré instrucciones.

—Está bien.

—El Bermejo puede acompañarlos. Conoce el sitio.

—Buena idea.

—¿Por qué sonríes, Minaya?

—Por tu cara.

—¿Qué le pasa a mi cara?

—Se te anima, Ruy. Mientras dices todo esto, se anima. Te gustaría encontrar moros en el paso Corvera, ¿verdad?

—Pues claro. Confirmaría que piensan volver al río por la calzada romana.

—No es sólo eso. Te conozco... Te pone de buen año la perspectiva de dar esta noche un lindo Santiago, después de habernos aburrido tantos días paseando.

—Podría ser. Ahora di a la gente que desmonte y lleve a pie los caballos durante cinco credos.

—Viene al pelo eso de los credos, ¿no?... Rezar para que estén los moros en el paso y los pillemos haciendo la zalá, de cara a La Meca.

—Venga. Lárgate ya.

Cabalgaron despacio, manteniéndose en la falda de las lomas para no recortarse en la línea del cielo. Y cuando el sol estuvo en su cénit se detuvo la columna en un encinar. La orden corrió desde la cabeza hasta el último jinete y todos desmontaron estirando los miembros doloridos, ataron las patas de los caballos y se tumbaron a descansar y despiojarse bajo la sombra de los árboles mientras sus monturas, a las que habían quitado los frenos, mordisqueaban la hierba que allí había.

El alférez Pedro Bermúdez le trajo a Ruy Díaz un puñado de bellotas recogidas del suelo. Era un mozo de Vivar muy serio y tímido, que tartamudeaba cuando estaba ocioso pero juraba de corrido, en buena habla de Castilla, al entrar en combate. Después siempre se quedaba preocupado, pues morir con aquel torrente blasfemo en la boca, aunque fuera degollando infieles, habría condenado su alma sin remedio. Pero no podía evitarlo.

—Probadlas, t-tío... Están casi du-dulces.

—No me llames tío.

Asintió el otro, sumiso.

—D-disculpad.

Además de tartamudo, el joven era algo corto de vista y entornaba los párpados cuando miraba a lo lejos, para ayudarse. En los combates se pegaba a la grupa del jefe de la hueste para no perderlo, siguiéndolo siempre bandera en alto, al modo de un lebrel. Y como apenas veía venir las flechas y las piedras enemigas hasta que las tenía encima, gozaba fama de impávido. Lo que, por otro lado, resultaba cierto. Era un valiente muchacho.

Masticó distraído Ruy Díaz un par de bellotas. Al ver que otros hombres también las buscaban, les permitió abrir las talegas y yantar, por si luego no podía hacerse; pero ordenó hacerlo en frío, sin encender fuegos. Él mismo comió un poco de pan duro desmigado en leche agria de cabra. Al cabo de un rato, cuando el sol empezó a bajar y todos hubieron reposado un poco, hizo venir a los exploradores y a algunos cabos de mesnada. Estaba sentado en tierra, con la espalda apoyada en el tronco de una encina, ensebando las botas de cabalgar que llamaban huesas, cuando vio llegar al grupo: Minaya con Diego Ordóñez y Pedro Bermúdez, acompañados del aragonés Galín Barbués y otro soldado joven. El fraile iba con ellos.

—Escuchad —les dijo.

Se acuclillaron en semicírculo, mirando a su jefe sin decir palabra. Aguardando mientras espantaban las moscas. Entre todos sumaban setenta años de experiencia militar. Incluso los jóvenes eran tropa hecha, cuajada en escaramuzas cuando no en batallas campales con sarracenos, leoneses, gallegos o francos, nombre éste que se daba a la gente de los condados catalanes. Tenían disciplina y tenían paciencia. Y a todos los intimidaba Ruy Díaz. Desde Minaya al más tierno de ellos —suponiendo que allí hubiese alguno tierno— sabían de su vida: de su mocedad junto al infante don Sancho y las hazañas como alférez cuando aquél fue rey; de su fortuna en las fatigas de la guerra y la equidad en el reparto del botín; de su carácter duro pero justo, airado cuando convenía serlo, y de su cólera, fría e inflexible cuando se desataba. Por todas esas razones y algunas más lo respetaban y temían. Por ellas, mirando ondear en alto su señal, no salían de su orden en los combates. Y por ellas lo habían seguido al destierro.

—Es posible que haya moros en el paso Corvera. De ser así, supongo que serán pocos —miró a Galín Barbués y al otro explorador joven—. Si es cierto, hay que ver cuántos son.

Alzó una mano el almogávar.

—¿Los queréis muertos o vivos, señor?

Sonrió Ruy Díaz. Dicho por otra clase de hombre aquello sonaría a fanfarronada, pero Barbués hablaba en serio. Era un soldado metódico de las montañas de Jaca, todavía medio mozo, corto de palabras y largo de espada.

—Por ahora sólo quiero saber si están allí. Ya nos ocuparemos de ellos más tarde. Iréis tú —señaló al otro explorador— y Muño García. Os acompañará su merced el fraile, que conoce el terreno... ¿Algún problema, fráter?

—Ninguno, señor.

—De momento, que le cambien la mula por un caballo.

Muño García se había ruborizado de orgullo al verse mencionado. No por el encargo, que era natural, sino porque el jefe de la hueste recordase su nombre. En realidad éste conocía y recordaba el de casi todos ellos. Eso era importante en el oficio de las armas, pues nada alentaba más en mitad de un combate, en la dura soledad de matar y morir, que un jefe gritara nombres. A ellos, Galín Barbués. Ten duro, Muño García. Arriba esa señal, Pedro Bermúdez. Así, Ruy Díaz había visto a guerreros casi derrotados que ya flaqueaban, a punto de volver grupas y huir, renovar su ataque y hacerse matar como leones sólo por haberse oído nombrar en la refriega. Por eso procuraba conocer a los suyos. Se hacía decir discretamente por Minaya los nombres, y después repetía cada uno en su cabeza, docenas de veces, hasta fijárselo en la memoria.

—¿Y qué pasa si encuentran moros? —preguntó Diego Ordóñez.

Su voz sonaba igual que pasar una lima por una herradura. Ordóñez y el jefe de la hueste se trataban de antiguo, casi tanto como ocurría con Minaya. Era un soldado de modales desabridos, arrogante, brutal y experimentado guerrero: un lidiador temible. Y con Minaya, el único que tuteaba a Ruy Díaz. Solía plantarse con las piernas abiertas y los fuertes puños apoyados en las caderas, cual si buscara pelea con medio mundo. Y en realidad la buscaba. Lo había dicho el difunto rey Sancho después de la batalla de Golpejera —matanza de la que el burgalés había salido chorreando sangre gallega y leonesa—: a enloquecidos mastines de presa como Diego Ordóñez era mejor tenerlos a este lado del escudo que al otro.

—Vendrán a contárnoslo, y lo más aprisa posible. Sin alertarlos. Les caeremos encima antes de que amanezca.

—¿Y qué pintarían esos moros allí?

Se lo quedó mirando Ruy Díaz, sin responder. Ordóñez arrugaba el entrecejo, obtuso, dándose tirones de la espesa barba. Al fin se le iluminó la cara.

—Por mis abuelos godos —dijo—. Ya entiendo.

Los observó uno por uno, buscando confirmación a lo que creía entender. Después soltó una risotada feliz.

—¡La calzada romana, claro!... ¡Han puesto atajadores porque esos perros van a volver por ese camino!

Ruy Díaz dejó de prestarle atención y calculó la hora por la altura del sol.

—Salimos dentro de un rato, sin prisa. Con el sol a la espalda —se volvió hacia Barbués, García y el fraile—. Vosotros podéis iros ya. No quiero ruidos, así que nada de metal encima excepto espada y puñal... Estaréis de vuelta, saliéndonos al encuentro, antes de los primeros gallos... El fráter dice que hay un robledal que no tiene pérdida cerca del paso. Lo veréis de camino, pues a la ida aún habrá un poco de luz. Nos detendremos a esperaros allí.

Se alejaron los exploradores. Los otros aguardaban órdenes.

—La hueste irá al paso al principio, para no levantar polvo —miró a Pedro Bermúdez—. Corre la voz, anda. Al atardecer podremos apretar un poco.

—A vuestra voluntad, ti-tío.

—No me llames tío. Te lo he dicho cien veces... Nunca en campaña.

—A vu-vuestra voluntad, s-señor.

—Venga, moveos —incluyó en el ademán a Diego Ordóñez—. Que se prepare la gente.

Siguió sentado contra la encina, viéndolos irse. No había dejado de ensebar el cuero durante la conversación. Sólo Minaya quedaba a su lado, todavía en cuclillas. Se hurgaba con una ramita entre los dientes, limpiándoselos. Señaló a Ordóñez con la ramita.

—Acción inminente —comentó—. Lo has hecho feliz.

—Todos lo seremos, si sale bien.

—Saldrá. Los exploradores son gente viva, y el fraile parece despierto.

Seguía mirando Minaya a Diego Ordóñez, que se acercaba a los grupos de hombres adormilados bajo las encinas, espabilándolos a patadas.

—Es un animal.

—Sí —sonrió Ruy Díaz.

—Menos mal que vino con nosotros, porque en Castilla ya lo habrían ahorcado. No se cansa de decir a quien quiera oírlo que la jura de Santa Gadea se la pasa por los huevos... Sigue convencido de que al rey Sancho lo hizo matar su hermano Alfonso. Y no hay quien lo saque de ahí.

—Ya, pero nos viene de perlas. Es un guerrero magnífico.

Minaya escupió en la tierra.

—Pregúntaselo a los Arias... Bueno, al que queda. El pobre viejo.

Se quedaron callados, recordando. Al rey Sancho lo habían asesinado durante el asedio de Zamora, cuando quería arrebatársela a su hermana Urraca. El difunto rey padre había partido el reino entre sus hijos, y Sancho, heredero de Castilla, pretendía reunificarlos. Había derrotado a sus hermanos García y Alfonso y estaba a punto de desposeer a Urraca cuando un traidor llamado Bellido Dolfos lo atravesó con un venablo bajo los muros de la ciudad.

—Menuda lió Diego Ordóñez —dijo Minaya.

—Y que lo digas.

Era una forma de resumirlo. Ciego de cólera por el asesinato de su monarca, Ordóñez se había plantado a las puertas de Zamora, armado de la cabeza a los pies, desafiando por felones y asesinos a todos los zamoranos, desde los ancianos a los niños de pecho. Que salieran a reñir en juicio de Dios, decía, que él solo daría cuenta de todos cuantos salieran, uno por uno. Después quebró una lanza contra el muro, escupió en él, y ante eso no hubo otra, para los zamoranos, que aceptar el desafío.

—Qué animal —repitió Minaya, brotándole la risa entre la barba—. Tres Arias y casi cuatro. Menuda jornada.

Asintió Ruy Díaz. Había sido exactamente eso. Aquel día, la principal familia de Zamora, los Arias Gonzalo —un padre ya anciano y tres hijos mozos—, tomó sobre sí defender el honor de la ciudad. Primero en la estacada había sido el hijo mayor, a quien Ordóñez mató de un tajo en la cabeza. Salió el segundo Arias ciego de cólera por la muerte de su hermano, y al primer bote le metió Ordóñez el hierro de la lanza bajo el yelmo, en la cara. El tercer Arias era casi un niño, pero acudió con mucho valor al terreno; hirió a Ordóñez y le mató el caballo, pero aquél lo mató a él de una lanzada que le pasó la loriga. Y habría matado también al anciano padre cuando éste, desesperado, montaba para seguir el camino de sus hijos, de no haberse interpuesto con lágrimas la infanta doña Urraca. Y mientras, en el palenque, junto a los cadáveres de los tres hermanos, Diego Ordóñez, ensangrentado hasta la barba, ronco de cólera, seguía voceando su desafío a Zamora, pidiendo a gritos otro caballo y otro Arias.

IV

Ruy Díaz dormía mal. Ni siquiera la extrema fatiga lograba rendirlo del todo. Se despertaba en mitad de la noche, entumecido de cuerpo pero con la cabeza clara, llena de imágenes de cosas sucedidas o por suceder, de rostros detestados o queridos. Los de sus hijas y el de Jimena, su mujer, discurrían a menudo entre esos últimos, tal como los había visto cuando las dejó en San Pedro de Cardeña: las lágrimas de las niñas pegadas a las faldas de la madre, el rostro sereno y dolorido de la esposa, su postrera visión agrupadas en el pórtico de la iglesia cuando él montó en el caballo que sus hombres tenían por las riendas y se volvió a decir adiós. Y luego, la orden de marcha, el sonido de cascos, la columna revestida de hierro y cuero, y Pedro Bermúdez con la señal desplegada al viento como un desafío mientras ellas quedaban atrás, difuminadas y cada vez más ocultas por el polvo, quizá para siempre. A merced de un rey vengativo que odiaba a su padre y esposo.

Se removió en el duro suelo, bajo la manta. Apoyaba la cabeza en el cuero de la silla de montar, que olía a azufre y sudor de caballo, y entre las ramas del robledal alcanzaba a ver las estrellas. No había fuegos encendidos en la acampada, y los bultos dormidos de los hombres apenas se distinguían en la oscuridad. Se removió de nuevo intentando acomodarse mejor, sin conseguirlo. Le dolía la espalda desde el cuello hasta la rabadilla.

El tiempo pasaba muy despacio. Demasiado.

Oyó el relincho aislado de un caballo, y luego la voz queda de dos centinelas dándose la novedad. Uno de ellos dijo algo, rió el otro, sonaron un momento sus pasos alejándose, y después volvió el silencio.

Ni un soplo de brisa agitaba las ramas. A esas horas, pensó Ruy Díaz, los exploradores ya deberían estar de regreso. Si no lo hacían pronto, sería señal funesta. Un mal principio.

No había nada que pudiera hacerse mientras tanto. Así que cerró los ojos y volvió a intentar dormir, sin conseguirlo. Demasiados pensamientos, como antes. Demasiadas imágenes.

También los rostros de los enemigos, sus fantasmas mortales, acudían a la vigilia, como cada noche. Y, pese a sus esfuerzos, se superponían a los de los seres queridos. Uno de aquellos espectros era el del rey Alfonso ante el altar de Santa Gadea, rojo de vergüenza, apretados los dientes de cólera, jurando su inocencia mientras le prometía el infierno con la mirada.

No había sido de forma inmediata, por supuesto. El señor de Vivar era alguien a tener en cuenta; sin él, Burgos y Castilla no estaban asegurados para el nuevo monarca. La revancha se había fraguado silenciosa, a la espera de una oportunidad. Y ésta había llegado con un rostro que también acudía a la cabeza de Ruy Díaz: el conde leonés García Ordóñez, su peor enemigo, a quien después de Santa Gadea había nombrado Alfonso VI alférez del reino, desposeyendo de ese título al enseña de su difunto hermano. Taimado, maniobrero, ambicioso, favorito del monarca, García Ordóñez procuraba envenenar aún más las relaciones entre Ruy Díaz y el nuevo rey.

Y lo había logrado. El destierro era la culminación de tales intrigas.

Le tocaron un hombro y abrió los ojos, llevando por instinto una mano a la daga. La silueta negra de Minaya estaba inclinada sobre él.

—Están de vuelta —susurró el segundo.

Se incorporó Ruy Díaz frotándose los ojos, estirando los miembros doloridos.

—¿Todo bien?

—Ellos te dirán.

Estaba de pie al fin, ciñéndose la espada sobre el belmez de cordobán. Empezaba a hacer frío.

—¿Dormías? —inquirió Minaya.

—No. Pensaba en García Ordóñez.

—Ah. El hijo de mala madre. Comprendo que no durmieras.

Había ocurrido en vísperas del destierro: Ruy Díaz iba comisionado por Alfonso VI a cobrar parias, el tributo anual del rey moro de Sevilla, Almutamid, que las pagó puntualmente; pero al mismo tiempo García Ordóñez iba enviado por el monarca a cobrar las de la taifa de Granada, cuyo rey, Abdalá, era enemigo mortal del sevillano. Convencido por aquél, García Ordóñez había invadido con un ejército de leoneses y moros granadinos la taifa de Sevilla, y Ruy Díaz se había visto obligado, pues Almutamid cumplía sus compromisos, a defenderlo con su hueste. Estaban de por medio su honor y su palabra. La batalla había tenido lugar en Cabra: leoneses y granadinos contra los castellanos y la tropa mora de Sevilla bajo el mando de Ruy Díaz. Una matanza, al cabo, en la que García Ordóñez había sido hecho prisionero; y su tropa, exterminada sin piedad en el combate y la posterior persecución. Para el conde leonés, Cabra había sido una humillación imperdonable. Y para el rey Alfonso, un pretexto ideal para ajustar la vieja cuenta de Santa Gadea. Te destierro por un año, fue la desdeñosa orden real cuando lo tuvo delante en Burgos, antes de volverle la espalda mientras nobles y cortesanos se daban con el codo. Y la arrogante respuesta de Ruy Díaz, firme la voz, una mano apoyada en el pomo de la espada, no hizo sino agravarlo más: si vos, señor, me desterráis por un año, yo me destierro por dos.

Formas humanas entre sombras de árboles, bajo la enramada y las estrellas. Los exploradores estaban de regreso, moviéndose despacio. Silenciosos como gatos monteses.

—Creemos que son cuatro —sonó la voz de Galín Barbués.

—¿Os hicisteis notar?

—No. Subimos con cuidado entre las peñas. El fraile nos guió bien... Detrás de la primera loma, a un lado del paso, hay una rambla. Tenían un fuego encendido allí, al resguardo. Estuvimos un rato mirando y luego nos volvimos.

Ruy Díaz digería la novedad.

—¿Seguro que son sólo ésos?

—No vimos a otros. Oímos sus caballos un poco más lejos, cerca del manantial. Uno de los moros estaba sentado, como de guardia, y los demás parecían dormir.

—¿Armas?

—La hoguera iluminaba poco y no pudimos ver gran cosa.

—Sólo escudos pequeños, lanzas y un arco —apuntó Muño García.

—Caballería ligera —completó la información Barbués—. Simples batidores, como suponíamos.

Seguía pensando Ruy Díaz.

—¿Cuánto tardaremos en ir allí?

—¿Toda la hueste?

—No. Un grupo pequeño, armado para ir deprisa.

Dudaron un instante los otros.

—Podríamos llegar pasados los medios gallos —dijo Barbués—. Y para entonces la luna estará bastante baja.

—Bien... Eso nos da tiempo de atacar antes de que amanezca.

Se volvió Ruy Díaz a mirar en torno. Más siluetas negras se habían unido al grupo y escuchaban en silencio. Creyó reconocer en ellas a Pedro Bermúdez y a Diego Ordóñez.

—Minaya.

—Ordena.

—Dispón a ocho hombres con armas ligeras... Los más jóvenes y ágiles. Que dejen a los compañeros las lorigas, los escudos y todo el equipo pesado. Y que lleven trapos para embozar los cascos de los caballos. No quiero ni un ruido cuando estemos allí.

—A tu voluntad.

—Los demás nos seguiréis al alba con toda la impedimenta.

Minaya hizo una pausa dubitativa. Experta.

—¿Vas a ir tú, Ruy?

—Sí. Con los ocho, los dos exploradores, el fraile y Diego Ordóñez.

—Seréis trece. Mal número.

—Me gusta picar al diablo.

Sonaron risas. Era la clase de insolencias que todos esperaban de él. Desafíos y orgullo. También de ese modo se fraguaban las leyendas.

—¿Será suficiente? —insistió Minaya.

—Será.

Se dispersó el grupo sin más verbos. Ruy Díaz anduvo hasta su vivac, apartó a oscuras las armas pesadas, cogió la silla y la manta y se fue a ensillar la montura. Un caballo era la vida de su jinete, y nunca permitía que nadie hiciera aquello en su lugar. Ni siquiera llevaba criados cuando andaba en campaña. Jamás, desde que guerreaba, había ordenado a un hombre algo que no fuera capaz de hacer por sí mismo. Eran sus reglas. Dormía donde todos, comía lo que todos, cargaba con su impedimenta como todos. Y combatía igual que ellos, siempre en el mayor peligro, socorriéndolos en la lucha como lo socorrían a él. Aquello era punto de honra. Nunca dejaba a uno de los suyos solo entre enemigos, ni nunca atrás mientras estuviera vivo. Por eso sus hombres lo seguían de aquel modo, y la mayor parte lo haría hasta la boca misma del infierno.

Después de asegurar la cincha, el freno y las riendas, comprobó que tenía el crucifijo al cuello como solía, bajo la camisa. Lo besó con gesto rutinario. Después colgó la espada del arzón, palmeó el cuello cálido del animal y echó un vistazo alrededor. El robledal bullía de sombras, pues ahora todos estaban despiertos y cada cual hacía su obligación: sonidos metálicos, resollar de monturas, conversaciones en voz baja. No eran necesarias órdenes, pues todos conocían su oficio. Eran hombres cuyo valor tranquilo procedía de mentes sencillas: resignados ante el azar, fatalistas sobre la vida y la muerte, obedecían de modo natural sin que la imaginación les jugara malas pasadas. Eran guerreros natos. Soldados perfectos.

Se formaban los dos grupos. Al poco se destacó la silueta negra de Diego Ordóñez, acercándose. Sus zancadas fuertes y decididas.

—Dispuestos, Ruy. Once y el fraile.

—Pues vámonos yendo, que hace frío.

La luna asomaba detrás de las colinas cuando trece sombras cabalgaron hacia ella.

Lo peor no era el combate, sino la espera. Tuvo tiempo para pensar en eso mientras aguardaba inmóvil, tumbado boca abajo sobre una roca del paso Corvera. Tenía la espada desnuda y al alcance de la mano. Bajo la loma, ante él, muy cerca, la rambla era un tajo de oscuridad en la noche que la claridad lunar aliviaba un poco. A su espalda, un manto de estrellas se extendía hacia poniente.

En la distancia, muy lejos, aulló un lobo solitario.

La guerra era aquello, se dijo Ruy Díaz de nuevo: nueve partes de paciencia y una de coraje. Y más temple era necesario para lo primero que para lo segundo. Más fatigas daba. En diecisiete años de pelear había visto a hombres de valor probado en las batallas, a guerreros temibles, desmoronarse cuando la espera se prolongaba demasiado. Ser vencidos de antemano por la tensión. Por la incertidumbre.

En su niñez, cuando en Vivar jugaba con espadas de madera soñando con gestas heroicas, cabalgadas gloriosas y batallas contra moros narradas por juglares junto al fuego de invierno, Ruy Díaz creyó siempre que la vida de campaña era un continuo guerrear, una ronquera de apellidar a Santiago, una sucesión de lances sin sosiego. Sin embargo, pronto aprendió que batallar era un mucho más, o un casi todo, de rutina y fatiga, de marchas interminables, de calor, frío, tedio, sed y hambre, y también de apretar los dientes aguardando momentos que no sucedían nunca o que, cuando al fin llegaban, transcurrían fugaces y brutales, sin tiempo para retener detalles, sin otro pensamiento que no fuera golpear, defenderse y recordar la única regla: si luchas bien, vivirás; si no, te matarán.

Estaba al tanto de eso desde la primera vez. Desde la primera espera y el primer combate. Lo había aprendido pronto, a los quince años, y ya no lo olvidó jamás.

Lo había enviado su padre para educarse como paje del infante don Sancho, como le correspondía por derecho e interés de su futuro. Era el camino usual para un infanzón de buena casta: aprendizaje entre gente de armas y nobles de corte, humildad de servir a un príncipe antes de probarse en la guerra —que entonces era menos contra mahometanos que contra navarros y aragoneses—, ser nombrado caballero y acceder a los privilegios de la nobleza inferior castellana.

«Serás mi alférez», había prometido don Sancho algo más tarde.

Un ruido tenue lo sobresaltó de pronto: cloc, cloc, cloc. Creyó oír rodar una piedra cerca de la rambla; y si él lo había oído, también podían haberlo hecho los moros que se hallaban abajo, alguno de los cuales estaría de centinela. Se incorporó sobre los codos, tenso, a echar un vistazo. Ya no había fuego en el pequeño campamento, sino un leve resplandor rojizo donde se consumían los últimos rescoldos. Todo parecía seguir tranquilo.

—No es nada —susurró Diego Ordóñez, apostado junto a él.

Habían sido buenos tiempos, recordó relajándose de nuevo. Tiempos felices. El infante don Sancho y el joven hidalgo simpatizaron pronto; y cuando a Ruy Díaz aún le apuntaba el bozo tuvo su aprendizaje de guerra en Graus y luego en la campaña contra Moqtadir, rey de Zaragoza, que se negaba a pagar las parias correspondientes a ese año: batallas en campo abierto y asedios de ciudades bajo el frío y la lluvia, emulándose uno a otro el infante y el infanzón, gritándose ánimos en el combate, fanfarroneando luego, como mozos que eran, en el recuerdo de las hazañas.

Serás mi alférez. Una promesa que animaba el corazón como vino caliente. Tres palabras soberbias que auguraban la gloria.

Serás mi alférez.

Las había pronunciado don Sancho tras el combate del río Jiloca, cuando las tropas castellanas, después del alcance, se reagrupaban fatigadas en el vado. Lo dijo aún con el yelmo puesto, tras quitarse el guante manchado de sangre agarena y extenderle, para que la estrechara, su mano desnuda. Lo había prometido el futuro rey el día en que ambos pudieron morir y no murieron: aquella jornada en la que mataron codo con codo, batiéndose con el coraje de su juventud y su crueldad guerrera, seguros de que degollando moros se honraba a Cristo. Y jóvenes como ellos, élite castellana como ellos, príncipes como aquél que con hidalga franqueza le ofrecía su diestra, cumplían siempre su palabra.

Serás mi alférez, Ruy Díaz. El que envejecerá conmigo, cubierto de honrosas cicatrices, llevando mi señal en las batallas. El que beberá a mi lado en la mesa, recordando proezas mientras nos escuchan las damas. Lo juro por el Dios que nos alumbra.

Y cumplió. O lo hicieron ambos. Después de aquello, el infanzón de Vivar luchó en duelos singulares por Castilla y por su rey, y llevó la bandera de su señor en lo más cruento de las batallas que aún estaban por reñir. Sin embargo, el azar y la vida juegan sus propios naipes, y sobre la mesa salió demasiado pronto la carta de la Muerte. Entonces, para daño de la cristiandad, hubo un reino partido en tres y una guerra entre hermanos, combates de castellanos contra gallegos y leoneses; y al fin, una celada infame bajo los muros de Zamora. De ese modo llegó el final de una vida regia, de una amistad heroica y de un sueño de gloria. El infante segundón, Alfonso, el joven indeciso y no siempre valeroso, el adolescente del que todos se burlaban en la corte, aquél a quien hermano mayor y paje dejaban aparte, despreciado en juegos y confidencias, fue coronado amo de Castilla y León. Y como una broma pesada del cielo, un rayo cayó a los pies de Ruy Díaz.

Una nube ocultó la luna, que ya estaba muy baja. Llevaban un buen rato esperando eso.

—Vamos con Dios —dijo el jefe de la hueste.

Se incorporó tras santiguarse, prietos los dientes, empuñando la espada.

Pater noster, qui es in caelis.

Otras doce sombras se pusieron en pie a su alrededor, silenciosas al principio, ruidosas a medida que bajaban entre las peñas hacia la rambla, cada vez más deprisa, forzando la carrera y tropezando con los arbustos. Se habían puesto bandas de paño blanco en un brazo a fin de reconocerse entre ellos. Para no acuchillarse en la oscuridad.

Era asombroso, pensó Ruy Díaz, lo que ciertos hombres eran capaces de hacer por un pedazo de pan o una moneda de plata.

Sanctificetur nomen tuum.

Lejanas, frías en lo alto, las estrellas parpadeaban indiferentes. Estaban acostumbradas a que los hombres se mataran entre sí.

Adveniat regnum tuum.

La distancia a recorrer era poca. A Ruy Díaz lo ensordecía su propia respiración entrecortada, el batir de sangre en los oídos. Los últimos pasos los dio corriendo. Casi estaba en la rambla cuando oyó brotar un grito de ella: una exclamación de miedo y alerta en lengua moruna. Para entonces los atacantes estaban saltando dentro, y la nube que ocultaba la luna, al apartarse, hacía relucir aceros desnudos.

—¡Santiago! —oyó gritar a Diego Ordóñez—. ¡Castilla y Santiago!

Sombras humanas se levantaron delante, desconcertadas. Gritos de pánico, sonido de armas al desenvainarse, voces sofocadas y golpes. Tunc, tunc, sonaba el hierro en la carne y en los huesos. Tunc, tunc, tunc.

—¡Quiero a alguno vivo! —aullaba Ruy Díaz.

Una silueta se le interpuso en el contraluz lunar. No había banda blanca visible, así que lanzó un tajo de izquierda a derecha que rozó el cuerpo del oponente, y otro inmediato de derecha a izquierda que dio en carne con un chasquido. La silueta se desplomó sin una queja.

—¡Dejad a alguno vivo!

De pronto, todo quedó en calma. Apenas había durado un paternóster. Sólo se oían ahora el resuello alterado de los hombres y los gemidos sordos de algún herido. A tientas, los castellanos se buscaban unos a otros, palpándose para reconocerse.

—¿Todos estamos bien? —preguntó Ruy Díaz.

Respondieron que sí uno por uno. Nada más que una torcedura de tobillo mientras bajaban por la cuesta. Poca cosa. En cuanto a los moros, Diego Ordóñez hacía el recuento.

—Al final eran cinco —dijo satisfecho—. Y dos siguen vivos.

Los iluminaba la luz incierta del alba: tres moros muertos y dos heridos. Ruy Díaz había enviado exploradores hacia el norte, por la calzada romana, para prevenir la llegada de la aceifa. Los demás estaban en la rambla, curioseando entre los restos del pequeño campamento, aunque allí había poca ganancia: mantas morunas, un par de pellizas de borrego, armas ligeras, sillas de montar y cinco caballos. Registrados los muertos y los vivos, el botín era mínimo: dos o tres objetos de plata y algunas monedas de oro cristianas y musulmanas.

—Uno de los heridos no llegará a la noche —Diego Ordóñez hizo una pausa corta para reír, brutal—. Y, naturalmente, el otro tampoco.

Ruy Díaz contemplaba los cadáveres. Eran jóvenes, con barbas y ojos oscuros entornados e inmóviles, fijos en la nada, en los que empezaban a depositarse motas de polvo. Tenían el pelo largo y sucio. No les había dado tiempo a liarse los turbantes antes de caer acuchillados. La palidez de la muerte daba un tono oliváceo a su tez tostada. Aljubas y albornoces estaban desgarrados a espadazos, y de las heridas brotaban regueros de sangre, absorbida por la tierra de la rambla. Las moscas, vencedoras de todos los combates, empezaban a acudir en enjambres.

—Son morabíes.

Diego Ordóñez se pasaba una mano por la calva. La vigilia le tornaba grasienta la piel bronceada. De no ser por la ropa y la espada, habría podido pasar por cualquiera de los moros muertos o vivos. Ruy Díaz los observó detenidamente.

—¿Tan al norte?

—Mira los tatuajes.

Se inclinó sobre uno de los cadáveres para estudiarlo de cerca. Era cierto. En el dorso de la mano derecha tenía una marca azulada: una tosca estrella de cinco puntas. Al alzar la vista encontró la mirada de Ordóñez, que asentía grave.

—Empiezan a subir demasiado —dijo éste.

Miró Ruy Díaz las manos de los otros. Muertos y heridos tenían la misma señal excepto uno de los cadáveres, al que le habían cercenado la mano de un tajo y a saber dónde estaba.

—Hijos de mala perra —masculló Ordóñez—. Me cago en el moro Ismael y su madre.

Se mesó Ruy Díaz la barba, pensativo. Los morabíes eran gente salvaje, fanática hasta la locura. Excelentes guerreros, se estaban adueñando del norte de África; y algunos reyes de taifas, cuyas tropas peninsulares flojeaban desde Al-Mansur, los invitaban a pasar el Estrecho como tropa de choque a cambio de paga y botín. A veces, incluso, eran contratados para guerrear entre mahometanos, que en odios mutuos emulaban —y a menudo superaban— a los reinos cristianos del norte. Por eso no era extraño que algún jefe morabí decidiera, aprovechando el buen tiempo, asolar por su cuenta la frontera del Duero. Sin embargo, era la primera vez que cruzaban el Guadamiel.

—Veamos a los prisioneros.

Estaban vigilados por cuatro hombres: un moro de rodillas, las manos atadas a la espalda, y otro tumbado boca arriba y cubierto con su propio turbante ensangrentado, que alguien le había puesto sobre el vientre. Este último era joven, con barba rizada y rala. Estaba pálido y respiraba despacio, dolorosamente. Ruy Díaz se arrodilló junto a él, retiró el trapo y vio las tripas abiertas, azuladas y sanguinolentas. Todavía le quedaba un rato, y no iba a ser agradable. Las moscas zumbaron enloquecidas, arremolinándose allí. Volvió a taparlo.

—*Yauga?* —preguntó al herido—. ¿Duele?

No contestó el moro, que se limitó a apretar los labios.

—*Antum murabitín?*

Pareció querer erguir el otro la cabeza, con un espasmo de dolor. O de orgullo.

—*Iyeh* —afirmó entre dientes.

—*Tiqalam ar-romía?...*

Hablase o no cristiano, hizo el moro amago de escupir a Ruy Díaz, sin conseguirlo. De su boca seca no salía saliva. Se quedó así un momento más, intentándolo con penosas boqueadas, hasta que, inclinándose sobre él, Diego Ordóñez le dio un puñetazo.

—Déjalo —dijo Ruy Díaz.

—Que le escupa a su puta Fátima.

—Que lo dejes, te digo.

Se frotaba Ordóñez la mano, mirando torvamente al herido. Después la introdujo en la faltriquera y sacó un crucifijo de plata deformado a martillazos.

—Llevaba esto encima. A saber a quién se lo quitó. Quizá a la mujer que vimos en la primera granja... ¿No te acuerdas?

El tono era casi insolente, y Ruy Díaz lo miró con dureza. No podía consentir eso. Había otros hombres escuchando y no era cosa de darle confianzas a nadie.

—Fuera de mi vista —ordenó, seco.

Palideció el otro.

—No me gusta ese tono, Ruy.

—Fuera de mi vista, Diego Ordóñez —apoyaba una mano, colérico, en el pomo de la espada—, o por Cristo vivo que lo vas a sentir.

Tragó saliva el otro. Seguía pálido. Entreabrió la boca para decir algo, aunque pareció pensarlo mejor. Sólo dio un bufido mientras Ruy Díaz continuaba mirándolo, impasible. Al fin se guardó la cruz de plata y dio media vuelta, alejándose.

—Ese otro sí habla *romía* —dijo uno de los hombres, señalando al moro que estaba maniatado y de rodillas.

El prisionero debía de tener unos treinta años: pelo ensortijado, crespo y espeso, ojos vivos y muy negros. En realidad era sólo un ojo, pues el otro estaba cerrado por un golpe, bajo los párpados hinchados. Un gran hematoma rojizo, que ya viraba al morado, le iba desde la frente a la sien. Tenía el pelo grasiento y olía a sudor y humo de leña. Estaba en camisa, con las piernas desnudas, y aparte el golpe de la cara no tenía daños visibles, excepto que alguno de sus captores acababa de arrancarle un arete de oro o plata que había llevado en la oreja izquierda, pues el lóbulo estaba desgarrado y sangraba, goteándole sobre el hombro.

—¿Hablas cristiano?

—*Xuai.*

—¿Qué hacéis aquí?

Silencio. El moro apartó la vista, fijándola en el suelo.

—Sabes que te vamos a matar —dijo Ruy Díaz con calma.

—Sé —murmuró el otro sin alzar los ojos.

—Puede ser rápido o puede ser lento. De ti depende que sea *kasa* o *kasa-la,* ¿comprendes?... Sufrir mucho o poco.

Movió el moro la cabeza.

—*Ana muyahid murabit...* Soy morabí.

—Sé lo que eres —le señaló la mano—. He visto tu marca y las de tus compañeros. También he visto las otras marcas: las que habéis dejado en los lugares por donde pasasteis.

El moro miró fugazmente los cuerpos muertos y luego al que agonizaba a pocos pasos.

—Nunca pasado por sitios... No pasamos nada. *Halef belah,* lo juro. Por mi cabeza que no.

Su habla en lengua de Castilla no era mala. Todo lo contrario. Aquel individuo, concluyó Ruy Díaz, no acababa de cruzar el Estrecho. No era su primera algara en tierra cristiana. Se acercó un poco más, cual si fuese a deslizar una confidencia en la oreja ensangrentada.

—La mujer de la granja y los viejos crucificados, Mahomé —susurró, casi amistoso.

El ojo sano parpadeaba inquieto. O más inquieto que antes.

—No llamo Mahomé... No digas nombre santo.

—Yo escupo en el nombre santo y me importa una mierda cómo te llames... ¿No te acuerdas de ellos? ¿De la mujer y los viejos?

Negó con la cabeza el moro.

—*La.*

—¿De verdad que no te acuerdas?

—No.

Suspiró, paciente. Se había arrodillado junto al prisionero.

—Dime cuánta gente va en la aceifa, y hasta dónde piensan llegar.

—No sé qué hablas. No entiendo dices aceifa.

—¿Quién la manda?... ¿Quién es el tu *dalil*?

Bajó el otro el rostro, obstinado, apretando los labios. Ruy Díaz lo agarró por el pelo para obligarlo a levantar la cabeza.

—¿Cuándo tienen previsto pasar por aquí, de vuelta al río?... ¿Cruzarán por el vado?

—No sé.

—¿No sabes?

—*La.*

Soltó el pelo del moro y se volvió hacia sus hombres, que miraban la escena con curiosidad. Sólo Diego Ordóñez se mantenía a distancia, sentado en una piedra. Enfurruñado.

—Traed tocino.

Uno de ellos subió hasta los caballos y volvió con una talega al hombro. Al llegar junto a Ruy Díaz le puso en la mano un trozo envuelto en un paño.

—¿Sabes qué es esto, Mahomé?

Había deshecho el envoltorio y le mostraba el contenido: un tasajo grasiento de un palmo, blanco con vetas rojizas. Olía fuerte a causa del calor.

—Tocino de cerdo, fíjate bien. *Hensir.*

Se lo acercó al moro, y éste miró el suelo.

—Nunca has comido cerdo, ¿verdad?

No respondió el otro, que mantuvo la cabeza baja, aunque Ruy Díaz advirtió que observaba de reojo el tocino, con repugnancia.

—Voy a decirte lo que haré contigo antes de cortarte el cuello —dijo con mucha calma—. Te voy a restregar esto por la cara y la boca, ¿sabes?... Y cuando te degollemos te meteré un buen trozo en la garganta y otro en el culo, para que vayas con la boca y el ojete llenos al paraíso, en busca de esas huríes que tenéis allí, y cuando llames te den con la puerta en las narices... ¿Tu habla *romía* es lo bastante buena? ¿Entiendes todo lo que te digo?

El ojo sano parpadeaba como si el moro hubiera perdido el control de los músculos de la cara. El horror contraía el lado intacto de sus facciones. Además de la sangre que goteaba de su oreja desgarrada, el sudor le corría en regueros desde la frente a la punta de la nariz. Del cuerpo brotaba ahora un olor distinto, que Ruy Díaz conocía bien. Un olor agrio a desesperación, vómito y miedo.

Uili, murmuró el prisionero como si rezara. Ay de mí. Apartó el rostro, sobresaltado, cuando Ruy Díaz le acercó el tocino a la boca.

—Vas a morir impuro, Mojamé —las palabras de Ruy Díaz goteaban despacio, como plomo fundido—. Te lo juro por el verdadero Dios, que todo lo ve y todo lo sabe... No vas a hacerlo en *yihad,* como buen guerrero, sino *niyis,* impuro, ensebado de puerco como un perro infiel. Voy a contar hasta cinco, y tú decides. Uno, dos...

—*Uqef.* Para.

Había alzado al fin la cara. Miró a Ruy Díaz, que pudo leer en sus ojos una congoja desgarradora. Después el moro se pasó la lengua por los labios resecos y lo contó todo muy despacio, con voz átona, distante, como si acabara de franquear una puerta invisible: número de gente, intenciones, itinerario. No fue preciso hacerle ninguna pregunta más, y al terminar se quedó callado, mirando otra vez el vacío. Con el ojo sano velado de la más absoluta nada.

Ruy Díaz se puso en pie sacudiéndose la tierra de la ropa. Miró a su gente y asintió con la cabeza. El que había traído el tocino desnudó su cuchillo. Al oírlo salir de la vaina, el moro pareció recordar algo, pues miró al jefe de la hueste.

—Agua, *nezrani* —suplicó.

—Que se joda —dijo el del cuchillo, que ya daba un paso adelante.

—Dádsela —ordenó Ruy Díaz—. Tiene derecho.

Los hombres se miraron entre sí: indecisos primero, aprobadores después. Uno de ellos trajo un odre con agua, acercándoselo a la boca al moro. Bebió éste un sorbo corto, apenas lo justo para mojarse los labios. Ahorrando el agua de quienes lo iban a matar. Luego apartó la cara y miró al cielo.

—*Alahuakbar* —dijo, resignado.

Lo degollaron con eficiencia profesional y estuvieron contemplando, curiosos, cómo se estremecía en el suelo con las últimas convulsiones mientras la sangre empapaba la tierra.

—Uno menos —dijo alguien.

Ruy Díaz observaba a los suyos: rostros curtidos de viento, frío y sol, arrugas en torno a los ojos incluso entre los más jóvenes, manos encallecidas de empuñar armas y pelear. Jinetes que se persignaban antes de entrar en combate y vendían vida y muerte por un salario. Habituales de la frontera. No eran malos hombres, concluyó. Ni tampoco ajenos a la compasión. Sólo gente dura en un mundo duro.

Al fin el moro dejó de moverse. Ruy Díaz señaló el revuelto campamento.

—Despejadlo todo.

Diego Ordóñez seguía sentado en la piedra, mirando de lejos, airado todavía el rostro. Ruy Díaz caminó hasta él y se sentó a su lado mientras el sol asomaba, rasante y rojizo, por el borde de la rambla.

—No debiste hablarme así antes —gruñó Ordóñez—. Soy el mayoral de la hueste.

—Y tú debiste refrenar la lengua. Ya sabes cómo funciona esto.

Se quedaron callados un momento, deslumbrados por la luz que les calentaba la cara. Al cabo, emitiendo un suspiro, Ruy Díaz se palmeó los muslos y se puso en pie.

—Rematad al herido y cortadles la cabeza a todos —dijo—. Luego ponedlas en un saco, a la sombra.

Señaló el otro el sol levante.

—Aun así, acabarán apestando con el calor —apuntó.

—Lo sé, pero no hay más remedio... Ignoro las que cortaremos antes de volver; pero cuantas más llevemos, mejor.

—Claro —Ordóñez reía por el colmillo—. Los burgueses de Agorbe querrán ver en qué han gastado su dinero.

V

Se dirigieron sin prisa hacia el norte, por la antigua calzada, al encuentro de la aceifa que tarde o temprano utilizaría ese camino.

La vía, construida con grandes losas de piedra que aún se conservaban en buen estado, había sido hollada en los últimos ocho o diez siglos por las legiones romanas, las hordas bárbaras, los ejércitos godos y los invasores islámicos. Con su trazado racional y recto, visibles todavía algunas de sus piedras miliares, aquélla era, pensó Ruy Díaz, una de las arterias por las que transitaba la historia de los pueblos; aunque a los hombres polvorientos y fatigados que cabalgaban detrás, e incluso a él mismo, eso les fuera indiferente. Facilitaba un camino más cómodo que campo a través, y eso bastaba. Era todo, y por Dios que no era poco.

La calzada discurría por un paraje yermo, desierto, que a partir de media tarde se fue animando con bosquecillos de pinos cerca de una colina rematada por un castillo roquero reducido a ruinas. Ruy Díaz iba en cabeza de la columna, con Minaya y el alférez Pedro Bermúdez detrás y precediendo al resto de los hombres, cuya marcha, tras las mulas con la impedimenta, cerraba la zaga de jinetes mandada por Diego Ordóñez. Desde su montura, apoyadas las manos en el arzón de la silla donde colgaba el yelmo, Ruy Díaz veía avanzar despacio, en la distancia, a los dos exploradores que en ese momento ocupaban la vanguardia.

—Buenos mozos —comentó Minaya, que se había puesto a su lado.

Asintió Ruy Díaz mientras con ojo experto observaba a los dos jinetes. Eran Galín Barbués y Muño García. Los exploradores siempre iban de dos en dos, para apoyarse mutuamente. Algunas parejas funcionaban bien y otras no. Aquélla era de las que sí: jóvenes, ágiles, con buena vista y un sentido del riesgo que nunca rayaba en la imprudencia, el almogávar y el castellano se compenetraban de modo admirable. Ambos sabían cabalgar con los ojos abiertos. En poco tiempo habían desarrollado su propio código silencioso, lo que les ahorraba andar a voces, y podían entenderse con una mirada o un ademán, por la forma en que el compañero se inclinaba sobre el caballo para buscar huellas o se detenía, puesto en pie sobre los estribos, para mirar alrededor. Cabalgaban siempre lejos uno de otro aunque sin perderse de vista, moviéndose en semicírculo a unos doscientos pasos por delante de la columna. Atentos al menor indicio de peligro. De presencia hostil.

—¿Te acuerdas del camino de Medinaceli, Ruy?... ¿Hace trece años?

—Pues claro.

Minaya indicó a los exploradores con el mentón.

—Tú y yo, como esos dos ahora. La tropa a dos tiros de flecha, con el infante don Sancho a la cabeza. Y de pronto, los moros.

—Tú los viste primero.

—Da igual quién los viera. Salieron del bosque y nos vinieron encima. Sobre todo a mí, que estaba más cerca... Podías haber picado espuelas y largarte. Pero en vez de eso, viniste a socorrerme.

Asintió Ruy Díaz sin apartar la vista de los exploradores.

—Huir sólo sirve para morir cansado y sin honra.

—Eso decíamos entonces —rió Minaya— porque éramos demasiado jóvenes. Ahora ya no lo decimos.

—No.

—¿A cuántos matamos allí? ¿Lo recuerdas?... A veces se me cruzan los muertos.

—Derribamos a cinco. El que te atacó con la lanza y cuatro más.

Se tocó Minaya una de las cicatrices que tenía en la cara, entre las marcas de viruela. La que rasgaba en vertical su pómulo izquierdo.

—Tres tú, dos yo. Es verdad. Con el futuro rey mirándonos de lejos. Fue una linda jornada.

—No fue mala.

—Tus primeros moros muertos... Que no cristianos, pues ya habías madrugado contra los aragoneses en Graus, cuando despachamos al rey don Ramiro —se santiguó Minaya—. Que Dios tenga en su gloria.

Uno de los exploradores, el que avanzaba a la derecha de la calzada, se había detenido. Ruy Díaz lo vio observar el bosquecillo de pinos que quedaba a un lado de la ruta, arrimar luego espuelas y detenerse de nuevo algo más cerca. Habiéndolo visto hacer eso, su compañero cruzó despacio la calzada y fue a reunirse con él. Al cabo de un momento reemprendieron la marcha separándose con un trotecillo corto. Nada inquietante a la vista. Quizá un ave, o un animal.

—Buena jornada, la de Medinaceli —repetía Minaya, nostálgico—. A los pocos días nos armaron caballeros. Y un año después eras alférez de don Sancho.

—Sí.

—Todo ha ido muy rápido, Ruy.

—Demasiado... Mira dónde estamos.

Resonaban, monótonos, los cascos herrados en las piedras de la calzada. Minaya miraba el torreón medio derruido del castillo.

—No me has dado detalles de la aceifa —dijo—. Lo que sacaste en limpio de los atajadores.

Ruy Díaz se los dio. Según lo que había contado el prisionero, la tropa enemiga la componía medio centenar de jinetes, dos tercios de ellos morabíes: guerreros profesionales con ganas de batallar. Los mandaba un moro de Fez llamado Amir Bensur. El resto era lo que los de Vivar llamaban agarenos: andalusíes de las taifas de Alpuente y Albarracín que se les habían juntado con la esperanza del saqueo. El plan era el sospechado: pasar el Guadamiel, subir hasta la sierra del Judío y regresar luego por la calzada romana con ganado, esclavos y botín. Los atajadores debían asegurar el paso Corvera y el agua para los caballos. A esas alturas, la aceifa tenía que haber saqueado ya la aldea de Garcinavas y embocado el camino de vuelta. Eso los situaba al norte, a una o dos jornadas de marcha, acercándose a la hueste castellana.

—¿Qué dijeron de su jefe?

—Que es hijo de alfaquí moro y esclava cristiana. Sobre los treinta y cinco, veterano, buen guerrero... Lleva un año en España. Lo trajo de África el rey de Málaga, contratado con doscientas lanzas, para que lo ayudara a cobrar impuestos y le echara una mano contra el de Sevilla. Y por lo visto cumplió bien. Luego anduvo por la frontera, buscándose la vida con parte de su gente. Como nosotros, más o menos.

—¿Trae caballería pesada?... Dice el Bermejo que los frailes de San Hernán no pudieron verlos a todos.

—Ocho o diez, nada más. Por si hay choques serios. El resto es gente armada a la ligera, con arcos y lanzas. O eso dijo el prisionero.

—Si ese Bensur es un morabí como manda el Profeta, será un fanático de aquí te espero.

—Eso parece. Pena de vida para el que incumpla los preceptos del Corán. Prohibido el vino, el juego... Hasta el ajedrez les ha prohibido.

Escupió Minaya al frente, entre las orejas de su caballo.

—Por vida de. Qué cabrón.

—Sí.

—No me extraña que los reyes taifas lo envíen a la frontera, para descansar de él y sus virtudes islámicas... A ver si, con algo de suerte, no vuelve.

Miró Ruy Díaz a los exploradores, que cabalgaban de nuevo doscientos pasos por delante. Uno a cada lado de la calzada.

—De nosotros depende —dijo—. Que no vuelva.

Reía Minaya, rascándose la barba.

—Si Dios quiere.

—Siempre se le puede echar una mano a Dios.

El castillo, del tiempo de los visigodos o tal vez de los romanos, estaba casi demolido. Sólo quedaban en pie parte del torreón y un lienzo de muralla, y a su sombra se instaló la hueste. Era un buen observatorio, pues desde allí se vigilaba un extenso tramo de la calzada. Tenía un antiguo aljibe con agua de lluvia sucia y fangosa, pero que sacada mediante cubos de cuero y filtrada con trapos podía ser bebida por hombres y animales. También crecían allí alguna higuera y un par de algarrobos, que los hombres despojaron con rapidez, rama por rama.

—Que la gente cene y descanse —ordenó Ruy Díaz—. Pon un centinela en la torre, Minaya... Pero hazlo subir con cuidado, no se derrumbe algo y se parta el alma.

—A tu voluntad.

—Después cabalgaremos de noche. Nos iremos con los primeros gallos, antes de que asome la luna.

Había echado pie a tierra. Soltó la cincha, retiró la silla del caballo y le secó el lomo con la manta antes de extenderla en el suelo y tumbarse encima, a la sombra de las viejas piedras.

—Que nadie encienda fuego. Lo que hayan de comer, que lo coman frío.

Se había quitado la cota de malla, las espuelas y las botas de montar, desabrochándose el calzón para mirarse el muslo izquierdo, bajo la ingle. Tenía allí una llaga que el continuo estar a caballo irritaba mucho. Con el roce, el sudor y la suciedad acabaría infectándose, pensó con fastidio. Pero hasta que el asunto de la aceifa mora estuviese resuelto no había solución. Luego podría pensar en limpiarla y cauterizarla. De momento la lavó con vinagre, dejándola secar al sol.

Tocarse la piel desnuda le había recordado a su mujer: Jimena en San Pedro de Cardeña, con las hijas, esperando noticias. Su tez blanca y los senos rotundos, las caderas anchas hechas para parir. Los ojos y la boca.

Sintió el estímulo en la carne propia, por encima del escozor de la llaga. Estaba tumbado boca arriba, las manos tras la nuca, cerrados los ojos. Recordando el primer beso —único, hasta mucho más tarde— en el balcón de la casa de ella, después de que él, atrevido cual mozo en pleno vigor, trepase por la enredadera para arrancárselo. Luego vino la oposición del padre, el conde Lozano, orgulloso descendiente de los reyes de Oviedo; y a continuación, la ofensa al padre de Ruy Díaz, el viejo Diego Laínez, cuando éste fue a pedir la mano de Jimena para su hijo: la bofetada en el calor de la disputa, irreparable y sin vuelta atrás. Y al fin, el desafío de Ruy Díaz al padre de su amada, el encuentro del conde asturiano y el infanzón de Vivar en campo abierto, lanza a lanza, según las reglas del honor. La arrancada, el choque, el conde Lozano caído sobre la hierba, confuso por el golpe, alzando una mano ante el yelmo para protegerse el rostro, la misma con la que había ofendido a todo Vivar humillando las canas del viejo hidalgo. Y Ruy Díaz, ahora pie a tierra, adelantándose con la espada para cercenar de un tajo aquella mano, que ese mismo día, metida en una escarcela, fue a llevar a su padre y luego al rey.

Constante como mujer, Jimena había tardado en perdonar. Ni siquiera la boda ordenada por el monarca, según los usos y la ley, para amparar a la huérfana con el matador del padre, había fundido el hielo de sus ojos, su boca y su carne. Hasta que, al regreso de una campaña dura y poco feliz —el asedio de Coímbra—, Ruy Díaz entró en su casa aún armado y cubierto de polvo del camino y halló, como de costumbre, la alcoba cerrada. Y entonces, ciego de cólera, dando voces a los criados y haciéndolos salir a todos, harto de ser marido sin esposa, hizo pedazos la puerta; y ya dentro, ante Jimena, lloró por primera y última vez desde que había sido niño: «Maté a tu padre cara a cara, no como villano. Hombre te quité, pero hombre te di». Eso fue lo que dijo. Y ella, tras mirarlo durante un larguísimo rato en silencio, le tocó muy serena la cara, como para borrarle las lágrimas. Después lo tomó por una mano y lo condujo al lecho.

Memoria. Tiempo, distancia y memoria. Aún turbado con el recuerdo de aquella carne de mujer lejana, Ruy Díaz abrió los párpados húmedos de sudor y estuvo mirando un gavilán que volaba sobre la torre desmochada del castillo. El sol ya estaba camino del horizonte y en el pinar que se extendía al pie de la colina chirriaban enloquecidas las cigarras. No había ni un soplo de brisa.

Tienes que hablarles, había insistido Minaya. Te siguen al destierro por ser quien eres, pero al final tendrás que hablarles. Se lo han ganado con su lealtad y su silencio.

Quizá ahora sea el momento, pensó. La oportunidad.

Se puso en pie tras calzarse las botas, ciñéndose la espada. Era ésta una herramienta de buena forja y peso razonable, bien equilibrada, de doble filo en la hoja de cinco palmos de longitud, guarda de cruz y empuñadura sólida forrada de cuero hasta un pomo lo bastante contundente para golpear en el cuerpo a cuerpo. Se trataba de un arma hecha para pelear en campo abierto, no para lucirla en los salones; y en gente como él y quienes lo seguían significaba honor y seña de identidad. A diferencia de la alta nobleza, con sus privilegios y rentas de la tierra debidos a hazañas familiares del pasado, los hidalgos de frontera lo fiaban todo a sus espadas y a su presente, y sus franquicias e inmunidades eran fruto del peligro en que vivían. Hasta un simple villano podía ganar allí, a fuerza de años, trabajos y peligros, la condición de caballero.

—¡A mí todos! —gritó.

Acudieron graves, congregándose con la curiosidad en el semblante: rostros veteranos atezados de sol y cicatrices, o facciones casi imberbes de mozos en su primera cabalgada. Revueltos unos con otros, aunque reunidos para el descanso en ranchos por edad, afinidades o lugar de nacimiento, sometidos a la férrea disciplina impuesta por Minaya y Diego Ordóñez. En buena parte eran burgaleses, aunque también los había de otros lugares de Castilla, aparte algún asturiano, un par de leoneses y el aragonés Galín Barbués: infanzones y gente baja mezclados en busca de rango y fortuna, aventureros de poca o ninguna hacienda, endurecidos por padres y abuelos hechos en cuatro siglos de guerrear contra moros e incluso contra cristianos. Con nada que perder excepto la vida y todo por ganar, si lo ganaban. Una sociedad entre dos mundos, organizada y forjada para la guerra.

—Aquí nos tienes —dijo Minaya.

Ruy Díaz miró en torno, demorándose unos instantes para crear expectación. Todos estaban allí menos dos centinelas destacados en la calzada y el de la torre: veintisiete hombres. También el fraile bermejo venía con ellos, curioseando todo con mucha atención mientras mordisqueaba una algarroba. Veintiocho.

—Acercaos más.

Obedecieron, rodeándolo. Hedían a sudor, suciedad, estiércol de caballo, cuero ensebado y metal de armas. El jefe de la hueste no era hombre de discursos, aunque podía arreglárselas. Sabía un poco de retórica, pues algo de latín, historia y cuentas había estudiado de muchacho en la casa paterna; pero sobre todo conocía a los hombres tras guerrear durante diecisiete años con ellos o frente a ellos. Sabía que no era lo mismo hablar a cortesanos que a soldados, y que las palabras que se decían bajo techo y entre tapices no eran las que debían usarse espada al cinto y con el viento de la guerra en los dientes. También era consciente, y no sólo porque Minaya hubiese insistido en ello, de que esos hombres estaban allí por él. Porque su nombre y su fama prometían ganancia y aventura.

—Mañana o pasado mañana, si lo quiere Dios, daremos con la aceifa —dijo alzando la voz para que todos oyeran bien—. Vendrá con un buen botín, así que vamos a procurar que cuanto trae cambie de manos.

La mención al beneficio arrancó sonrisas y miradas entre algunos hombres. Ruy Díaz les concedió un momento para que dieran riendas a la ambición y luego apoyó la mano izquierda en el pomo de la espada.

—Una cosa debe quedar clara, si no lo está —prosiguió—. Alfonso VI me ha desterrado, y vosotros habéis elegido venir conmigo. Pero él sigue siendo mi rey, así como el vuestro... Estemos en Castilla o en tierra de moros, el juramento de lealtad no queda roto. Ni siquiera en suspenso... Por eso, de cuanto botín consigamos ahora o en adelante, reservaremos siempre su parte —alzó un poco más la voz, rotundo—. Y ésta será intocable.

Se miraba la tropa entre sí. Los de Vivar asentían aprobadores por costumbre, pero otros mostraban desconcierto. Incluso desagrado. Fue Diego Ordóñez quien levantó una mano, ceñudo como solía.

—¿Y qué parte del rey es ésa? —preguntó con aspereza—. ¿El quinto?

Lo miró Ruy Díaz sin pestañear.

—Yo decidiré qué le corresponde, según lo que haya.

Ladeaba la cabeza Ordóñez, los pulgares en el cinto.

—Con nuestro sudor y nuestra sangre —comentó, agrio.

No volvió la vista Ruy Díaz hacia Minaya, aunque supo que su segundo lo miraba, y también supo que estaba pensando lo mismo que él. Son buena gente, con simpatías y aversiones como todos los seres humanos; pero hay que sujetarles la rienda, pues nunca olvidan lo que también son: lidiadores feroces, hechos por su propio mérito y sufrimiento, sin otro patrimonio que el orgullo. Con ellos no basta dar órdenes, ni tampoco es bueno explicárselas. La conducta de un guerrero se forja en lo que se espera de él; por eso hay que apelar a lo que lleva dentro. Su trato exige un continuo tira y afloja. Manejarlo, ganar su obediencia ciega, no está al alcance de cualquiera: sólo de alguien a quien respete por estimarlo superior; por saberlo el mejor entre todos. Y en el oficio de las armas, semejante prueba, el juicio de Dios y de los hombres, es preciso pasarla cada día.

—Vuestro sudor y vuestra sangre me pertenecen —dijo, mirando al mayoral con dureza—. Porque se mezclan con los míos.

Bajó la vista el otro. No convencido —Diego Ordóñez nunca lo estaba del todo—, pero sí domado por la disciplina. Por el hábito profesional de obedecer. Entonces, procurando mirar un momento a cada uno de los hombres, sin olvidar a ninguno y ni siquiera al fraile, Ruy Díaz contó su plan de combate. Salir al paso de la aceifa en la calzada, emboscándola. Matar mucho y bien, liberar a los cautivos y quitarles a los moros cuanto llevaran consigo. Sin embargo, al mencionar a los cautivos algunos hombres se removieron inquietos y Ordóñez volvió a mirarlo con reprobación, aunque esta vez no dijo nada. Así que el jefe de la hueste se detuvo a aclarar ese punto.

—Por la gente cristiana ya nos pagan en Agorbe, así que no hay rescate que cobrar de ellos... Lo demás, ganado, dinero, objetos, será todo nuestro. Y a los moros que queden vivos podremos venderlos como esclavos.

Hizo ahí una pausa deliberada, reforzándola con la oportuna sonrisa.

—Así que, por mucho que matemos —añadió—, procuremos no matar demasiado... Las putas que les tiene reservadas Mahoma pueden esperar.

Sonaron carcajadas y burlas groseras. Hasta Diego Ordóñez sonreía a su pesar, apreciando la chanza. Agachándose para tomar una rama del suelo, Ruy Díaz se puso a trazar en la tierra el dibujo de lo que planeaba.

—Es mejor —siguió diciendo— que todos estemos al corriente de los planes, porque empezado el combate no habrá ocasión de órdenes... Dejaremos aquí la impedimenta y lo innecesario, con las mulas y un hombre para vigilar. El resto cabalgaremos a punto de guerra, con las cotas de malla puestas, los escudos a la espalda y las armas listas. A partir de ahora, nadie comerá ni beberá nada que no pueda llevar consigo... ¿Entendido?

Asentían los hombres, expectantes. El jefe de la hueste terminó de dibujar, rematándolo con una línea vigorosa que cruzaba de parte a parte.

—Quiero resolverlo en la primera carga. Nuestro grupo principal irá contra el grueso de los moros, desbaratándolos, y otro más pequeño se encargará de asegurar el botín y a los prisioneros que traigan, para evitar que los degüellen.

En ese punto se detuvo a mirarlos otra vez uno por uno, cual si lo que iba a decir se dirigiera a cada hombre en particular.

—Bajo pena de vida, nadie se detendrá a coger botín hasta que todos los moros, insisto, todos los moros, estén muertos o prisioneros... ¿Se me entiende bien?

—Es pena de vida —repitió Minaya, que también miraba a los hombres—. Se ha entendido perfectamente.

Asintieron, incluido Ordóñez. Pedro Bermúdez, el sobrino alférez, señaló hacia la calzada romana.

—¿Qué hay de los d-dos Álvaros y sus d-diez jinetes?

—Supongo que seguirán pegados a la retaguardia de la aceifa. Siguiéndole la huella. Si lo suyo ha ido bien, vendrán detrás por la calzada.

—¿Sabrán interpretar l-lo que ocurra?

Ruy Díaz borró el dibujo del suelo y se puso en pie, limpiándose la tierra de las manos.

—Los dos son guerreros con experiencia, muy hechos a esto... Estoy seguro de que se ocuparán del alcance. Los moros que huyan van a darse de boca con ellos... ¿Alguna pregunta más?

Nadie formuló ninguna. Lo contemplaban respetuosos, satisfechos. Sabiéndose bien mandados. Para los veteranos era un probado camarada de armas, buen jefe y con fama de justo a la hora de repartir el botín. Para los jóvenes era sencillamente una leyenda. En realidad, se dijo, ser jefe consistía en eso: la capacidad de hacer planes y de convencer a otros para que los ejecutaran, aunque eso los llevase a la muerte.

Ruy Díaz cruzó la mirada con Minaya y volvió a alzar la voz.

—Habéis unido vuestro destino al mío, y eso me ata con una deuda que no pagarían los tesoros de Arabia... Pero algo puedo prometeros. Vamos a combatir esta y otras veces, y cristianos y agarenos oirán hablar mucho de nosotros. Os doy mi palabra. Quienes nos sean hostiles maldecirán nuestro nombre, y los amigos se felicitarán de que lo seamos. Con la ayuda de Dios.

Dicho eso, se santiguó. Y un murmullo general repitió «con la ayuda de Dios» mientras los hombres humillaban la cabeza y se santiguaban a su vez.

Alzó una mano el fraile, bendiciéndolos a todos.

—*In nomine Patris, et Filii, et Spiritus Sancti, amen.*

VI

Parecían dirigirse hacia la luna, pues ésta se alzaba rozando todavía el horizonte, al extremo de la calzada romana. Su claridad difusa recortaba en penumbra árboles y rocas, alargando las sombras de hombres y caballos. Eso daba una apariencia espectral a la hueste, que avanzaba despacio, silenciosos los jinetes, sin otro sonido que el de los cascos de sus monturas sobre las piedras planas del suelo.

Ruy Díaz cabalgaba delante, como solía, con el escudo colgado a la espalda y la lanza sujeta en el estribo derecho y el arzón de la silla, la espada en su funda de cuero al otro lado. Cumpliendo sus propias órdenes, llevaba la cota puesta y el almófar de malla de acero colocado bajo el yelmo, protegiéndole el cuello y la nuca: una incomodidad a la que sus hombres y él estaban habituados. La oscuridad podía deparar sorpresas desagradables. Si por alguna razón los moros decidían moverse en vez de acampar, nada excluía darse de boca con ellos en mitad de la noche.

Pensó —ése era su trabajo, pensar y prevenir— en los dos hombres que cabalgaban delante de la hueste, invisibles en las sombras. Para la ocasión había recurrido otra vez a los mejores: Galín Barbués y su inseparable Muño

García. Sus instrucciones eran moverse con precaución, atentos a la menor señal de avanzadilla o campamento. Eso era especialmente delicado en aquel paraje, pues los enemigos tendrían destacados centinelas, si vivaqueaban, o exploradores si se estaban moviendo. En este último caso, puesto que los moros creían libre la calzada hasta el paso Corvera, Barbués y García gozarían de ventaja. Llegado el momento, si eran hábiles y espabilaban, podían emboscar a sus exploradores, cegando así a la aceifa que venía detrás.

Un búho agitó las alas en un árbol cercano, fijos sus ojos de plata en Ruy Díaz. Buen agüero, pensó éste. Miró la luna, cada vez más alta, y se volvió a medias para echar un vistazo a la fila de jinetes que avanzaba detrás. Después acomodó el muslo izquierdo para atenuar el roce de la silla en la llaga y volvió a mirar al frente, a la claridad que parecía deslizarse como aceite sobre las viejas piedras.

Con una luz nocturna parecida a aquélla, recordó, bajo los muros de Zamora, había visto al rey Sancho asesinado por la espalda, cuando todo cambió para mal en León y Castilla después de que ese rey ambicioso y valiente intentara reunir los trozos del reino partido por la obcecación senil de su padre. Allí terminó todo: la vida del monarca y también la fortuna de su amigo y alférez Ruy Díaz. Y de ese modo, bajo una luna semejante a la que ahora iluminaba la calzada, había pisado el sendero que acabaría conduciéndolo al destierro.

Por un momento se dejó llevar por pensamientos amargos. Lo tenido y lo perdido. Había estado al servicio de don Sancho con fidelidad y sin reservas. El joven infante, después rey, era impaciente y brutal; despreciaba a los débiles —por eso no soportaba a sus hermanos Alfonso y García, y proclamaba que Urraca era más hombre que los dos juntos— y podía ser despiadado con sus enemigos. Sin embargo, respetaba el valor y la lealtad. Él mismo era valiente y leal, y cuando se quitaba un guante y extendía la diestra, era ésta una mano franca, sin doblez ni vuelta atrás. Por aquel hombre, infante, rey, señor natural, se podía muy bien matar y morir; y en muchas ocasiones Ruy Díaz había hecho lo uno estando cerca de lo otro. Desde la primera vez en una cacería, cuando siendo paje se interpuso, con sólo una daga, entre el príncipe caído del caballo y el jabalí que lo acometía, hasta la batalla de Golpejera, cuando, ya nombrado alférez de don Sancho, enfrentadas las tropas castellanas a las leonesas de Alfonso, había tenido ocasión de liberarlo al verse aquél envuelto por una carga enemiga, rodeado por trece caballeros que le sujetaban la rienda para arrastrarlo a su campo. Y entonces Ruy Díaz, pasando a un sotalférez la enseña para tener libres las manos, cerró sobre ellos aullando de furia y, sin otro auxilio que su caballo y su espada, mató o hirió a doce, puso en fuga a uno y rescató al rey.

«Es capaz de luchar contra trece», vocearía un eufórico don Sancho ante toda su corte, copa de vino en mano, cuando celebraban la victoria. A lo que su alférez, tras encogerse de hombros, había respondido en voz baja: «Lucho con uno, señor. Y si luego hay otro, pues lucho con el otro. Y Dios, que me los va poniendo delante, se ocupa de darme ánimo y paciencia».

Torció Ruy Díaz el gesto con amargura. Aquél había sido un verdadero rey. Hombre de una pieza, generoso, vital, arrogante y batallador. De haber vivido lo suficiente, aquel Sancho II habría apretado la soga en el cuello de las taifas musulmanas, siempre divididas y cada vez más débiles: paz y tributos con los moros sometidos y degüello implacable para los tacaños y los insumisos. Pero el destino se había cruzado en Zamora, bajo una luna semejante a la que en ese momento iluminaba el lento paso de la hueste. No estaba de Dios. O al menos, concluyó Ruy

Díaz mientras su espada golpeteaba la silla al paso del caballo, no estaba de Dios todavía.

Los exploradores regresaron con el alba, al romper la primera luz; justo cuando, como señalaban los alfaquíes para la oración musulmana, ya era posible distinguir un hilo blanco de otro negro. Había nubes cubriendo la luna y reinaba el frío habitual de esa hora. Caminaba la hueste para dar descanso a los caballos, llevados de la rienda, y empezaban a percibirse los contornos del paisaje y la columna de hombres y animales que se movía por él.

Las dos siluetas aparecieron en la calzada, viniendo del norte. Cabalgaban juntas en lo que parecía un trote largo; podían oírse los cascos de sus monturas. Al principio, con la escasa luz, era imposible saber si se trataba de Galín Barbués y Muño García, por lo que Ruy Díaz ordenó a Diego Ordóñez que les fuese al encuentro. El mayoral de la hueste se instaló en la silla, sacó la espada y picó espuelas, acercándose a los jinetes. Regresó con ellos un momento después, al paso.

—La aceifa está a menos de dos leguas —dijo.

Desmontaban él y los exploradores. Podía oírse el resuello fatigado de los caballos.

—Los encontramos sobre los medios gallos —precisó Barbués—. Levantaban el campamento, listos para ponerse en marcha... No tenían fuegos encendidos, pero como la luna estaba despejada pudimos verlos. Parecían llevar prisa.

—Nuestra impresión fue que sólo habían tenido un rato de descanso —añadió García—. Se mueven todo lo rápido que pueden para alcanzar pronto el vado del río.

—¿Son mucha gente?

—No pudimos verlo bien, pero hay unos cuantos. Creemos que unos cuarenta.

—Quizá alguno más —apostilló Barbués—. Y eso coincide con lo que dijo el morabí.

—¿Traen prisioneros?

—Seguramente. No había forma de acercarse más sin que nos descubrieran, pero vimos un grupo a pie. También lo que parece ganado, además de un par de carromatos... Eso los retrasa, claro. De ahí que descansen poco y caminen mucho.

El explorador volvía el rostro hacia la luz que, por levante, silueteaba ya los árboles cercanos. La claridad dibujó su perfil aguileño bajo el cono metálico del yelmo.

—Los tendremos aquí al mediodía, señor.

Dio Ruy Díaz unos pasos, pensativo. Había soltado la rienda del caballo, pero éste lo siguió obediente, el belfo rozándole el hombro. Forzaba la vista el jefe de la hueste al mirar en torno, intentando descifrar lo que la noche aún escondía. Buscaba lo favorable del paisaje, que en ese momento era sólo un contraste indeciso de claridad y sombras: nubes plomizas sobre la luna, negras colinas lejanas, siluetas de árboles afirmándose en el contraluz de un cielo cada vez más diurno, donde empezaba a amortiguarse el brillo de los astros.

—A media jornada, como mucho —insistía Barbués.

Asintió Ruy Díaz, escudriñando todavía el lugar. Jugaba en su cabeza el ajedrez de la guerra.

—Aquí los vamos a esperar —dijo al fin.

El sol ya estaba alto; y a pesar de la sombra de las encinas, calentaba las armas de los dos jinetes ocultos en el bosquecillo. Colgado el casco en el pomo de la silla, húmedo de sudor el rostro bajo la cofia y la malla de eslabones de acero que le cubrían la cabeza, Minaya dirigió un largo vistazo al antiguo camino romano.

—Tienen que estar llegando.

Lo dijo sin impaciencia, con voz tranquila. Sin rastro de tensión, pese a que aguardaban desde el amanecer. Por su parte, Ruy Díaz no hizo comentario alguno. Igual que el segundo de la hueste, no apartaba los ojos de la calzada. De un momento a otro esperaba ver aparecer a Galín Barbués y Muño García, rápidos y discretos como solían, alertando de la proximidad de la aceifa. Los había despachado otra vez hacia el norte a la hora de los terceros gallos, con órdenes tajantes de mirar y no dejarse ver. El resto de la tropa aguardaba pie a tierra, cien pasos atrás, oculto en una rambla que cortaba en dos el encinar.

—Ojalá los moros hayan conseguido algo de oro y plata —comentó Minaya—. Animaría mucho a la gente, y tampoco a nosotros nos vendría mal.

Ruy Díaz movió la cabeza, dubitativo.

—No son lugares ricos los que han saqueado.

—Ya. Pero siempre hay algo que rascar, ¿no?... Además, en Garcinavas hay una iglesia —torcía Minaya la boca, sarcástico—. O la hubo. Y eso significa algún crucifijo, vasos sagrados y cosas así.

—Los vasos sagrados hay que devolverlos. Está en lo que firmé en Agorbe, y además es costumbre.

Reía entre dientes el otro.

—No fastidies, Ruy. Sería la primera vez... Los cálices, los copones y las patenas se hacen una bola a martillazos y se echan al zurrón. Siempre puede decirse que lo hicieron los moros.

—Claro que se puede.

—Pues ya sabes. Cosa de sacrílegos mahometanos.

Minaya había descolgado del arzón la calabaza donde llevaba el agua. Le quitó el tapón y se la pasó a Ruy Díaz, que echando atrás la cabeza bebió un sorbo. Al devolverla se quedó mirando a su compañero. Se conocían bien, y entre ellos eran precisas pocas palabras. Habían jugado de niños en Vivar saltando bardas, cogiendo nidos de pájaros y fruta de los huertos, guerreando entre ellos con arcos, flechas y espadas de madera, jugando a matar moros desde que tenían seis o siete años. Luego habían ido juntos a batallar siendo apenas pajes, primero contra los aragoneses y luego contra la taifa de Zaragoza, compartiendo desde entonces azares de la vida y de la guerra. El ascenso de Ruy Díaz en la estima de Sancho II había elevado con él a Minaya, igual que ahora lo arrastraba en su caída con Alfonso VI. Una desgracia que el segundo de la hueste encaraba con flema natural en gente como ellos, hidalgos sin otro patrimonio que el arrebatado a los moros. Eran ellos, modestos infanzones sin fortuna, hombres de espada ávidos de pan y dinero, quienes poco a poco movían hacia el sur la frontera, como apuntaba una coplilla de juglares que a veces la tropa canturreaba de noche, junto al fuego de las acampadas:

Por necesidad batallo,
y una vez puesto en la silla
se va ensanchando Castilla
delante de mi caballo.

Minaya le puso el corcho a la calabaza y volvió a colgarla en el arzón. Miraba al jefe de la hueste con curiosidad.

—¿Por qué sonríes, Ruy?

—Hablar del oro y la plata me ha recordado a los judíos de Burgos.

—Ah, claro —Minaya soltó una carcajada—. Fue un buen golpe, ése.

Lo había sido, recordaba Ruy Díaz, aunque no era algo de lo que sentirse orgulloso. Pero cuando la necesidad apretaba, hasta el diablo servía de escudero.

—Un buen golpe —seguía riendo Minaya.

Les había reportado seiscientos marcos en oro y plata, con los que pudieron equipar a la hueste y salir a campaña con desahogo. Tres semanas atrás, desposeído de fondos, acampado junto al puente del Arlanzón, donde en esas fechas acudían quienes iban a seguirlo al destierro, Ruy Díaz necesitaba dinero y no sabía cómo hacerse con él. La idea la había tenido Martín Antolínez —el que ahora estaba en Agorbe al mando del resto de la tropa—: un burgalés de pelo entrecano, viejo compañero de armas, que contraviniendo las órdenes de Alfonso VI los había provisto de pan, cecina y vino, sabiendo que incurría en la cólera real y que eso lo obligaba a dejar su casa y heredades. Conozco a unos hebreos, dijo Antolínez mientras paseaba junto a Ruy Díaz por la orilla del río, mirando a lo lejos la ciudad coronada por el castillo y la torre de Santa María. Se llaman Uriel y Eleazar. Y quizá nos resuelvan el problema.

«Sólo habrá que mentir un poco», añadió tras un momento.

«¿Cuánto de poco?»

«Lo justo. Hay algo que se me ha ocurrido.»

«Aunque sean judíos no puedo faltar a mi palabra, Martín. Ten en cuenta que soy...»

«Todos saben quién eres —lo interrumpió amistoso el otro—. Pero no te preocupes. Si hay que empeñar una palabra, empeñaré la mía... Tratándose de hebreos, no soy tan mirado en puntos de honra».

Tras decir eso había dado algunos pasos mientras Ruy Díaz lo meditaba. Miró éste en torno, las precarias tiendas y la gente acampada junto al río, los voluntarios que lo observaban con orgullo y esperanza, y comprendió que la situación era apretada. Aunque acabaran viviendo sobre el terreno, en las primeras jornadas sería imposible gobernar a esa tropa con la bolsa vacía. Acudían bajo su enseña y besaban su mano, como estipulaba la costumbre, para ir con él a ganar el pan. Y a él correspondía la obligación de dárselo.

«Si de conseguir caudales se trata —repuso al fin, tras un suspiro—, mentir es buena treta de guerra... Y en guerra andamos».

«Pues déjalo de mi cuenta, Ruy.»

«Que nos la perdone Dios.»

«Lo hará, te lo aseguro. Queremos el dinero para acogotar moros, y eso lo pone de nuestra parte... Además, perdonar a cristianos es su oficio.»

Maquinado por el burgalés, que conocía el paño y al paisanaje, todo había salido bien. Con el nombre y la fama de Ruy Díaz como aval, Antolínez había ido a ver a los prestamistas llevando dos arcas de hierro cerradas, cargadas con piedras y arena, asegurando que en ellas estaban las joyas, los vasos sagrados y otros objetos de valor que Jimena, la esposa de Ruy Díaz, había heredado de su familia. Se trataba de dejarlos en depósito a cambio de la suma prestada, con la garantía de su propietario y el compromiso de que, si la cantidad no era devuelta en el plazo de dos años, los acreedores podrían disponer de todo con libertad. La única condición, y por eso venían así las arcas, era que, siendo Jimena devota cristiana, amén de escrupulosa como mujer, ningún nieto de Abraham podía tocar aquellos objetos, por lo que las cerraduras iban selladas con plomo. Ése era el trato, planteado por Martín Antolínez con todo el cuajo del mundo y sin que le temblase un músculo de la cara. Los dos hebreos se habían retirado a deliberar, y al cabo de un momento regresaron para aceptar la oferta. Que de verdad se creyeran la historia o no vieran otro remedio daba igual: cuatro mil onzas pasaron a manos de Antolínez en talegos llenos de monedas. Y fue así, pagada por el disperso pueblo de Israel, como la hueste de Ruy Díaz pudo salir a campaña.

Galín Barbués y Muño García aparecieron entre dos lomas, emparejados, galopando estribo con estribo. Se inclinaban sobre los cuellos cubiertos de sudor de sus caballos, flojas las riendas y acicateando fuerte los ijares. Traían prisa.

—Están ahí —dijeron cuando Ruy Díaz y Minaya les salieron al encuentro.

—¿A cuánto?

—Media legua.

Terminaron de contarlo mientras se internaban los cuatro en el encinar. La aceifa, dijeron los exploradores, venía forzando marcha por la calzada, con una vanguardia de unos veinte jinetes y la otra mitad a cien pasos. Estos últimos custodiaban dos carromatos bien cargados, tirados por bueyes, y a una veintena larga de mujeres y niños.

—¿No hay hombres entre los cautivos?

—Ninguno —respondió Barbués.

Asintió Ruy Díaz, pues no esperaba otra cosa. Siempre que se tocaba a degüello —y entre los morabíes solía ser el caso—, la costumbre era matar a los varones de muchacho para arriba: a todo el que ya tuviese vello entre las ingles. Era un método de selección eficaz, y también los cristianos recurrían a él cuando decidían mochar parejo.

—¿Cuánta caballería pesada traen?

—Hemos contado nueve jinetes con lorigas, cascos, lanzas y adargas. Ésos van con la vanguardia... El resto es gente armada a la ligera, con turbantes, espadas, arcos y flechas.

—¿Exploradores?

—Tres que les abren camino, pero cabalgan muy a la vista. Nunca se adelantan más de cincuenta pasos.

—Muy descuidados parecen —dijo Minaya, suspicaz.

—Creen seguro el paso Corvera... Suponen que los atajadores los habrían prevenido en caso de problemas. Y está claro que tienen mucha prisa.

Habían llegado al borde de la rambla, donde aguardaba la gente a punto de guerra. Era un buen espectáculo. Esperaban sentados a la sombra o revisando la cincha y el bocado de sus caballos. Yelmos, armas y escudos estaban en el suelo o en las sillas de las monturas, pero todos tenían puestas las cotas de malla o las lorigas de cuero, y cada lanza lucía bajo la moharra su pendón triangular de combate. Contando al fraile, que ensebaba con parsimonia la cuerda de la ballesta, y al propio jefe de la hueste, sumaban treinta y dos hombres.

Ruy Díaz condujo al caballo por la corta pendiente, se detuvo entre los mesnaderos y puso pie a tierra. Todos lo miraban expectantes. Cuantos conversaban entre ellos dejaron de hablar, atentos a su jefe.

—Llegan los moros —dijo.

Un murmullo recorrió la rambla. Había gestos graves, caras de preocupación y también sonrisas en los rostros barbudos y polvorientos. Los más jóvenes, que nunca habían entrado en combate, observaban de soslayo a los veteranos para averiguar cuál debía ser su actitud en ese momento. Qué decir o qué callar. Cómo comportarse. En pocas palabras, breve y claro, Ruy Díaz describió la tropa enemiga y cómo venía dispuesta.

—Atacaremos en dos puntas... Una, mandada por Minaya Alvar Fáñez, será de diez jinetes y se ocupará del botín, los cautivos y la escolta. La otra irá contra el grueso de la aceifa, conmigo a la cabeza. Pedro Bermúdez llevará en alto la enseña, con Diego Ordóñez a un lado y yo al otro... Cabalgaremos bien compactos y no habrá lugar para maniobras ni lances individuales. Quiero un solo ataque. Una espolonada directa y contundente, rápida y en línea recta, que sólo con vernos aparecer desbarate a los moros en la primera acometida... ¿Está claro?

Un rumor afirmativo brotó a su alrededor. Entornando los ojos, Ruy Díaz alzó el rostro para comprobar la altura del sol. Estaba justo en su cénit. Empezaba a hacer mucho calor, y sentía la camisa de lino mojada de sudor bajo el belmez y las armas.

—Dejad aquí todo cuanto no sirva para reñir —prosiguió—. Incluso el agua. Y os recuerdo que hay pena de vida para quien se detenga a coger botín o despojar a un enemigo caído mientras dure la lucha.

—¿Podemos hacer p-prisioneros? —preguntó Pedro Bermúdez.

—No mientras haya combate. Únicamente al final, a los que queden y tiren las armas, si es que lo hacen. De todas formas, sólo se respetará a los andalusíes, si alguno queda. Rendidos o sin rendir, quiero a todos los morabíes pasados a cuchillo. ¿Está claro?... A todos.

Lo circundaron asentimientos vigorosos y sonrisas feroces. Nadie había olvidado a los crucificados ni a la mujer de la granja. Les urgía equilibrar aquello.

—¿Y qué hay de la persecución? —quiso saber Diego Ordóñez—. Del alcance.

—Confío en que no sea necesario. Vamos a darles tan de golpe y tan fuerte que escaparán pocos... Además, supongo que los Álvaros y sus diez jinetes no andarán lejos, a la zaga del enemigo. Cuando oigan nuestro cuerno de guerra sabrán lo que ocurre y picarán espuelas, así que esa parte se la vamos a dejar a ellos.

Tras decir eso, Ruy Díaz hizo una pausa deliberada. Mover a hombres como aquéllos también requería su arte. Conducirlos y motivarlos. Señaló el cielo con un dedo.

—Recordad que, si alguno de nosotros cae peleando con moros, no irá a mal sitio —miró al fraile, que atendía con la ballesta en las manos—. Denos su reverencia una absolución, fráter. Por nuestros pecados.

—No ha mediado confesión —objetó tímidamente aquél.

—De aquí hay la misma distancia al cielo que al infierno, así que da igual. En días como éste, Dios no se fija en detalles... Denos lo que pueda darnos, que se hace tarde.

Tras un titubeo, dejó el otro la ballesta en el suelo, se compuso el cíngulo y sacudió el polvo del hábito. Después sacó un pequeño crucifijo.

—Pongámonos a bien con Dios —dijo.

Con los ojos cerrados, levantó el rostro cubierto de sudor y alzó la cruz mientras Ruy Díaz y el resto de la hueste se ponían de rodillas y, tras persignarse, oraban:

—*Credo in unum Deum, Patrem omnipotentem, factorem caeli et terrae...*

Y al terminar con un *Amen* el coro de rudas voces, trazando un signo que abarcaba a toda aquella tropa revestida de hierro y cuero, el fraile abrió los ojos y la bendijo en el nombre del Padre, del Hijo y del Espíritu Santo.

—A caballo —ordenó Ruy Díaz, levantándose.

Pasó entre ellos camino de su montura. Ya se habían armado todos por completo, y con las cotas de malla cubriéndoles cuerpo, cuello y cabeza bajo los yelmos, su aspecto era imponente. Entre los anillos de acero que les ocultaban media cara, tras el protector nasal del casco, los rostros barbudos mostraban la tensión previa al combate: se opacaban sus ojos con un feroz vacío, distanciándose poco a poco de cuanto no fuese lo que aguardaba fuera de la rambla y el encinar: la cabalgada, el enemigo, la vida y la muerte. Eran gente de guerra a punto de hacerla, y conocían el oficio. Y su precio. En ese momento supremo, sólo sangre ajena y botín propio ocupaban los pensamientos.

—Os estaré mirando —dijo Ruy Díaz.

Caminaba a través de la hueste, repitiéndolo una y otra vez. Os estaré mirando, hombres. Os veré cumplir como quienes sois. Dadles duro, por mí y conmigo. Acordaos. Tenéis que hacerlo bien, porque os estaré mirando.

Sus guerreros le abrían paso con respeto. Tenían los caballos por la rienda. Algunos sonreían o lo miraban boquiabiertos como mastines fieles; y otros, los veteranos de más confianza, llegaban a darle palmaditas en los hombros y en los brazos. Sabían que iba a cabalgar delante, con su señal y Pedro Bermúdez pegados a la grupa, metiéndose así en mitad de los moros, como acostumbraba. Y sabían que no podían dejarlo ir solo.

Había, pensó, cuatro clases de hombres en la guerra: los que no sentían miedo, los que lo sentían pero evitaban mostrarlo, los que lo mostraban pero cumplían con su deber y los cobardes. Sólo los tres primeros tenían un lugar en la hueste, pues los otros estaban ausentes por causa natural: los rechazaban sus compañeros, se iban o morían pronto. Casi todos los que estaban allí eran lidiadores de valor probado, gente a la que podías fiar la fama y la vida. Y cuando tales hombres se aseguraban de que un jefe era capaz de hacer bien su trabajo, lo seguían hasta el fin del mundo.

—Recordad que os estaré mirando —insistió.

Las dos puntas de ataque se congregaban, cada una en su sitio. Más abajo en la rambla los de Minaya, a este lado los que cargarían contra el grueso de moros, tras la señal. Bermúdez, que ya estaba a caballo, había retirado la funda de cuero y la tenía con el mástil apoyado en el estribo, desplegada la bandera caudal con los colores de la familia en Vivar, banda roja en diagonal sobre fondo verde. Félez Gormaz, el otro sobrino, también estaba cerca, el cuerno de guerra colgado del pecho, pasándose la punta de la lengua por los labios agrietados. Cuando recibiera la orden, lo haría sonar para dar comienzo a la carga.

Puso Ruy Díaz el pie izquierdo en el estribo y, pesado por cuanto hierro llevaba encima, se izó a lomos de su montura, acomodándose en el cuero pulido de la silla. Diego Ordóñez le alcanzó la lanza y él la encajó en la guía del estribo derecho. Caracoleaba un poco el animal, impaciente, mientras su amo le tiraba de la rienda. Persevante, se llamaba. Era un caballo de guerra bien adiestrado, y su instinto le hacía oler la lucha.

—¡Os estaré mirando! —voceó el jefe de la hueste por última vez.

Después arrimó espuelas y los treinta y dos hombres se santiguaron.

VII

A caballo, escondido tras un árbol grande casi en la linde del encinar, colgado del cuello el escudo, Ruy Díaz podía ver un buen tramo de la calzada romana. Venía recta desde las lomas, en suave pendiente, separada del bosque por un terreno bastante llano: doscientos pasos de matojos y arbustos. Al otro lado del camino, a una distancia similar, se alzaban unos cañizales espesos. El lugar era perfecto para la emboscada. Al salir del bosque, los caballos tendrían espacio para tomar arrancada y caer sobre los moros al galope, bajas las lanzas, con toda la fuerza de su masa cubierta de hierro.

Había visto pasar a los exploradores enemigos. Eran tres, con espadas y escudos pequeños colgados a la espalda, y cabalgaban mirando indolentes a derecha e izquierda. No parecían inquietos. El grueso de la aceifa venía detrás, a pocos pasos.

Sumaban unos cuarenta, todos a caballo. Relucía entre ellos algún acero, pero la mayor parte vestía aljubas de cuero y turbantes. Muchos se cubrían la parte inferior del rostro a la manera habitual entre los morabíes. Cabalgaban con los estribos cortos a la jineta, según usanza moruna, y sus armas eran ligeras, propias de una algara sin complicaciones: lanzas, espadas, arcos y aljabas con flechas. No llevaban bandera ni señal de ninguna clase. Y se movían rápido.

Miró Ruy Díaz a su derecha. Oculto detrás de otra encina gruesa, pendiente de sus gestos, Félez Gormaz seguía pasándose la lengua por los labios, el cuerno de guerra listo sobre el pecho. Más atrás, camuflados en la espesura y sin dejarse ver todavía, aguardaban los dos grupos en que estaba partida la gente, con Diego Ordóñez y Pedro Bermúdez en el más cercano. Mantenía el alférez la señal baja, tocando el asta el suelo, a fin de que no pudiera verse desde lejos.

Un poco más, pensaba el jefe de la hueste viendo avanzar la tropa enemiga. Sólo algo más y el diablo se llevará a los suyos. Lo conozco, y sé que está impaciente.

Aparte el escozor de la rozadura en el muslo, notaba malestar en el estómago: un resquemor ácido. No había comido nada aquella mañana, lo que era buena costumbre. Ningún veterano lo hacía antes de entrar en combate, porque una herida en el vientre con la digestión a medias era modo seguro de ahorrarse años de purgatorio: uno iba ya con la penitencia hecha. Ayunar y vaciar el cuerpo y la vejiga antes de entrar en faena eran precauciones saludables, pues atenuaban la posibilidad de infección si en la refriega lo destripaban a uno. Reducía las posibilidades de agonizar con toda la suciedad derramándose por dentro, retorcido de dolor como un perro.

Los moros seguían adelante, confiados. Sin apartar los ojos de ellos, Ruy Díaz se quitó uno de los guantes de cabalgar, retirándose con dos dedos el sudor de los párpados. Toda la humedad del cuerpo parecía agolparse en los poros de su piel, pero tenía la boca y la garganta secas. Se diría que el grueso de la aceifa nunca fuera a alcanzar del todo la línea imaginaria que, perpendicular a la calzada, había trazado en su cabeza; cual si a cada paso que daba avanzara más despacio, y las horas, el sol en lo alto, el chirrido de las cigarras, el universo entero con sus planetas y estrellas, discurriesen de pronto con exasperante lentitud sobre el ancho plano de la tierra. Sólo el corazón de Ruy Díaz latía más deprisa, golpeándole por dentro la cota de malla.

Procuró concentrarse en lo que iba a ocurrir. Nada importaba sino que, de allí a poco, los confines del mundo iban a reducirse a lo que pudiera alcanzar con su lanza y su espada. Sólo un momento más, volvió a pensar mientras se ponía otra vez el guante y acariciaba la crin del caballo sin apartar los ojos del enemigo.

No conseguía identificar al jefe de la aceifa, el *dalil* Amir Bensur al que había nombrado el prisionero. Lo supuso en el grupo principal y observó con mucha atención hasta que creyó situarlo sobre un buen caballo negro, entre los jinetes con armas pesadas. Llevaba cota de malla, yelmo envuelto en un turbante oscuro que sólo descubría sus ojos, y uno de esos escudos de cuero en forma de corazón que los moros llamaban daraqas. A esa distancia parecía vigoroso, con autoridad. Podía ser Bensur o no serlo, pero aquel guerrero tenía trazas de notable. De campeador.

Al menos, concluyó Ruy Díaz, ahora estaba seguro de contra quién iba a galopar, lanza baja, cuando Félez soplara el cuerno y empezase la carga.

La retaguardia de la aceifa bajaba ya por la suave pendiente, confirmó forzando la vista. Traían consigo, en efecto, dos carromatos tirados por bueyes y cubiertos con toldos. Delante, a pie, caminaba una cuerda de cautivos que incluía a niños y mujeres —a ellas las llevaban con el cabello descubierto, humillándolas así por no ser musulmanas— custodiados por guardias a caballo que los avivaban con la contera de las lanzas y algún rebencazo rutinario. Estaba claro que los moros tenían prisa, quizá porque se sabían seguidos por los dos Álvaros sin conocer cuánta tropa les pisaba la huella, y deseaban cruzar pronto, al día siguiente lo más tardar, el vado del Guadamiel.

La idea lo hizo sonreír para sus adentros. Las prisas solían matar, concluyó satisfecho. Afectaban al instinto de conservación. Lo volvían a uno descuidado, y en hechos de guerra el descuido aún mataba mucho más. La gente solía morir por detalles simples como ése.

Respiró hondo para calmarse el pulso y metió el antebrazo izquierdo en las correas del escudo, aflojando la que lo sujetaba al cuello. El grueso de los enemigos casi estaba en la perpendicular prevista.

Dirigió otro vistazo a su derecha. Ya con el cuerno de guerra en las manos, su sobrino Félez lo miraba tenso en la silla, los ojos desorbitados bajo el yelmo, como si mirase a Dios.

Le parecía haber pasado días en el encinar. Y de pronto el grupo principal de moros se hallaba justo delante, al extremo de la línea imaginaria. Como si todo el tiempo hubiera estado allí. Así que con rapidez, mientras sujetaba la rienda con la mano izquierda, la del escudo, liberó la lanza con la derecha y la apoyó sobre el muslo y el pomo de la silla. Supo que Félez Gormaz lo estaba observando, pendiente de él, pero no quiso devolverle la mirada por temor a que el joven lo tomara por una orden e hiciera sonar el cuerno antes de tiempo. Sin embargo, a su espalda oyó un rumor apagado entre los árboles; y sin necesidad de volverse supo también que, unos pasos detrás, los más veteranos habían interpretado el movimiento y la hueste bajaba lanzas preparándose para el ataque, bien asentada en sus sillas gallegas de altos arzones, hechas para sostener al jinete en esa clase de choques.

Respiró hondo otra vez, a fin de calmar el trémulo vacío que le trepaba por las ingles hacia el estómago y el corazón. Era una sensación familiar: la había conocido diecisiete años atrás en la batalla de Graus, cuando la caballería castellana cargó contra la aragonesa. Ese día, mientras con otros trescientos jinetes bajaba su lanza, apretaba los dientes y picaba espuelas rogando a Dios que lo sacara vivo de allí, experimentó por primera vez, en las venas de los muslos y el vientre, aquella sensación parecida a la que producía el sonido de una hoja de espada al deslizarse sobre una piedra de afilar: el temor íntimo, sutil, inexplicable con palabras, de la carne sabiéndose vulnerable en la proximidad del acero que podía tajarla, y abrirla, y dársela de pasto a los gusanos.

En ese instante advirtió que los moros habían descubierto que algo ocultaba el encinar. Se oían gritos en su lengua, algunos señalaban hacia allí, y el grueso de la aceifa se detenía en confusión. Sus exploradores volvían grupas y regresaban al galope.

Era el momento.

Tensó el cuerpo, mirando por fin a Félez Gormaz. Y sin necesidad de gestos ni órdenes, éste escupió a un lado y se llevó el cuerno a los labios haciéndolo sonar de modo prolongado y ronco. Para entonces Ruy Díaz ya había apretado los acicates en los flancos de su montura, haciéndola salir del bosque.

Vamos allá, se dijo, resignado a lo inminente. Sumiéndose en la sensación incierta de acercarse a un enemigo sin que nada se interpusiera entre ambos.

De nuevo era tiempo para morir o para vivir. De rondar la orilla oscura.

Espoleó un poco más, ganando velocidad. Mientras Persevante iba del paso al trote, pensó un instante en Jimena y las niñas, antes de olvidarlas. Allí a donde se dirigía no podían acompañarlo. Era incluso peligroso llevarlas, distraían su atención. Lo debilitaban. Hacían pensar en la vida, en desear conservarla a toda costa, y ese pensamiento liquidaba a cualquier guerrero: era el principal obstáculo para permanecer vivo. Se lo había dicho un veterano en vísperas de Graus: el truco en el oficio de las armas es aceptar que ya estás muerto. Asumirlo con indiferencia. Así acudes a la cita ligero de espíritu y de equipaje, con menos inquietudes y más oportunidad de que Dios, amigo de llevar la contraria, te la aplace.

Sin mirar atrás, oyó el sonido de cascos que le iba a la zaga: lento al principio, más rápido y fuerte después. Supo que todos venían detrás y que intentar comprobarlo, aparte de innecesario, sería ofenderlos. Al fin y al cabo, la honra de la hueste no era sino la suma de las honras de cada cual.

Apretó de nuevo espuelas, acomodando el cuerpo a los vaivenes de la silla. Su atención al cabalgar estaba puesta en el grupo principal de los moros, en el lugar donde ahora tiraba de las riendas el guerrero del caballo negro mientras se arremolinaban los suyos alrededor. Era momento de aprovechar la confusión antes de que pudieran organizarse o escapar. Así que, acicateando más su montura, la puso al galope, afirmándose en los estribos mientras embrazaba más recio el escudo y encajaba la lanza bajo la axila derecha, bien sujeta el asta de fresno de siete codos de longitud bajo cuyo hierro flameaba el pendón. Con rápidos vistazos, a su izquierda vio pegado al estribo a Pedro Bermúdez, ondeante la señal en la galopada, protegido flanco con flanco por el mayoral Diego Ordóñez; y a la derecha, más lejos, a los jinetes de Minaya atacando la retaguardia enemiga.

Como enloquecido, a espaldas de Ruy Díaz, Félez Gormaz soplaba su cuerno de guerra cual si buscase echar el alma por él.

Los moros estaban a veinte pasos, cada vez más cerca. Ya podían advertirse bien sus rostros embozados. Unos hacían amago de huir y otros sacaban las espadas, aprestaban los arcos y bajaban las lanzas, mientras el que parecía su jefe porfiaba en querer organizarlos. Ruy Díaz apuntó la mojarra hacia él, guiando la montura más con las piernas que con la rienda para tener libre el brazo del escudo, e inclinó ligeramente el cuerpo hacia atrás a fin de reducir el impacto del choque. Retumbaba el suelo bajo los cascos de los caballos. Una saeta mora, disparada casi al azar, zumbó al pasar rozándole el yelmo.

—¡Santiago!... —voceó—. ¡Castilla y Santiago!

Y el grito lo repitió, contundente como un trueno, el clamor feroz de los hombres que lo seguían en la carga.

No había cálculo en un combate cuerpo a cuerpo. Hasta ahí llegaba la razón, y en ese punto concluía para dar paso al corazón y la suerte. Una vez empezado, no existía lucidez posible. Sólo adiestramiento e instintos, hacer daño y mantenerse vivo a toda costa. Se atacaba como grupo organizado por la disciplina y se acababa en absoluta soledad, dando y recibiendo golpes. Sufridor y heridor, cada cual con su valor y su miedo, como decían las viejas reglas. Eso era todo mientras duraba la matanza. Sólo al terminar, si es que uno seguía vivo, cuando miraba en torno, era posible recobrar la visión de conjunto. Saber si había ganado o había perdido.

A Ruy Díaz lo abandonó la razón cuando quebró su lanza, clavándola en el cuerpo de un jinete moro que se interpuso entre él y el del caballo negro. El impacto le dejó el brazo dolorido. A partir de entonces, mientras el moro caía desarzonado, sólo supo matar y no morir.

Sacó la espada y afirmó el escudo mientras guiaba la montura con las piernas, tajando a derecha e izquierda para abrirse paso. Todo era un caos de rostros morenos y barbudos bajo turbantes, ojos oscuros que llameaban, gritos y centelleo de armas, zumbar de saetazos, relinchos de caballos encabritados y chorros de sangre que salpicaban su espada, su escudo, su cara, sus manos. Tunc, tunc, hacía. Clanc, clanc. Todo eran golpes y más golpes. Saltaban chispas al chocar los aceros contra los cascos y las cotas de malla.

Vio caer un alfanje y apretó los dientes para que rebotara si lo alcanzaba en el yelmo. El impacto lo aturdió un instante, pero supo que no estaba herido, así que tiró un tajo que cercenó el brazo del moro por el hombro. Cayó el brazo sujetando aún el arma sobre el cuello del caballo del castellano, y lo apartó éste con el puño de su espada. Blanco el rostro, idos los ojos, el moro se desplomó sobre la grupa y su montura lo sacó dando botes de la pelea. Para entonces Ruy Díaz picaba espuelas hasta espumear los ijares de la suya, llegando al fin hasta el jefe de la aceifa. El tal Amir Bensur, si es que de él se trataba.

No vio gran cosa mientras lo acometía: apenas medio rostro atezado, yelmo puntiagudo, ojos oscuros rodeados por un turbante. El morabí llevaba loriga de malla hasta la cintura y su espada era larga y recta. Al ver llegar a Ruy Díaz se afirmó en los estribos, alzó su daraqa de cuero para cubrirse y le largó por debajo un golpe que, de alcanzar la cabeza del caballo, habría dado con él en tierra. Pero Persevante era un bruto hecho a la guerra, de corazón bien adiestrado. Leal a las piernas y cintura que lo manejaban, rápido de cascos, se desvió lo justo para que el tajo se perdiera en el vacío.

Ruy Díaz golpeó al pasar con cuanta saña pudo, tiró de la rienda y volvió atrás para insistir varias veces, revolviéndose en torno al enemigo, cuyos ataques, ahora de punta, le castigaban escudo y cota de malla, sin penetrarlos. Al cabo, afirmándose en los estribos, el castellano asestó un golpe terrible, de arriba abajo, que le rompió el escudo al morabí y acabó dando en el cuello del caballo, que se puso a cocear encabritado, relinchando de angustia. Entonces el moro volvió grupas y huyó.

Se lanzó Ruy Díaz en su persecución. Por un momento, mirando alrededor mientras de nuevo espoleaba a su cabalgadura, tuvo una corta visión general de la refriega: vasta mezcolanza de hombres y animales, polvo y espadazos, lanzas quebradas, gritos de dolor o de furia, hombres muertos y heridos que gateaban por el suelo para no ser pisoteados por los caballos. Fue sólo un instante, pues su atención estaba puesta en el jinete fugitivo. De no llevar el moro la montura herida, y al ir más ligero de armas que su perseguidor, habría logrado llegar a los cañizales; pero el animal estaba resentido, le sangraba mucho el cuello, y Ruy Díaz se puso a la par sin dificultad, galopando a la izquierda del adversario, asestándole golpes que abollaban el yelmo y centelleaban en los anillos de hierro de la loriga.

Clang, clang. Así sonaba. Clang, clang, clang.

Se defendía el otro con buen coraje, devolviendo golpe por golpe; pero su caballo flaqueaba y él también. Además, cabalgaba por el lado derecho y eso entorpecía sus espadazos. El último ataque, lanzado con un grito de desesperación, dio en la cota de malla del castellano; pero pareció dolerle el brazo al golpear, pues tardó en alzar de nuevo el acero. O tal vez sólo estaba cansado.

Entonces Ruy Díaz lo alcanzó en el cuello.

Clang, chas, hizo.

Sonó duro, metálico —primero vibró la hoja de la espada— y blando al fin, al penetrar entre los anillos de hierro.

El golpe había dado en carne.

Soltó el otro el arma, deshecho el turbante, y echando sangre por la nariz se inclinó sobre las orejas de su montura. Miraba el suelo con ojos aturdidos, cual si de pronto lo hubiera vencido el cansancio y todo le fuese indiferente. Entonces Ruy Díaz tiró con fuerza de las riendas, haciendo revolverse a su caballo, y con un violento tajo lateral le cortó al moro la cabeza.

Cabalgó despacio, frotándose el brazo dolorido, de regreso a la calzada romana. Ya no se combatía. Iban y venían caballos sin jinete, y la hueste acuchillaba a los últimos moros que se defendían. El resto arrojaba las armas y pedía cuartel. Los que intentaban refugiarse en los cañizales no lo habían logrado; y quienes pretendían escapar por la calzada habían sido hechos pedazos por los dos Álvaros y su pequeña tropa, que llegaban trotando jubilosos mientras mostraban con orgullo las espadas y lanzas ensangrentadas.

Los cautivos y los carromatos con el botín estaban asegurados por Diego Ordóñez, y aquéllos gritaban su alegría mientras los liberaban de sus ataduras.

—No ha escapado ni uno —dijo Minaya—. O eso parece.

Venía al encuentro de su jefe. El escudo astillado colgaba a un lado de la silla, y sangre ajena le salpicaba la barba y la sonrisa fatigada. El brazo con el que aún empuñaba la espada se veía ensangrentado hasta el codo.

—Buena vendimia, señor Ruy Díaz.

—No ha sido mala.

Miraba Minaya el cuerpo del jefe de la aceifa, caído cerca de los cañizales. El caballo también se había derrumbado sobre las patas. Ahora sólo alzaba la cabeza coceando débil, agonizante.

—¿Era el jefe?

—Eso creo.

El segundo de la hueste señaló con la espada los cuerpos caídos: sólo tres muertos y cinco heridos castellanos a cambio de dos docenas largas de cadáveres moros. Los vencedores habían empezado a despojar a éstos de cuanto de valor llevaban encima. De rodillas junto a los cristianos caídos, ensangrentado el hábito y la ballesta colgada a la espalda, el fraile bermejo rezaba unos latines para santificarles el viaje.

—Los nuestros —informó Minaya— son mi primo Diego Martínez y otro de Vivar, Pedro Garcidíaz. También Nuño Bernáldez, ese asturiano tuerto... Los heridos no son graves.

—Siento lo de tu primo.

Movía la cabeza Minaya, melancólico.

—Sí, por vida de. Era un buen hombre... Le tocaba hoy, eso es todo.

Ruy Díaz se había quitado el yelmo y echado atrás la capucha de cota de malla, cuyos eslabones se marcaban en la frente y sobre el paño de la cofia, húmedo de sudor.

—No es mala cuenta, pese a todo —dijo—. Y tenemos el botín.

—¿Qué hacemos con los moros que quedan vivos?

Miró el jefe de la hueste hacia ellos: maniatados, de rodillas sobre las anchas y gastadas piedras romanas, los supervivientes de la aceifa aguardaban su suerte vigilados por las miradas feroces de los vencedores.

—Poned hierros a los agarenos, degollad a los morabíes y cortad las cabezas de todos los muertos.

—Van a ser casi cuarenta, contando las del paso Corvera.

—Metedlas en sacos. Las llevaremos a Agorbe y venderemos allí a los moros que queden vivos.

—¿Y el botín?

—Lo que haya de oro y plata nos lo quedamos. Y también los caballos.

—Por vida de. Ése es mi Ruy.

—Espabila.

Emitió Minaya una orden seca y empezó la selección y la muerte. Implacables, dirigidos por Diego Ordóñez, los de la hueste buscaban entre los cautivos, cogiendo a los que tenían tatuajes morabíes. Los apartaban a empujones, los ponían otra vez de rodillas, agarraban sus cabellos para echarles atrás la cabeza y los degollaban como a animales. Pasada la fiebre del combate lo hacían ya sin odio, metódicamente. Simple rutina de victoria.

Alahuakbar, gritaban los moros sacrificados, invocando a su dios. Eran creyentes y casi todos morían con decoro.

—Hijos de puta —escupió Diego Ordóñez.

Se debatía un morabí jovencito, lampiño, resistiéndose a la cuchilla. Ojos casi fuera de las órbitas, aterrorizados. Tenía roto un fémur y el hueso astillado le asomaba por la herida, pero ansiaba vivir. Parecía demasiado mozo y algunos hombres dudaron. Levantó Ordóñez su túnica para mirar, y tenía vello. Mientras lo degollaban aulló como un verraco.

Cayó el último cuerpo con ruido blando y sordo. Eran nueve ejecutados en total, y entonces acudieron dos hombres con hachas de combate. Chas, chas, hacían. Apilaban a un lado las cabezas, se encharcaba de sangre el suelo, y a su olor dulzón acudían espesos enjambres de moscas.

Cabalgó Ruy Díaz al paso, floja la rienda, contando a los andalusíes supervivientes. Estaban aterrorizados por ver decapitar a los otros y creían que después iban ellos. Gemían y lloraban, suplicantes. Eran sólo seis, de aspecto bajuno: despojos de frontera que se habían unido a la aceifa porque nada tenían que perder y algo por ganar. De cualquier modo, parecían jóvenes y fuertes. Algún dinero iban a dar, vendidos como esclavos en Agorbe.

—*Sa-taaixu, sa-taaixu* —les decía Minaya—. Viviréis, estad tranquilos, tranquilos... Nuestro jefe os perdona la vida... *Aaixin...* Viviréis.

Comprendían los moros, al fin, y se postraban echándose bajo el caballo de Ruy Díaz, voceando en su algarabía.

Sidi, Sidi, clamaban.

Reía Diego Ordóñez satisfecho, brutal, quitándose la sangre de la cara con el dorso de una mano.

—Te llaman señor, Ruy. ¿Los oyes?... Te llaman señor.

Segunda parte
La ciudad

I

Malcalzados, había dicho Berenguer Remont II en voz baja, aunque lo bastante clara para que Ruy Díaz lo pudiera oír. *Malcalçats.* Ésa fue la palabra que deslizó a su gente, con un tono que los cortesanos, media docena que en ese momento lo acompañaba, corearon con silenciosas sonrisas.

Malcalzados.

No era un insulto sino una definición, pero dejaba en el aire la sospecha. Hasta el halconero del conde, que sostenía un ave encapuchada sobre el guante, había curvado los labios en una mueca de desdén, pasando de mirar las refinadas calzas y borceguíes de los caballeros francos a las rudas huesas de cuero ensebado de Ruy Díaz y Minaya Alvar Fáñez.

Malcalçats. Y las sonrisas.

Lo cierto era que tenían razón. Y no sólo por el calzado. A diferencia de las ropas que vestían Berenguer Remont y los suyos, los dos castellanos iban a usanza militar, sin cotas de malla ni armas excepto las espadas y dagas al cinto, con gambesones de cuero y botas de cabalgar con espuelas. Estaban, además, cubiertos de polvo tras haber dejado a la hueste atrás para recorrer, sin otra compañía que un heraldo enviado a buscarlos, más de una legua hasta las afueras de Agramunt, al campamento del conde de Barcelona. Los había recibido éste con más curiosidad que cortesía después de hacerlos esperar un rato, pues volvía de una partida de caza y se estaba aseando. Ahora permanecía sentado en un escabel bajo el toldo de una tienda de campaña, rodeado de su gente en pie, desceñida la espada y con una copa en la mano. También había ofrecido vino a Ruy Díaz y Minaya, pero sin invitarlos a sentarse.

—Conozco vuestra historia, así que podéis ahorrármela —dijo el conde cuando Ruy Díaz empezó a relatar su destierro—. Las noticias vuelan, y llegaron hasta aquí... La osadía con Alfonso y todo lo demás.

Era todavía joven, y eso lo hacía altanero y demasiado seguro de sí. Bien parecido, alto de cuerpo, lucía una barbita rubia rojiza con bigote rizado. Ojos claros, muy del norte. Cadena gruesa de oro al cuello. Sus modales eran de lánguida autoridad y daban por sentado, al primer vistazo, que la máxima jerarquía en aquel lugar de la tierra eran Dios y él mismo, por vía directa y en ese orden. Criado en el poder y para ejercerlo un día, Berenguer Remont había heredado el condado de Barcelona en condominio con un hermano gemelo, Remont Berenguer, al que en fecha reciente había hecho asesinar para despejar el paisaje. Era amo y señor de aquellas tierras, y el rey moro de Lérida le pagaba parias a fin de que lo dejara en paz.

—¿A qué debo el honor de vuestra visita?

Se las arreglaba bien, comprobó Ruy Díaz, para que en su boca, debido al tono, incluso las palabras corteses sonasen despectivas. Lo del *honor* quedó también en el aire, flotando incómodo. Nadie sonrió esta vez, pero el gesto del conde matizaba y desmentía sus palabras.

Miró Ruy Díaz alrededor. Los rostros expectantes. Cambió una ojeada de soslayo con Minaya y volvió a mirar al conde.

—Tengo una mesnada de gente hecha a la guerra —dijo con sencillez.

—Eso hemos oído. ¿Cuántos son?

—Con las últimas incorporaciones, casi doscientas lanzas... Están acampados a dos jornadas de aquí, en la frontera.

—Salisteis de Castilla con menos, me contaron.

—En estos tres meses se me ha ido juntando gente.

Bebió un sorbo de vino el conde, tomándose su tiempo. Era obvio que disfrutaba de sus propios silencios.

—Sigo sin saber a qué debemos el teneros aquí —comentó al fin, tras secarse los labios—. En nuestras tierras.

Remarcaba el *nuestras,* y también había una fría arrogancia en eso. Unas tierras, insinuaba, que casi lindaban con las de los condes de Tolosa, los duques de Gascuña y los margraves de Gotia: francos como él, gente del norte, sus iguales. Aquél era otro mundo, procedente del viejo abuelo Carlomagno. Nada que ver con los toscos aragoneses, los infieles sarracenos o los polvorientos castellanos. Con esa gentuza meridional.

—Sigo sin saberlo —repitió.

Ruy Díaz se encogió de hombros.

—Somos una hueste sin señor.

—¿Y?

—No es bueno carecer de él.

Otra pausa deliberada. Estudiaba Berenguer Remont el vino de su copa como si algo en él le desagradara.

—¿Me estáis ofreciendo vuestros servicios, Ruy Díaz?

—Sí.

Tras un momento, el conde alargó la copa a uno de sus cortesanos, sin mirarlo, y éste se hizo cargo de ella.

—¿Y qué podría hacer yo con vuestras casi doscientas lanzas?

—Tenéis querellas con el rey cristiano de Aragón y con los reyes moros de Lérida, Zaragoza y Valencia.

Hizo el otro un gesto desganado, señalando el arma que estaba cerca, puesta sobre un cojín de terciopelo como si se tratara de un ornamento sacro. Era una pieza de forja famosa, conocida por pasar de padres a hijos en la casa de Barcelona. La llamaban *Tusona,* o *Tizona.*

—Para eso dispongo de mi espada y de mi propia gente.

—Doscientos buenos jinetes con experiencia nunca están de más.

Sonrió de pronto el conde, cual si acabara de cruzarle por la cabeza un pensamiento divertido.

—También, a veces, tengo querellas con el rey de Castilla.

Ruy Díaz permaneció impasible, sin mover un músculo de la cara. Sentía la mirada de soslayo, inquieta, de Minaya. Con mucha calma, imitando el ademán del conde, le pasó a Minaya su copa de vino y colgó los pulgares en el cinto de la espada.

—Es el único contra quien no puedo combatir —dijo.

La mueca de Berenguer Remont se había vuelto aviesa.

—¿Por qué?... Os desterró de sus tierras. Según los viejos usos, sois libre de servir a cualquiera. O de reñir con cualquiera.

—No contra él. Si me ha desterrado es porque está en su derecho. Es mi señor natural.

—Eso no está escrito en ninguna parte.

—Sí que lo está.

—Ah, vaya... ¿Dónde?

—En mi conciencia.

El conde lo observó otro momento en silencio.

—Conozco vuestra vida, Ruy Díaz —dijo al fin—. Estoy al tanto de vuestro, hum... prestigio —dudó antes de continuar, renuente a conceder esa última palabra—. Me he informado antes de recibiros, y opino que un hombre de vuestra calidad no tiene cabida entre mi gente. A menos...

Lo dejó ahí, el aire taimado, como si jugara a las adivinanzas. Ruy Díaz seguía inmóvil. Inexpresivo.

—¿A menos, señor?

—A menos que prestéis juramento de lealtad sin reservas. De que acatéis hasta la última de mis órdenes.

Ruy Díaz lo estaba viendo venir.

—¿Castilla incluida?

—Castilla y León, por supuesto. Las ambiciones de Alfonso acabarán chocando con las mías... Sólo es cuestión de tiempo.

Pareció pensarlo Ruy Díaz. Al cabo negó despacio con la cabeza.

—No puedo hacer eso.

—¿Por qué?

—Sabéis por qué, señor. Mancharía mi nombre.

—Vuestro nombre será algo en la frontera, pero apenas vale nada aquí.

Ruy Díaz dejó pasar un instante, apretados los labios. Conteniéndose. No quería decir nada de lo que arrepentirse luego. No era lugar ni momento.

—Tal vez —dijo al cabo—. Pero mi nombre es el único patrimonio que tengo. En cuanto a mi lealtad...

Alzó el otro una mano.

—Si os pago una soldada a vos y a vuestra tropa —lo interrumpió, áspero—, la única lealtad me la deberéis a mí.

Se volvió Ruy Díaz hacia Minaya. Todavía con una copa de vino en cada mano, su segundo tenía el ceño fruncido y un toque de cautela en la mirada. Ándate con tiento, decía su gesto. Deja lo que eres y somos para luego, o aquí nos ahorcan a los dos.

Aun así, decidió hacer un último intento. Era demasiado lo que estaba en juego, y no deseaba que nada quedase por probar de su parte. Doscientos hombres dependían de él para ganarse el pan.

—Todo puede hacerse, señor —dijo—. Ved de lo que es capaz mi gente... Utilizadme contra moros, si gustáis. O contra navarros y aragoneses. Pero no contra mi rey.

—Ya no tienes rey, Ruy Díaz.

El tuteo llegó brusco, insultante como una bofetada, y Ruy Díaz sintió retirársele de golpe la sangre del rostro. Sólo un monarca tenía derecho a hablarle así, o un sacerdote ejerciendo su ministerio. Aquél nada más que era conde de Barcelona. Sin darse cuenta, apoyó la mano izquierda en el pomo de la espada. Fue consciente de ello cuando vio a los cortesanos francos interponerse, inquietos porque habían advertido el ademán. Y por Cristo que tenían motivos para hacerlo. A cualquier otro hombre lo habría ensartado allí mismo, de un espadazo.

—No hay mucho más que hablar, como ves —dijo Berenguer Remont.

Había apartado a los suyos con un tranquilo gesto de autoridad, para demostrar que ningún hombre armado o sin armar lo intimidaba.

—No me interesas —añadió el conde tras un momento—. Prueba si quieres con los moros o los navarros, o los aragoneses; aunque no creo que estos últimos te acojan con los brazos abiertos... Todavía se acuerdan de cuando les matasteis a un rey en Graus.

Se había puesto en pie, como si lo fatigara aquella conversación.

—También puedes probar suerte en otros lugares —dijo—. El papa Gregorio, por ejemplo, anda alentando una expedición militar para devolver Tierra Santa a la cristiandad —lo acompañó de una sonrisa sarcástica—. No me digas que no es una linda empresa... Lástima que Bizancio y Jerusalén te queden un poco lejos.

Miró por última vez a Ruy Díaz, de arriba abajo. Demorándose de nuevo, más de lo necesario, en las botas de montar engrasadas con sebo. Enarcó las cejas, fingiendo un exagerado horror que hizo sonreír otra vez a sus cortesanos.

—A tus doscientas lanzas —concluyó— no les faltará quien las emplee. Yo tengo las mías.

Y dicho eso, despectivo y superior, el conde de Barcelona volvió la espalda.

A Ruy Díaz le ardía la cara.

Se giró a medias Minaya, apoyada una mano en la grupa del caballo para dirigir un hosco vistazo a los muros de Agramunt que dejaban atrás: línea parda de murallas en torno a una loma, circundando una torre y un campanario. El sol empezaba a descender ante los dos jinetes.

—Esos francos afeminados —dijo.

Sonreía Ruy Díaz.

—No tanto... Cuando pelean, lo hacen bien.

—Ahí quisiera verlos yo, frente a nuestras lanzas.

—Nunca se sabe. La vida tiene muchas vueltas y revueltas.

—Pues ojalá alguna vez tuviera ésa —Minaya se tocó la garganta con dos dedos—. Aún tengo lo de *malcalçats* atravesado aquí... Al hijo de puta le ha faltado escupirnos a la cara.

—Está en sus tierras y en su derecho.

—Eres Sidi Ruy Díaz, diantre. No un villano pelagatos. Desde hace dos meses toda la frontera habla de ti: de la aceifa morabí y la algara que les hicimos luego para devolver la visita.

El recuerdo arrancó a Ruy Díaz otra sonrisa.

—Fue un buen negocio, ése. Nuestra incursión.

—Y que lo digas.

Lo había sido, sin duda. Después del combate en la calzada romana y tras vender esclavos, caballos y botín en

Agorbe, la hueste se había internado durante catorce días en territorio musulmán de la taifa de Toledo, saqueando, talando y quemando los panes hasta Brihuega. Volvieron a cruzar el Guadamiel hacia el norte con treinta hombres, mujeres y niños para vender, y con cincuenta cabezas de ganado.

—Sin embargo —suspiró Ruy Díaz—, no tenemos suerte con reyes y condes.

Minaya echó un nuevo vistazo en dirección a Agramunt.

—Ni una pizca —dijo tras soltar un escupitajo—. Unos nos destierran y otros nos insultan. Y no sé qué es peor.

—Cada cosa tiene su momento. Y la paciencia es una virtud.

—Sobre todo en nuestro oficio.

—Eso es.

Cabalgaron callados un trecho. De vez en cuando, Minaya miraba de soslayo a Ruy Díaz.

—¿Qué tienes pensado hacer ahora? —preguntó al fin.

—Estoy en ello.

El otro le dirigió una ojeada recelosa.

—Te conozco. Tú siempre tienes algo previsto. Una alternativa.

No respondió Ruy Díaz. Iba con la rienda floja, atento al paisaje. Nada de limitarse a mirar: observaba, y Minaya conocía bien su modo de hacerlo. Siempre que se encontraba en el campo, los ojos de Ruy Díaz estudiaban por instinto los accidentes del terreno, su conformación física, los detalles favorables y las desventajas. Aquello no era deliberado sino espontáneo, igual que un artesano veía la obra en la madera antes de tallarla, o un sacerdote adivinaba gloria o condenación en los susurros del penitente. Era una mirada adiestrada en lo militar y hecha para eso. La mirada de águila de un jefe natural. Aquel infanzón castellano no veía, al mirar en torno, lo mismo que veían otros. Sus ojos eran la guerra.

—Doscientos hombres necesitan reposo y yantar —apuntó Minaya—. También que se les pague la soldada y su parte de botín... Y alguna mujer cuando puede ser. De otro modo, acaban por desmandarse.

—Los nuestros son de otra cepa —respondió Ruy Díaz, distraído—. Aguantarán.

—Eso es cierto, o así lo creo... A buena parte de ellos no sólo el interés los trajo contigo. Pero son humanos. Y el quinto que te empeñas en mandar al rey reduce los beneficios —lo miró con aire de vaga censura—. Una parte que Alfonso acepta, pero por la que ni siquiera nos da las gracias.

Habían llegado a un tosco puente de madera, apenas unos tablones puestos sobre piedras y pilotes que permitían salvar un riachuelo. Antes de cruzarlo, condujeron los caballos a la orilla para que bebieran, metidas las patas en el agua hasta el corvejón.

—Necesitamos algo estable, ¿no? —insistía Minaya—. Un acuerdo con alguien que nos asegure una temporada de comer caliente y pasar abrigados el invierno... El problema es que, descartados Castilla, los francos y también los navarro-aragoneses, no queda nadie a quien ofrecerse.

—No queda nadie cristiano, querrás decir.

Minaya miró de pronto a su compañero, inquisitivo.

—¿Hablas en serio?

—Pues claro.

—¿Qué tienes en la cabeza?

No respondió Ruy Díaz. Tiraba hacia un lado de la rienda para sacar a su caballo del agua, encaminándolo al puente. Minaya arrimó espuelas y le fue detrás.

—Miedo me das cuando te veo tan callado —dijo—. Y con esa cara.

Se echó a reír el jefe de la hueste.

—¿Qué cara me ves?

—La del gato que acaba de comerse el pajarito de la jaula.

Pasaron el puente de madera prestando atención a su solidez. Los cascos de las monturas resonaban inseguros sobre los desgastados tablones.

—¿Los moros? —quiso saber Minaya.

Encogió los hombros Ruy Díaz.

—No sería la primera vez.

—Por vida de. No me fastidies.

—Sí.

Aquella noche no durmió bien.

El lecho —una manta sobre un jergón de paja bajo la tienda de campaña— era duro e incómodo, aunque a eso estaba acostumbrado. Eran los pensamientos que iban y venían los que le negaban el reposo. Tenía una cabeza disciplinada, tozuda si era preciso, capaz de apartar lo inoportuno y concentrarse en cosas gratas hasta que llegaba el sueño. Sin embargo, había noches y noches. Y ésa era de las inciertas. Una de tantas.

Doscientas lanzas, pensaba removiéndose en la oscuridad. Doscientos hombres confiaban en él para ganarse el sustento, y de ellos era responsable. La suerte que le deparase Dios —y no había suerte, buena o mala, que no dependiera también de quien la jugaba— arrastraría consigo la de todos ellos. Para bien o para mal, de sus aciertos o errores iba a depender el futuro inmediato de su gente. De toda ella.

Contumaces, esas dos palabras iban y venían en su mente: aciertos y errores. Qué difícil era vislumbrar caminos correctos en el insomnio, entre los fantasmas y aprensiones que la noche acicateaba con facilidad.

Comer caliente y pasar abrigados el invierno, había dicho Minaya.

Aquello era todo, en realidad. Y por Dios que no era poco.

Doscientas lealtades y doscientas vidas.

Mientras daba vueltas a eso —ni siquiera rezar ayudaba—, oyó la voz lejana de un centinela que pasaba a otro la novedad y calculó que serían los medios gallos y que aún faltaban tres horas para el alba. Intentó acomodarse mejor cambiando de postura, y ahora fue la rodilla izquierda la que lo molestó. Era una vaga punzada, no muy dolorosa pero sí persistente. Una vieja lesión que, cuando la pierna permanecía demasiado tiempo inmóvil o hacía mal tiempo, reclamaba su cuota de memoria.

Para distraer los pensamientos rememoró el origen de esa herida, cuando Alfonso y Sancho guerreaban por la herencia de su padre y tropas leonesas con refuerzo de aragoneses, navarros y moros de las taifas amigas de Córdoba y Toledo dieron un mal trago a los castellanos en Golpejera. El propio Sancho había quedado atrás en el famoso incidente final: cautivo entre trece jinetes enemigos fue rescatado por su alférez, que mató a doce a cambio sólo de una lanzada en la rodilla. La herida, de mediana consideración, no impidió a Ruy Díaz dirigir esa noche otro ataque contra las tropas de Alfonso, que celebraba su victoria en Carrión. Con la gente de Vivar en vanguardia, disimulados por la oscuridad y la lluvia, los castellanos habían vadeado el Cea por un banco arenoso, acuchillando sin piedad hasta desbaratar al rey leonés. Derrotado y preso, Alfonso había pasado a un convento, del que poco después escapó para refugiarse entre moros, en Toledo.

Casi diez años mediaban ya de todo aquello. El vencido de Golpejera, a quien el propio Ruy Díaz había salvado de la cólera de su hermano —que allí mismo, en caliente, pretendía cortarle la cabeza—, era ahora dueño de Castilla y León. En cuanto a Sancho II, estaba muerto. Y el infanzón burgalés que, cojeando de la pierna herida, mal vendada y goteando sangre, se interpuso espada en mano para evitar que el prisionero fuese degollado —en una sola jornada salvaba la vida a dos reyes—, era esta noche un proscrito que, bajo la lona de una tienda de campaña, incapaz de conciliar el sueño, se interrogaba sobre su futuro y el de la gente que lo acompañaba en el destierro.

La vida, el azar, el diablo o quien fuera, concluyó Ruy Díaz, tal vez incluso el propio Dios, tenían un extraño sentido del humor. Una retorcida forma de tirar los dados.

Seguía sin conciliar el sueño, así que se envolvió en el manto tras ceñirse una daga, se subió la capucha y salió afuera, bajo las estrellas.

Hacía frío.

El campamento constaba de unas pocas tiendas de campaña que albergaban a los que podían permitírselas, mientras el resto de la gente dormía en el suelo o en los carromatos de la impedimenta, en torno a las fogatas que a esa hora no eran más que rescoldos. Sólo una hoguera ardía viva allí donde se mantenían despiertos los del retén: una docena de hombres armados que, atentos a los centinelas, aseguraban el descanso de todos. Desde que se adentrara en aquellos parajes inciertos, fronterizos entre los condados francos, el reino navarro-aragonés y la taifa de Lérida, Ruy Díaz disponía siempre esa precaución para velar el sueño de la hueste y prevenir rebatos nocturnos. No se fiaba ni de moros ni de cristianos.

Se encaminó hacia la fogata. En el contraluz rojizo de las llamas se recortaban las siluetas de los hombres sentados en torno. Y mientras se acercaba alcanzó a oír la voz de Galín Barbués, que estaba en el grupo, cantando una copla de su tierra:

Que hombres cobardes con hombres
no son buenos con las hembras...

Aquello le despertó otros recuerdos. Pensó de modo inevitable en Jimena, su mujer. La carne tibia y blanca, la piel y la boca. Los ojos grandes, almendrados, grises como la lluvia en las montañas de Asturias. El pensamiento, la ausencia, suscitaban en él un vacío físico casi lacerante. Una intensa melancolía. Y nada podía remediarla. Tenía la certeza de que las mujerzuelas que a veces seguían a la hueste o las moras que se ofrecían al paso —no las rechazaba por falta de deseo varonil, sino por mantener el decoro ante sus hombres— no habrían calmado la necesidad de ver de nuevo a la esposa. Llevaba demasiado tiempo lejos de ella y de las hijas. Del fuego de un hogar.

En cuestión de afectos, la guerra era el país de los hombres solos.

—¿Quién vive?

Un centinela le había salido al paso. Voz ronca, recelosa. Una sombra que se materializaba desde la oscuridad, un reflejo rojizo en el metal de las armas.

—Castilla —respondió Ruy Díaz.

—¿Santo y seña?

—Cristo y Calatayud.

La sombra volvió a sumirse silenciosa en las tinieblas. El jefe de la hueste siguió adelante, hasta el círculo de hombres en torno a la fogata. Una vez allí se echó atrás la capucha acuclillándose junto a ellos, cercanas las manos al calor de las llamas. Al verlo aparecer, Galín Barbués había dejado de cantar. Algunos hicieron amago de ponerse en pie.

—Sin novedad, Sidi.

Todos en la tropa lo llamaban así desde el combate con la aceifa de Amir Bensur, y él lo permitía de buen talante. Eso estrechaba lazos y fraguaba su leyenda, lo que era útil tal como andaban las cosas: conciencia de grupo, orgullo y lealtad. Era difícil no seguir a ciegas a un jefe a quien los propios moros llamaban señor. A fin de cuentas, manejar espada y lanza en busca de botín era sólo una parte del guerrear. Ruy Díaz lo había aprendido a su costa en diecisiete años de campañas.

Alguien le pasó un odre con vino y bebió mientras lo miraban en respetuoso silencio.

Había alguno casi lampiño, pero en su mayor parte eran barbudos, duros, curtidos de polvo, frío y sol. En su expectación comprendió que la noticia del rechazo de Berenguer Remont estaba a punto de correr por la tropa. Tenía que ocurrir tarde o temprano. Así que era mejor tomar la iniciativa, decidió. Anticiparse al rumor.

—Los francos no nos quieren —dijo en tono despreocupado, y añadió una sonrisa—. No les somos simpáticos.

Se miraban los hombres entre sí, ceñudos. Galín Barbués puso cara de ya os lo decía yo. Después el aragonés se volvió hacia el jefe de la hueste, tomando de sus manos el pellejo de vino.

—¿Y qué nos queda? —inquirió.

Ruy Díaz hizo un ademán de indiferencia. Seguía sonriendo con mucho aplomo y procurando que se le notara.

—Hay varias alternativas.

No dijo cuáles. Permanecían todos atentos, cual si de él esperasen los evangelios.

—¿Navarra y Aragón? —aventuró un veterano, más atrevido que sus compañeros.

Ruy Díaz lo miró, inexpresivo.

—Ésa es mala frontera. Linda con la taifa de Zaragoza, donde los moros pagan parias a Castilla... Guerrear con ellos supondría enfrentarnos al rey Alfonso.

Asintieron todos, halagados de que un jefe compartiese con ellos tales cálculos. Tras un instante, Barbués escupió en el fuego.

—Tampoco hay que fiarse de mis paisanos —argumentó.

—Y mucho menos de los navarros —dijo otro—. Buenos como enemigos, malos como amigos.

Uno de los hombres alzó una mano. Ahora que hablaban de esa tierra, dijo, quería contar que ocho años atrás, siendo mozo, había asistido al combate singular que Ruy Díaz, entonces paladín de Castilla, había mantenido con Jimeno Garcés, alférez del reino de Navarra, para resolver la disputa sobre la posesión de Calahorra: tres lanzas rotas, dos caballos muertos, y la lid final pie a tierra y a espadazos hasta acabar con el navarro en el suelo, abollado el escudo, partidas las correas del yelmo, echando sangre por la nariz y la boca como un toro alanceado. Con la gente gritando de júbilo en torno al palenque.

—Nunca imaginé —concluyó el que narraba— que una noche estaría en campaña, al raso con el vencedor de aquel día, calentándome en el mismo fuego y bebiendo el mismo vino.

Escuchaban todos, aprobadores; con semblante amistoso el jefe de la hueste, que miraba al mesnadero como si pusiera empeño en recordar su rostro.

—¿Tu nombre?

—Laín Márquez, señor... Soy natural de Arnedo.

—Pues gracias, Laín Márquez.

Lo miró el otro con sorpresa.

—¿Por qué me las dais a mí?

—Por estar allí ese día y por estar aquí ahora.

Cambiaba el tal Márquez ojeadas con sus camaradas, ruborizado de orgullo.

—Fue aquella jornada la que me trajo —comentó al fin—. Bajo vuestra señal y con vos.

Asintió Ruy Díaz.

—A pasar frío y hambre —replicó, jocoso—, y a que los francos nos den con la puerta en las narices.

Sonaron carcajadas, pues aquel tono facilitaba el buen humor. Al reír, las caras quemadas por el sol se arrugaban como cuero suave.

—Ya ajustaremos cuentas con ellos —Galín Barbués volvió a escupir al fuego—. ¿No es verdad, Sidi?

—Que se condene mi alma si no lo es.

Asentían los hombres confortados, satisfechos. Peligrosos. Palmeaban los pomos de las espadas prometiendo en sus adentros una adecuada revancha. El jefe de la hueste los miraba uno a uno, calculando con frialdad objetiva sus estados de ánimo.

—Cuentan... —empezó a decir en tono de confidencia, y lo dejó un momento en el aire, cual si dudara en proseguir.

Tal como esperaba, todos se inclinaron hacia él sobre la fogata, muy atentos. Estaban pendientes de aquel silencio, así que se demoró un poco más. Lo exacto y necesario. Era un buen modo de plantearlo, pensó. De empezar a adobarles la idea.

—Cuentan que el rey moro de Zaragoza no es mala gente.

II

Las cornejas volaron de izquierda a derecha sin cambiar de dirección; y Diego Ordóñez, suspicaces los ojos bajo el yelmo, las vio alejarse, tranquilizado al fin.

—Buen augurio —comentó.

Cruzaba la hueste el vado del Cinca, camino de Zaragoza: los caballos y mulas con la corriente a medio corvejón, los carromatos hundidos hasta los ejes. El río bajaba manso, con poca agua, y eso facilitaba la maniobra.

Ordóñez y Ruy Díaz, que habían cruzado los primeros —sus monturas estaban mojadas hasta los ijares y ellos hasta las rodillas—, se hallaban sobre una altura que dominaba el vado y permitía ver una extensa porción del territorio en el que se adentraban. Un paraje de suaves colinas onduladas que se hacía brumoso y ocre en la distancia.

—La verdad es que, vistos así, impresionan... O impresionamos.

Se refería Ordóñez a la columna de hombres y animales que serpenteaba en el lecho del río. Avanzaba ésta disciplinada y segura, poderosa, rutilante de reflejos metálicos bajo el sol aún tibio de la mañana.

—Ojalá también los impresione a ellos —comentó Ruy Díaz.

—¿A quiénes?

—A ésos.

Señaló con un movimiento del mentón a cuatro jinetes inmóviles sobre una colina cercana, a la distancia de dos flechas. Vestían albornoces y turbantes, y cada uno sostenía una lanza.

—No los había visto —dijo Ordóñez.

—Estabas demasiado pendiente de las cornejas. Acaban de asomar por ahí.

Haciendo visera con una mano, el rudo mayoral de la hueste los observó un momento.

—Batidores, naturalmente —concluyó.

—Pues claro.

Se rascó el otro la barba. Tras el protector nasal del casco, sus ojos oscuros relucían coléricos.

—Hijos de la gran puta. De esa Agar, o como se llame.

Ruy Díaz encogió los hombros bajo la pesada cota de malla.

—Hacen su trabajo, ¿no?... Como nosotros el nuestro.

—Sucios moros —Ordóñez enseñaba los dientes, masticando viejos rencores—. Sodomitas sarracenos.

—Vale, déjalo ya. Ahora somos amigos... Por lo menos, de éstos.

—No por mi gusto.

—Que lo dejes, te digo.

Se quedaron callados. El belfo entre las patas, relajados, los caballos mordisqueaban los matojos. Ordóñez estudió las colinas con desconfianza.

—Supongo que no estarán solos —dijo al fin—. En algún lugar tendrán a más gente oculta.

Estuvo de acuerdo Ruy Díaz.

—Si yo fuera ellos, la tendría. Jesucristo dijo: «Sed hermanos, pero no seáis primos».

—¿En serio? —Ordóñez lo contemplaba con hosco interés—. ¿Eso dijo?

Sonreía el jefe de la hueste.

—Me lo acabo de inventar.

—Creía que era en serio.

—Pues no.

Cavilaba Ordóñez, hosco. Desconfiado como solía.

—Espero que esos perros vean bien la cochina bandera que llevamos hoy.

Miraron hacia la cabeza de la columna, donde Pedro Bermúdez había sustituido la señal de guerra por un gran lienzo blanco. Ésas habían sido las condiciones impuestas por Mutamán, rey de la taifa de Zaragoza, para permitirles la entrada en su territorio: aquel día, por tal lugar exacto y con bandera blanca. Dos jornadas atrás, para asegurarse, Ruy Díaz había enviado a Minaya y a Félez Gormaz con una carta protocolaria escrita en árabe: *En el nombre de Dios clemente y misericordioso, Rodrigo Díaz de Vivar saluda con todo respeto al rey Yusuf Benhud al-Mutamán, hijo de Ahmad Benhud al-Moqtadir, noble defensor de los creyentes, cuyo rostro ilumine Dios,* etcétera. Los dos castellanos aguardaban ahora en la ciudad, mitad heraldos y mitad rehenes. Y no era la suya una situación envidiable. Si algo salía mal, acabarían crucificados o despellejados vivos.

—Algún día —dijo Ordóñez— tienes que explicarme por qué estamos aquí.

Palmeó Ruy Díaz el cuello de su caballo.

—Lo sabe toda la tropa. Y tú lo sabes de sobra.

—No. Yo no sé un carajo. Lo mío es Castilla y Santiago, sus y a ellos. Amontonar cabezas, ya me entiendes. Las finuras diplomáticas no son mi especialidad.

—No tenemos opción, Diego. Y hay que ganarse la vida... Ya se ha hecho otras veces.

—¿De verdad te fías de Mutamán?

—De su padre me fiaba menos, pero el viejo acaba de morir. Como hizo nuestro difunto rey Fernando con Castilla y León, Moqtadir ha partido el reino entre sus hijos: Mutamán, a quien dejó Zaragoza, y Mundir, al que ha dado Lérida, Tortosa y Denia... De aquí a nada, los dos van a matarse entre sí.

—Como nuestro pobre don Sancho y su hermano Alfonso —apuntó Ordóñez con amargura.

—Exacto. Por eso es buen momento para ayudar a uno de ellos.

—¿Y por qué a Mutamán?

—Es el más fuerte. Y también más serio, más entero... Más hombre. Nada fanático en cuanto a religión. Lo conocí cuando asediábamos Zaragoza. Y él me conoce a mí. Sabe lo que podemos hacer por su causa... Además, a Mundir lo apoyan Sancho Ramírez, rey de Aragón y Navarra, y el conde de Barcelona, Berenguer Remont... Así que para Mutamán, que tampoco se fía mucho de nuestro Alfonso VI, llegamos como caídos del cielo —Ruy Díaz hizo una mueca—. O del paraíso del Profeta.

—Salvo que sea una treta para degollarnos.

—Lo dudo, aunque todo puede ser.

—Habrá que andar con la barba sobre el hombro y dormir con un ojo abierto. Por lo menos, al principio.

—Claro... En todo caso, sabemos defendernos. Y atacar.

Movía Ordóñez la cabeza, dubitativo, sin perder de vista a los jinetes de la colina.

—Alianzas, repartos de reinos... Todo eso es demasiado para mí. Moro o cristiano, basta que digas contra quién toca ir con la lanza baja, y lo haré sin rechistar. Sin embargo, hay un detalle que me gusta: la posibilidad de romperle algún día los cuernos al conde franco... Todos sabemos que ese Berenguer te trató con descortesía en Agramunt.

Sonrió de nuevo Ruy Díaz.

—Ya se andará.

—Claro, Sidi —Ordóñez enseñaba los dientes, feroz—. Lobos somos, y en torno al hato andamos.

Pasaron el último día acampados junto a un recodo del Ebro, a media legua de la ciudad que se divisaba a lo lejos, amurallada y blanca.

Impresiona, comentaban los hombres.

Se reunían en corros para mirar la orilla del río, señalándose unos a otros los minaretes de las mezquitas. Tan grande como Burgos, añadían. Tal vez aún más hermosa.

Zaragoza.

Ruy Díaz ya había estado allí durante la campaña de los castellanos y leoneses contra el rey viejo. Lo recordaba al día siguiente cuando el sol estuvo alto en el cielo, después de asearse a conciencia y arreglarse la barba; mientras cabalgaba despacio hacia la ciudad sin otra compañía que su sobrino Pedro Bermúdez, que había cambiado la bandera blanca por la señal verde y roja de los hombres de Vivar.

—Si al anochecer no tenéis noticias nuestras, tomad las armas —había dicho antes de irse—. Y que Dios nos ayude a todos.

Dos fueron las disposiciones que ordenó antes de abandonar el campamento: poner la hueste bajo el mando de Diego Ordóñez, por si algo iba mal, y prescindir él y su acompañante de otros arreos que no fueran las espadas, cambiando las cotas de malla por briales de gamuza fina. Para mostrar, o aparentar al menos, que nada recelaban en la visita.

—Prefiero un peligro incierto —comentó— a infligir una ofensa cierta.

Los primeros indicios fueron, sin embargo, alentadores. El día era espléndido y había mucha gente dispuesta en el camino, incluso mujeres veladas y niños que observaban su paso con curiosidad. Y cuando llegaron ante los sólidos torreones del castillo de la Aljafería, situado en las afueras de la ciudad, la guardia mora de la puerta les dispensó honores con atabales y címbalos.

—No suena a d-degollina, Sidi —dijo Pedro Bermúdez, disimulando entre dientes.

—De momento... Así que reza para que dure.

Las dudas se disiparon cuando, tras desmontar, caminaron por el hermoso jardín del palacio guiados por un chambelán. Mutamán no aguardaba dentro, como habría sido natural, sino que les salió al encuentro al extremo de una gran rosaleda. Vestía aljuba de seda y turbante de muselina, y en su rostro afilado y moreno, afeitado por completo, destacaba el trazo blanco de una gran sonrisa. Era un hombre atractivo, alto, de buena planta. Debía de rondar la cuarentena. No iba armado, a excepción de una gumía de plata y marfil en la faja; pero a su lado, sin alejarse cuatro pasos de él, no le quitaban ojo dos negrazos de piel aceitada y enormes alfanjes.

—Que Dios te bendiga como yo te saludo, Ruy Díaz, al que los cristianos llaman Campidoctor.

Lo dijo en buena habla de Castilla. Y sonaba bien. Sonaba acogedor, después de tanto camino, tantas fatigas y tantos recelos. Ruy Díaz puso una rodilla en tierra, se desciñó la espada dejándola caer y besó la mano ensortijada que se le ofrecía. Cuando alzó el rostro, Mutamán le había puesto la otra mano en un hombro y mantenía la sonrisa.

—Bienvenido a Zaragoza —dijo el rey.

—Gracias, señor.

Más allá, detrás de Mutamán, Ruy Díaz vio a varios cortesanos moros muy bien vestidos, y entre ellos a Minaya y a Félez Gormaz, que parecían relajados y tranquilos.

Todo va bien, pensó mientras se ponía en pie. Todo parece ir bien.

—Tu destierro de Castilla me parece una injusticia —dijo Mutamán—. Y un error de Alfonso.

Estaban los dos solos, sentados sobre grandes cojines de cuero entre las columnas, arcos y yeserías policromadas de un salón decorado con gusto exquisito. Por las ventanas abiertas, rematadas en arcos de herradura, se veían las copas de los árboles del jardín.

—No me toca a mí juzgar las decisiones de mi rey —respondió Ruy Díaz.

El rey moro lo observaba con curiosidad. Permaneció un momento callado y al fin ladeó la cabeza, irónico.

—Lo que significa que tampoco debo hacerlo yo, delante de ti.

—No pretendía decir eso, señor.

—Da igual... El caso es que estás aquí, en mis tierras. Y que buscas acomodo.

Asintió cauto Ruy Díaz.

—Tal vez pueda seros útil.

—Sí, *nezrani* —el moro seguía estudiándolo, pensativo—. Tal vez.

—Os supongo al corriente de mi situación.

—Y yo a ti de la mía, aunque no sea cosa de compararnos.

—Ni se me ocurriría, señor.

Sonrió Mutamán con una especie de desdén cortés. Había sobre la mesa una bandeja de plata con vasos de cerámica y una jarra con un cocimiento humeante de hierbas y pétalos de rosa. El rey moro cogió su vaso, sopló sobre el contenido y se lo llevó a los labios, sin dejar de mirar a Ruy Díaz con penetración.

—Bien —dijo.

Invitó con un ademán al castellano, y éste cogió el suyo. Quemaba, así que lo sostuvo entre el pulgar y el índice, bebiendo un corto sorbo. Ya era hora, pensó fatalista, de entrar en materia. De tirar los dados.

—Sé que vuestro hermano y sus aliados cristianos pueden daros problemas.

Lo miró el otro enarcando las cejas, cual si acabara de escuchar una inconveniencia. Pero sonreía.

—Y yo a ellos —repuso—, como supondrás.

—Claro.

Bebieron a sorbos, mirándose.

—Problemas... —repitió Mutamán al cabo de un instante.

Lo hizo en tono reflexivo. Luego dejó el vaso en la bandeja y se puso en pie. Ruy Díaz lo imitó de inmediato.

—Ven un momento, *nezrani*... Acércate.

El moro había ido hasta una de las ventanas y se apoyaba en el alféizar, vuelto hacia el exterior. Ruy Díaz fue a situarse a su lado.

—Mira allí.

Había una jaula suspendida de un torreón, sobre las copas de los árboles. En su interior había una figura humana inmóvil.

—Se llamaba Amir Bensamaj y fue muchos años visir con mi padre, que goce del paraíso... Hace poco averigüé que Amir andaba en tratos ocultos con vuestro rey Alfonso y mantenía correspondencia secreta con mi hermano Mundir. Así que lo hice desollar y mandé que rellenaran su piel con paja.

Miraba Ruy Díaz el monigote en la jaula, impasible. Había visto cosas peores y ambos lo sabían; pero como referencia, reconoció en sus adentros, no era mala en absoluto. Sin comprobarlo, supo que Mutamán lo observaba de reojo.

—Lo mantengo ahí a la vista —prosiguió el moro—. Todos creen que es por escarmiento para mi corte y mi pueblo, pero se equivocan... Lo tengo para escarmiento propio. Para recordarme que la ambición y la traición existen. Para no olvidarlo nunca.

—Es una buena advertencia.

—Sí... Estoy seguro de que lo es.

Regresaron despacio a los cojines y la mesa. Mutamán volvió a sentarse. Esta vez no hizo a Ruy Díaz señal de que lo imitara, así que éste permaneció de pie. Tras el punto más delicado, llegaba el momento crucial.

—¿Qué vienes a ofrecerme?

Lo había preguntado muy serio. Casi con indiferencia. El castellano cruzó las manos a la espalda y habló con mesura.

—Tengo doscientas lanzas de primera clase. Y si cuento con dinero, en dos meses puedo reunir otras cien o doscientas más.

—Dispongo ya de soldados... ¿Por qué habría de necesitar los tuyos?

Tras una leve duda, más aparente que real, Ruy Díaz se encogió de hombros.

—¿Puedo hablaros con franqueza, señor?

—Tienes fama de hacerlo a menudo. Y no siempre en tu beneficio.

—Conozco a vuestra gente. He guerreado contra ella en otro tiempo.

—Sí. Te he visto hacerlo. Una vez estuvimos cerca de cruzar las espadas, cuando con el infante Sancho asediabais Zaragoza.

—Cierto. Aquel día os vi de lejos mientras se combatía bien. Me parecisteis un joven y gallardo príncipe.

Un digno enemigo... Intenté llegar hasta vos, pero no pude.

—Muchos de mis guerreros fieles se sacrificaron para impedirlo.

—Y muchos de los míos para intentarlo.

—Honor a todos ellos.

—Paz y honor.

Había asentido el moro, complacido. Volvió a llevarse el vaso a los labios. Todavía de pie frente a él, Ruy Díaz entró en materia.

—El coraje militar de vuestras tropas no está en duda —expuso—. La infantería es buena y los jinetes combaten eficaces con lo que en Castilla llamamos tornafuye: ataques y retiradas rápidas. Nadie maneja como los vuestros la jabalina, el arco y las flechas; pero...

Lo dejó ahí de modo deliberado. Mutamán seguía el hilo con atención.

—Lo puedes decir —sonrió levemente—. Es la caballería pesada la que suele decidir las batallas.

—En efecto.

—Yo también tengo jinetes con lanzas y cotas de malla.

—Sí. Pero son menos y peor adiestrados... Ahí, señor, los castellanos llevamos ventaja.

—¿Por ejemplo?

—Mi gente es disciplinada, sólida y de fiar. Sabe cargar sin descomponerse. Y está bien mandada. Cuatro de cada cinco hombres son gente veterana. Y por otra parte...

Volvió a interrumpirse, cauto. Las ideas debían cocinarse despacio, y no en su cabeza sino en la del otro. Era necesario darle tiempo para que todo encajara de modo conveniente.

—Acaba —se impacientó Mutamán.

—Eso, señor. Que, como digo, la mía es gente bien mandada.

—Estás tú al frente, es lo que me dices.

El moro se quedó callado un momento, dando vueltas entre los dedos al vaso vacío. Al fin lo puso en la bandeja con mucha delicadeza, cual si fuese muy frágil.

—¿Sabes quién es Yaqub el Tortosí?

—No.

—Pues deberías, porque se trata de un sabio, un filósofo que tengo en mi corte... Sus escritos circulan por todo Al-Andalus. Lo escucho de vez en cuando y lo leo a menudo... Si te interesa, puedo ordenar que hagan una copia de su tratado principal.

—No soy muy de lecturas, señor... Hace tiempo que no. Con esta clase de vida.

—Lástima. La filosofía y el pensamiento cultivan la mente.

—La tengo demasiado ocupada en sobrevivir.

El rey zaragozano pareció apreciar la respuesta, pues le suscitó una mueca de simpatía. Con ademán amable invitó a Ruy Díaz a tomar asiento de nuevo.

—Es igual, te lo resumo. Sostiene mi filósofo, y estoy de acuerdo, que la fuerza de un rey consiste tan sólo en las tropas a las que es capaz de pagar soldada... ¿Qué opinas de eso?

El castellano cruzaba las piernas, sentándose en el cojín de cuero.

—Que no le falta razón —convino.

—Esperaba una respuesta así. Pero hay quien sostiene lo contrario: que la fuerza de un rey se basa en el apoyo de su pueblo. En los comerciantes, agricultores y artesanos a los que su buen gobierno beneficia... ¿Ves a dónde quiero llegar?

—Todavía no, señor.

Mutamán lo explicó en pocas palabras. Pensar en un futuro pacífico de comercio y buena vecindad, dijo, era de ingenuos. Al-Andalus vivía en el filo de una espada. El espíritu de la raza que había derrotado a los godos estaba perdido desde hacía mucho tiempo. La unidad musulmana era imposible. Ninguno de sus gobernantes, que se combatían entre sí más que a los cristianos, obligados a pagar a éstos tributos para que los dejaran en paz, se parecía a lo que fueron sus abuelos. El gran Al-Mansur, que saqueó Compostela y se trajo de allí las campanas, no era más que un glorioso recuerdo.

—¿No opinas lo mismo, *nezrani*?

—Podría opinarlo.

—Yo soy de los más fuertes, y me crecen los problemas como hongos después de la lluvia. Sé que con esto no te revelo ningún secreto de estado.

Miró la jarra y los vasos con repentino desagrado. Después cogió una campanilla de plata y la hizo sonar. Al cabo de un momento apareció un sirviente con una nueva bandeja, esta vez con otra jarra y dos copas de vidrio. Cuando lo puso todo sobre la mesa, Mutamán lo despidió con un gesto y sirvió él mismo. Con sorpresa, Ruy Díaz comprobó que se trataba de vino.

—El islam se ha hecho llevadero y poco riguroso —dijo el moro—. No me quejo de eso, pues el mundo cambia. Pero hay quien dice que ese relajo nos debilita y nos deja a los pies de los reinos cristianos, cada vez más arrogantes y ambiciosos. Nadie respeta a nadie... Y además está esa gente del norte de África. Esos fanáticos animales.

Alzó su copa, bebió un sorbo y esperó educadamente a que Ruy Díaz probase la suya. Lo hizo éste con placer. Era un vino suave, de color rubí. Se miraron alzando los vasos y volvieron a beber.

—Sé que ya has luchado contra morabíes —comentó Mutamán tras secarse los labios—. ¿Qué te parecen esos hombres?

—Más duros. Más secos y guerreros, sin duda.

—Ése es el peligro. Algunos de mis iguales acarician la idea de hacerlos venir cada vez en mayor número, para recobrar el espíritu guerrero que los musulmanes andalusíes, los que vosotros llamáis agarenos, estamos perdiendo. ¿Crees que tienen razón?

—Puede que la tengan.

—Pero eso plantea un problema serio. Los norteafricanos son gente sin escrúpulos, a medio civilizar. Basura rigurosa e intolerante.

Sonrió Ruy Díaz.

—No hay otro dios que Dios, y Mahoma es su profeta.

—Exacto —Mutamán señaló la jarra de vino—. Y eso, que aquí es una fórmula piadosa, allí es un mandato de intransigencia divina.

—La *Yihad.*

—Sí... La guerra santa que esos bárbaros llevan en la sangre.

Apuró despacio el contenido de la copa y la dejó en la bandeja con un golpecito irritado.

—Hay quien me aconseja traerlos, pero no me fío —siguió diciendo—. Una vez aquí, sabe Dios lo que son capaces de hacer. Con nosotros y con los cristianos. Sin embargo, necesito fuerza militar. Un ejército que se imponga a mi hermano, a los condes francos, a los navarros y aragoneses... E incluso a Castilla y León.

Eso último lo había dicho con más lentitud, tras una pausa significativa. Y ahora miraba expectante a su interlocutor. Con un punto de diversión en un ángulo de la boca.

—Nunca guerrearé contra Alfonso VI —dijo Ruy Díaz—. Es mi señor natural.

—Tienes mi palabra de que nunca te exigiré eso. Llegado el caso, quedarías libre del compromiso de lealtad para conmigo.

—No esperaba menos de vos, señor. Vuestra generosidad...

Lo interrumpió el otro con ademán hastiado. Alzaba una mano, y la dejó caer.

—Era costumbre de mi padre, con el que Dios sea misericordioso, contratar tropas castellanas o navarras cuando convenía... Y estoy decidido a hacer lo mismo. Caballeros famosos por su valor y su prestigio militar. Por sus hazañas. Que impongan disciplina a mis tropas y causen pavor al enemigo.

Sus ojos oscuros relucían de convicción. Y de inteligencia.

—Te llaman *Sidi,* tengo entendido —añadió tras una corta pausa.

Ruy Díaz no dijo nada. Al cabo de un instante, Mutamán asintió como para sí mismo.

—*Sidi Qambitur,* en mi lengua... Señor Campeador, en la tuya. Suena bien, ¿verdad?

—Me han llamado cosas peores.

—Lo sé: *Ludriq alain, Alkab aladu...* Ludriq el Maldito, el Perro Enemigo... También Ruderico el Infame, Azote de los Creyentes y todo eso.

Asintió Ruy Díaz, sonriente.

—Algo había oído.

Lo pensó un momento Mutamán.

—Creo que te llamaré Ludriq —resolvió al fin—, prescindiendo del Maldito.

—Os lo agradezco, señor. Que prescindáis.

—Eres muy conocido —sonreía también el moro— y tu fama te precede.

Suspiró después leve, casi delicadamente. Miraba hacia la ventana por la que se habían asomado, y lo hacía como si en ella pudiera advertir un paisaje, un mapa, un futuro.

—Tengo ambiciones, como todos —dijo—. Cuando resuelva lo de mi hermano deseo expandirme hacia la parte sudoriental de Al-Andalus. Hacia Levante, o más allá...

—¿Valencia? —aventuró Ruy Díaz.

—Por supuesto —movía el otro la cabeza, complacido, como si el nombre de aquella ciudad lo pusiera de buen humor—. Ésa es la perla que ambicionamos todos... Y sé que, llegado el momento, también podrás ayudarme en eso.

—¿Estoy contratado, entonces?

—Lo estás, Ludriq. Creo que eres un hombre singular, y que Alfonso se equivoca al darte de lado.

—También lo hizo el conde de Barcelona.

—Lo sé... Y no pienso cometer el mismo error.

Tras decir eso quedó pensativo Mutamán, muy serio.

—Cuarenta monedas al mes para ti —dijo de pronto— y otro tanto por tu hueste.

—¿En oro?

—De plata. En dírhams.

Ruy Díaz miraba al moro sin pestañear. Impasible.

—Sesenta para mí y cien para mi gente, con bastimentos aparte —dijo con calma—. En oro y con tres meses de adelanto.

—¿Qué hay del botín?

—Un quinto para vos.

Lo pensaba el rey, caviloso. Sin apresurarse.

—Cincuenta para ti, cien para ellos —concluyó al fin—. Es la mejor oferta que puedo hacerte.

—Me parece justa —admitió Ruy Díaz—. ¿En oro?

—Mitad en oro, mitad en plata... Y una cuarta parte del botín reservada para mí.

—Sólo un quinto, como dije. Reservaré otro quinto para mi rey.

Se sorprendió Mutamán.

—¿Pese al destierro que te impone?

—Desterrado o no, Alfonso VI sigue siendo mi señor natural.

Asentía despacio el rey, admirado y pensativo.

—Eres un hombre duro, Ludriq... Y singular.

—Puede ser.

—No quisiera regatear contigo el precio de una libra de carne en el mercado.

—Espero que eso sea un elogio, mi señor.

—No estés tan seguro.

Todavía estuvieron observándose un momento, muy serios, como si se dispusieran a cruzar los aceros. Y al cabo, como un súbito trazo blanco, una sonrisa iluminó el rostro tostado y elegante del moro.

—Reúneme cuatrocientas lanzas —asintió—. Y que a donde no llegue tu espada llegue el miedo... Combate bajo mi bandera sin renunciar a la tuya, si así lo deseas, y Dios nos ayudará a todos.

No era una fiesta, pero sí un acto de Mutamán para honrar a su huésped: una comida con una veintena de invitados selectos, rumor de conversaciones, mesas bajas con grandes bandejas, pastel de ave con miel, albóndigas y cordero. Pese a lo avanzado de la estación, el cielo estaba despejado y los días eran agradables, así que tuvo lugar en un salón abierto a los jardines a través de un porche de arcos policromados.

—Es bueno que te conozcan —había dicho Mutamán.

De los castellanos, sólo Ruy Díaz estaba presente —aljuba de seda de Damasco regalada por el rey, bañado y perfumado con algalia, arreglados cabello y barba—. El resto de los invitados eran notables de Zaragoza, muy bien vestidos a la moruna.

—Hasta un judío tenemos —añadió Mutamán—. Ése que ves allí... Arib ben Ishaq, se llama. Lo nombré *amin,* jefe de los hebreos de la ciudad. Es muy devoto mío y tiene mucho dinero. Quizá porque también se encarga de recaudar mis impuestos.

—Bueno es saberlo —sonrió Ruy Díaz.

—No te hagas ilusiones. Ése sólo me presta dinero a mí.

Sorbió el moro un poco de sopa de su cuenco humeante. Después le guiñó un ojo al castellano.

—Quiero que los impresiones como es debido... A fin de cuentas, sus impuestos van a pagar tu soldada.

Todos los invitados eran varones a excepción de dos mujeres que, sentadas solas a una de las mesas, se comportaban con libre naturalidad; y aunque adornadas con joyas, vestidas con ropas bordadas, velos y cofias que les tapaban el cabello, llevaban el rostro descubierto.

—Mi hermana Raxida y mi tía Itimad —se limitó a decir Mutamán, al observar que a Ruy Díaz le sorprendía verlas allí.

No era frecuente, pensó éste. Por lo general, los musulmanes mantenían a sus mujeres aparte, sin mostrarlas demasiado; y cuando lo hacían, fieles a los rigores del Corán, ellas solían velarse la cara. Sólo un poco después, mediada la comida, Mutamán aclaró el asunto.

—Las dos son viudas por designio de Dios. La edad de mi tía la pone ya a salvo de cualquier habladuría... En cuanto a Raxida, es una mujer de carácter; una auténtica Benhud. Al enviudar se negó a taparse la cara. Vive con cierta libertad, aunque sin faltar al obligado recato.

Observó Ruy Díaz, con la discreción debida, a la hermana del rey: alta, esbelta, de piel muy clara para una mora. Debía de tener algo más de treinta años y era razonablemente hermosa. La apariencia y maneras sugerían carne tibia, acogedora. Bajo el velo de gasa ajustado por un ceñidor de perlas, los ojos verdes —su claridad se veía intensificada por la luz que penetraba desde el jardín— estudiaban al guerrero cristiano con curiosidad.

—¿Y es normal que asista a festejos como éste?

—A veces lo hace. No se resigna a vivir encerrada en palacio. Cuando sale de la Aljafería o aparece en público, nuestra tía suele acompañarla.

Se mostró extrañado Ruy Díaz.

—¿Es frecuente que las mujeres de Zaragoza tengan esa libertad?

—Veo que te sorprende.

—Confieso que sí.

—Mientras no falten al decoro, la tienen. Aquí somos más tolerantes que en otros lugares... Más, incluso, que en algunos reinos cristianos.

Tomó Ruy Díaz con los dedos un poco de cordero y se lo llevó a la boca.

—En la ciudad he visto a muchas mujeres que van con el rostro descubierto —dijo tras un momento—. Se limitan a taparse el cabello.

Asentía Mutamán.

—Sí. Son completamente honestas, por otra parte. Pero me divierte que te sorprenda... Aquí vivimos en la ciudad, no en el campo.

Señaló el moro el vino, servido por esclavos que se mantenían atentos, uno junto a cada mesa, en pie y con grandes jarras en las manos. Luego tomó su copa y se la llevó a los labios, curvados en una sonrisa tolerante.

—Somos creyentes y cumplimos con los mandatos del islam, aunque de un modo civilizado. Los excesos de rigor los dejamos para otros, ¿comprendes?

—Comprendo.

—Lo que es aconsejable para los pastores de Arabia no siempre encaja en lugares como éste.

Bebió un poco más e invitó a Ruy Díaz a hacerlo.

—De todas formas —añadió tras secarse los labios—, mi hermana es especial. Tiene curiosidad por el mundo, sabe de religión e historia, discute con los alfaquíes y los filósofos... Hoy se empeñó en asistir a la comida. Quería, me dijo, ver el aspecto del extranjero del que todos hablan.

Miraban ambos a la mujer; que, consciente de ello, bajó los ojos con pudor. Los mantuvo así mientras, inclinada hacia ella, la tía deslizaba algunas palabras en su oído. Al poco, Ruy Díaz observó que los labios de la mujer se curvaban en una sonrisa.

—Sorprende el color de sus ojos —dijo.

—No tanto —Mutamán rió, complacido—. Mi madre era *nezrani,* como tú. Una cristiana... ¿No lo sabías?

—No, mi señor. Lo ignoraba.

—Pues Raxida se le parece mucho. Yo, sin embargo, me parezco a mi padre, con el que Dios tenga misericordia —el moro se dio una jovial palmada en un muslo—. Aunque soy más guapo, naturalmente.

—Siento la reciente pérdida del rey Moqtadir —dijo Ruy Díaz.

Encogía el moro los hombros cubiertos de seda fina.

—Dios hace cumplir sus leyes, y éstas incluyen la vida y la muerte —comentó con sencillez—. Nada podemos hacer para cambiar eso.

—Era un gran señor, que el Profeta habrá conducido a la gloria.

—Allí estará sin duda —Mutamán enarcó una ceja, meditándolo un momento—. Pero dejó un serio problema al partir entre mi hermano y yo el reino que tanto le costó unificar. Curioso, ¿verdad?... Como vuestro Fernando I, que dejó sembrada la guerra entre sus hijos.

Miró alrededor con visibles ganas de cambiar de conversación. Observaba a sus invitados.

—Tampoco somos tan diferentes, al fin y al cabo... ¿No te parece?

—Eso creo.

—Tú mismo, Ludriq, usas para comer sólo la mano derecha; apartando la otra, que es la impura —lo miró con penetración—. ¿Es costumbre o cortesía?

—Cortesía.

—Lo imaginaba. Conoces nuestras buenas maneras, aunque no hagas alarde de ello. En realidad podrías ser uno de los nuestros... Con esa barba, tostado por el sol. Orgulloso y de espada fácil.

—O vos, mi señor, uno de los míos.

El moro le dirigió un vistazo rápido, sagaz. Después, relajado, sonrió de nuevo.

—La antigua Ispaniya de los romanos y los godos es ahora un lugar complejo —comentó—: Al-Andalus y reinos cristianos, sangres vertidas y mezcladas... Y esa frontera nunca tranquila, siempre en avance o retroceso.

Todavía con la sonrisa en los labios, miraba a su hermana. Ruy Díaz notó de nuevo los ojos de la mujer fijos en él.

—No te aconsejo discutir con ella, si llega la ocasión —apuntó Mutamán—. Ha leído mucho.

—Nunca me atrevería, mi señor. Ni siquiera a dirigirle la palabra.

—Oh, no te inquietes por eso. Raxida tiene mucho carácter... Si le parece oportuno, ella te la dirigirá a ti.

III

Los encontró sentados en los peldaños de una escalera en la gran torre norte de la Aljafería, esperándolo. Les habían dado de comer y beber en compañía de oficiales moros y parecían a gusto.

Estaban allí Minaya, Diego Ordóñez, Pedro Bermúdez, Martín Antolínez y Yénego Téllez, que eran los cabos de la tropa. También el fraile bermejo —fray Millán era su nombre—, que durante la persecución de la aceifa morabí había peleado como los buenos y que, dispensado por su abad, los acompañaba para darles auxilio espiritual. Sólo faltaban los dos Álvaros y Félez Gormaz, que por precaución permanecían en la campa junto al río donde, al abrigo de una empalizada y un foso, habían levantado tiendas, letrinas y caballerizas.

—¿Todo bien? —se interesó Ruy Díaz al llegar junto a sus hombres.

—Todo perfecto —confirmó Minaya.

—Buenos manjares, supongo.

—Seguramente no tan exquisitos como los tuyos —el segundo de la hueste indicó a sus compañeros, que sonreían—. Pero, como ves, nadie se queja.

Era cierto. Se había desvanecido el recelo de la mañana, cuando entraron en el castillo con sólo sus dagas al cinto, mirando suspicaces en torno mientras temían una degollina y agrupados con timidez de rústicos castellanos bajo el lujoso artesonado árabe de los salones. Ahora les chispeaban los ojos por el vino y sus rostros enrojecidos parecían satisfechos. Sólo el correoso Diego Ordóñez, suspicaz como siempre, seguía dirigiendo torvas ojeadas de soslayo a cuanto moro armado se cruzaba en su camino.

—Me cago en Tariq y en Muza —gruñía entre dientes—. Y en la laguna de La Janda.

—Hay dinero y hay planes —dijo Ruy Díaz.

Adelantaron los rostros, inquisitivos. Complacidos por el orden de factores enunciado por su jefe.

—El momento es delicado para el rey Mutamán —prosiguió Ruy Díaz—. Va a hacer la guerra a su hermano, al que apoyan el rey de Aragón y el conde de Barcelona.

—Mucho grano para tan pocos molinos —silbó Minaya.

—Antes que nada, Mutamán quiere que le aseguremos la frontera oriental: la cuña que se mete entre Aragón, los condados francos y la taifa de Lérida.

—Eso es el nordeste.

—Sí.

—¿Monzón?

—Monzón, en efecto.

Se miraban entre ellos los veteranos.

—¿En esta época del año?

—En ésta. Tales son las órdenes.

—Mal sitio —resumió Diego Ordóñez.

—Por eso mismo hay que asegurar la plaza... Así que haremos una cabalgada de castigo por los alrededores para tantear la zona y pasear la bandera.

—¿Cu-cuándo, Sidi? —quiso saber Pedro Bermúdez.

—De aquí a tres o cuatro semanas.

Fruncía Diego Ordóñez el espeso entrecejo.

—Eso significa pelear encajonados entre tres enemigos, sin otra salida que el camino a nuestras espaldas.

—Y sin retirada posible —puntualizó Minaya— si las cosas se tuercen.

Ruy Díaz estaba de acuerdo.

—Exacto —admitió con mucha flema—. Por eso no podemos permitirnos el lujo de retirarnos de mala manera.

Se volvían los hombres unos a otros, recabando impresiones. Ruy Díaz metió los pulgares en el cinto, junto a la daga.

—Pasaremos un tiempo aquí —añadió—. Adiestrándonos con las tropas moras que nos acompañarán: peones y caballería ligera.

—No me revientes —gruñó Ordóñez.

—Era de esperar. Así que acostúmbrate a eso.

Malhumorado, Ordóñez estuvo maldiciendo por lo bajo hasta que Ruy Díaz lo acalló con una dura mirada.

—¿Botín? —inquirió alguien.

—El habitual. Pero esta vez sólo hay tres quintos para nosotros... De los otros dos, uno será para nuestro Alfonso VI y otro para Mutamán.

Hubo expresiones incrédulas.

—¿El rey moro consiente en eso?

—No tiene otra.

Les dejó un momento para digerirlo. Reducirles el beneficio era mesarles la barba, pero todos debían hacerse cargo de la situación. Demasiado bien estaban saliendo las cosas.

—Zaragoza está a media legua de nuestro campamento —comentó Minaya, cambiando de asunto—. ¿Puede ir la gente?

—Habrá cantinas con comida y bebida para que nadie tenga que acercarse a la ciudad; pero no se despachará una gota de vino antes del mediodía ni a partir de la puesta de sol. Y la ebriedad, sobre todo a la vista de musulmanes, será castigada con todo rigor.

Volvieron los hombres a mirarse entre ellos, e insistió Minaya.

—En cuanto a la ciudad, Sidi... Alguna vez habrá que ir.

—No quiero incidentes. Sólo pequeños grupos controlados o en comisión de servicio, para aprovisionarse o cumplir órdenes. Y eso incluye a los cabos de hueste —los miró con dureza—. A todos.

Hizo otra pausa para que calara la idea. Luego endureció aún más el gesto.

—Quien vaya a Zaragoza debe tener las cosas claras: no molestar a las mujeres, evitar las mezquitas, pagar sin discutir cuanto compre y ser amable con los hombres, sean moros, judíos o mozárabes.

—En materia de mujeres dicen que hay un barrio adecuado —apuntó Martín Antolínez.

Hubo sonrisas esperanzadas. Ruy Díaz miró de reojo al fraile, que escuchaba impasible manoseándose el cíngulo, como si acabara de quedarse sordo.

—Está prohibido pisarlo.

Martín Antolínez se quedó boquiabierto.

—Pero Sidi...

—Se instalarán barracones con algunas mujeres junto al campamento.

—¿Moras?

—Aquí no hay otras.

—Me gu-gustan las moras —sonrió Pedro Bermúdez.

—Pues a mí no —dijo Diego Ordóñez con un gruñido.

Los miró con frialdad Ruy Díaz hasta que todos cerraron la boca. Entonces se volvió hacia el fraile.

—¿Alguna objeción, fráter?

Se aclaró el otro la garganta.

—Tal vez... Bueno —volvió a carraspear—. De suyo, la castidad...

Alzó Ruy Díaz una mano, cortando la homilía.

—Son soldados. Hombres que necesitan aliviarse... Y puestos a lo inevitable, tanto pecado es el solitario en la propia carne como el acompañado de carne ajena... ¿No cree?

—Puede ser —concedió el fraile, no sin esfuerzo.

—Pues eso, fráter. Tengamos a la hueste en paz. Para eso está luego el sacramento de la penitencia. Para poner las cosas en su punto.

—Amén —rió Diego Ordóñez.

En todo caso, puntualizó Ruy Díaz, aquello debía ser conocido hasta por el último mesnadero. La situación de todos era delicada, había que demostrar muchas cosas antes de sentirse en seguridad, y no iba a tolerar que nadie lo estropease.

—Cualquier indisciplina se castigará con treinta latigazos —añadió—. Toda falta mayor supondrá la horca... A quien insulte a un moro se le cortará la lengua, y a quien mate a uno se le amputarán las manos antes de ser colgado... Y quien viole a una mujer será entregado a la justicia de Zaragoza para que ellos lo desuellen vivo. ¿Está claro?

Callaban los hombres, hoscos. Rumiando lo que acababan de escuchar. Los miró uno por uno acabando en Minaya, en cuyos ojos leyó la muda aprobación que esperaba. Todo estaba dicho.

—Pues celebro que lo esté —zanjó—. Y ahora, levantad un patíbulo junto a la entrada del campamento, con la soga bien visible a modo de recordatorio.

Lucía un sol intenso que entibiaba el aire de la mañana en aquel lugar del jardín, bajo un porche de arcos decorados donde había una mesa y dos jamugas con respaldos de madera y cuero. La mesa estaba cubierta con mapas pintados sobre pergamino —el rey de Zaragoza tenía buenos cartógrafos— en los que se detallaba la frontera nordeste de la taifa. Mutamán acababa de marcharse tras un largo rato estudiando con Ruy Díaz el itinerario de la cabalgada prevista sobre Monzón, y ahora el castellano dirigía una última mirada a los mapas antes de regresar al campamento donde llevaba tres días establecida su hueste.

Había sido una buena conversación, pensó satisfecho. Fluida y sin discrepancias. El rey moro sabía hacer preguntas y escuchar respuestas, virtud rara en los poderosos. Con Ruy Díaz se mostraba amable y cooperador, dispuesto a dar toda clase de facilidades. Era hombre de talento, sabía el valor de lo adquirido y parecía dispuesto a sacarle el máximo partido posible. Su tono con el jefe de la hueste seguía siendo considerado y cortés, vagamente irónico a veces para mantener las distancias o devolverlas a su sitio, pero nunca despectivo o arrogante. Sin duda había cálculo en ello; pero lo cierto era que, cada uno desde su desigual posición, monarca y mercenario simpatizaban. El franco aplomo del guerrero castellano y la inteligente bonhomía del rey moro lo hacían todo fácil, cordial, casi espontáneo. De haber sido de más semejante condición, concluyó Ruy Díaz, tal vez Mutamán Benhud y él habrían podido ser amigos; o con igual naturalidad, llegado el caso, matarse con tranquilo y mutuo respeto en un campo de batalla.

Se disponía a enrollar los mapas cuando vio aparecer a Raxida, la hermana del rey. Paseaba ésta por el jardín, precedida de una esclava negra y acompañada de su tía. Una fuente con surtidores, rodeada de rosales y macetas con flores, la separaba del porche. Se detuvieron las mujeres al otro lado, tras la tenue cortina de agua, observando con curiosidad a Ruy Díaz, que se puso en pie al verlas. Iba Raxida sin velo en el rostro, recogido el cabello en una trenza, con un cendal de gasa negra sobre los hombros y una bata sencilla de seda gris.

—Buenos días, *nezrani.* Qué sorpresa.

Había rodeado la fuente —tras un rápido cuchicheo con la tía, que parecía desaconsejárselo— y ahora estaba delante del porche, segura de sí. Casi audaz. Su habla castellana era limpia, muy correcta; y la voz, que Ruy Díaz escuchaba por primera vez, vagamente ronca. Ya no era joven, pero conservaba una belleza mestiza, madura y serena.

—No sabía que estabais aquí —comentó mientras se cubría la cabeza con el cendal.

—Acabo de conversar con vuestro hermano.

—Claro.

Lo dijo pensativa, con una sonrisa remota. La claridad del sol en el jardín hacía muy intenso, casi cristalino, el verde de sus ojos. Eso acentuaba el contraste con la tez, demasiado morena para una cristiana y demasiado blanca para una mora.

—¿Preparando gloriosas campañas para él?

—Algo parecido... «Si el Altísimo lo quiere», ha dicho.

—Mutamán siempre tiene a Dios en la boca. Es hombre piadoso —lo miraba con burlón interés—. ¿No lo sois vos?

—Razonablemente.

—¿Soléis rezar?

—Hago mis oraciones, como vuestra gente hace las suyas.

Ella miraba los mapas. Con un dedo, rematado por una uña larga, perfecta, siguió los detalles en uno de ellos. Tenía las manos finas y cuidadas, observó Ruy Díaz, el dorso pintado con arabescos de alheña, y en ellas relucían anillos y pulseras que tintineaban en cada movimiento.

—Supongo que partiréis pronto a la guerra.

—Eso depende del rey.

—Claro —dijo ella de nuevo.

Inclinaba a un lado la cabeza con aire pensativo, fijos los ojos en Ruy Díaz con una mezcla de curiosidad y descaro. Su piel o su carne, advirtió él, emanaban una agradable tibieza que nada tenía que ver con los perfumes y que traspasaba la seda del vestido.

—¿Tenéis mujer en Castilla?

—Sí.

Sonrió ella del mismo modo que antes.

—Es natural.

Sus labios bien dibujados, gruesos, sensuales, removían sensaciones turbadoras en el castellano. Pensó él en su esposa, Jimena. En su fría y pálida belleza asturiana. En su casi religioso recato. En el mucho tiempo que llevaba lejos de San Pedro de Cardeña. Lejos de ella y de sus hijas. Sin tocar a mujer alguna.

—¿Os gusta el jardín?

—Mucho.

La hermana del rey se había vuelto a indicar el recinto, la fuente y las flores. La tía y la esclava seguían aguardando a distancia, al otro lado de los surtidores.

—Mi padre, al que Dios haya concedido el paraíso, lo hizo construir. Para compensar, decía, los tiempos en que sus tatarabuelos tuvieron ante la mirada sólo piedras y arenales... Paseo por él cada mañana —señaló un volumen que la esclava sostenía contra el regazo— y me siento aquí a leer, bajo el porche.

—Siento haberlo ocupado.

—Oh, no os preocupéis por eso. No tiene importancia.

—El rey dice que sois de muchas lecturas. Y que practicáis caligrafía copiando versículos del Corán.

—¿Os sorprende?

—Un poco.

—¿No hay mujeres que lo hagan en los reinos cristianos?

—No demasiadas.

Lo observó valorativa, prolongando el silencio.

—¿Vuestra esposa lee?

—Devocionarios de oración, como mucho.

—¿Y sabe escribir?

—Algo sabe... Fue educada en una familia noble.

—Hicisteis buen matrimonio, entonces. Aseguran que erais un simple infanzón con poca fortuna.

—Y me temo, señora, que lo sigo siendo.

—Podéis llamarme Raxida.

—Prefiero seguir llamándoos señora.

La mujer lo miró un instante más, inexpresiva, y luego tomó asiento en una de las jamugas. Al hacerlo, el ruedo de la falda de su bata descubrió descalzos los pies morenos pintados de azul y rojo, con ajorcas de oro en los tobillos. Ella siguió la dirección de sus ojos y sonrió de nuevo.

—Sostiene el Corán —dijo muy despacio— que peca la mujer que descubre los pies hasta las ajorcas... ¿Os lo parece?

—¿Si me parece qué, señora?

—Que peco.

Ruy Díaz no respondió. Ignoraba qué era oportuno decir sobre aquello. Hizo Raxida un ademán para invitarlo a sentarse, pero él permaneció de pie.

—Os vi hace años de lejos, desde los muros —comentó ella tras un corto silencio—. Fue cuando asediabais Zaragoza y mi hermano salió con la guardia negra de mi padre a combatiros... Es el alférez de Castilla, me dijeron. El que lleva la bandera. Veía esa bandera agitarse en mitad de la lucha, entre el polvo y el destello de las armas. Imagino que erais vos.

—Lo era. Y fue un día duro.

—Sí. Mutamán estuvo cerca de perder la vida.

—Casi la perdimos todos.

Se miraban. Verde esmeralda en los ojos de ella, pardo sombrío en los del hombre. Dos mundos a dos pasos uno del otro.

—Mi hermano —dijo Raxida— habla de mi educación algunas veces como elogio y otras como reproche. En el fondo desaprueba que una mujer, vasija donde el hombre deposita su importante semilla, no se limite a languidecer en un harén y esté versada en lógica, geometría, caligrafía... Sin embargo, cuando se trata de vigilar la vida doméstica en palacio, mi criterio le parece muy bien.

Sonrió Ruy Díaz.

—Es cierto. Dice que sois muy competente en eso. Que los sirvientes, eunucos y cocineras os temen como a la cólera de Dios.

—Sí. Ya sé que lo dice. Ahí me parezco a mi madre, que nació en Navarra y fue cautivada de niña. Antes de llamarse Malika se llamó Elvira... Eso no importa en la opinión de la gente, porque los musulmanes consideramos la sangre del padre muy por encima de la de la madre, pero sí en lo doméstico... ¿Conocéis el viejo dicho sobre el harén perfecto?

—Creo que no.

—Para el amor, lo mejor por temperamento es una bereber; para tener hijos, una andalusí, y para llevar bien la casa, una cristiana.

Lo dejó ahí, como para que su interlocutor reflexionara sobre ello. Ruy Díaz asentía, divertido.

—Pero el Corán permite cuatro —objetó.

—Ahí es donde entro yo... O entraba, mientras vivió mi esposo. La mujer que echa a patadas a las otras tres.

—¿Eso hicisteis?

—Más o menos. Mi esclavitud conyugal fue soportable, incluso dulce a veces. Mi esposo era un buen hombre, de muy noble familia... Lo mató un médico incompetente, ordenando unas sangrías que se convirtieron en hemorragia y nadie pudo parar.

—Lo siento.

—De cualquier manera, su muerte prematura me liberó de todo. No tuve hijos.

—También lo siento.

—No lo sintáis. Quizá fue una suerte. Vivo mi viudez en libertad y la vivo bien... ¿Sabéis quién fue Walida al-Mustaqfi?

—No.

—Una poetisa de Córdoba, mujer instruida y sabia, cuyos escritos me gustan mucho. Hace unos cincuenta años escribió hermosos versos:

Aunque las gentes admiren mi belleza,
soy como las gacelas de La Meca,
cuya caza está prohibida.

Se quedó callada un momento, observándolo con fijeza. Por sus labios entreabiertos asomaba la punta muy blanca de los dientes, como si respirase despacio y contuviera el aliento. El cendal había resbalado sobre sus hombros, descubriendo de nuevo el cabello negro, tirante y aplastado hacia atrás, recogido en la trenza.

—¿Sois aficionado a la poesía, *nezrani*?

Él miraba sus pies descalzos.

—No demasiado.

Chispearon divertidos los ojos verdes.

—Lo suponía... Tosco y valiente, como buen cristiano.

Habían dispuesto un terreno de ejercicio cerca del campamento, en un llano junto al río, y allí se adiestraban los escuadrones. Jinetes cristianos y moros cabalgaban simulando acometidas y retiradas, empeñados entre sí unas veces como aliados y otras como adversarios.

—Empezad de nuevo, desde el principio. La gente de Martín Antolínez se ha movido despacio... A estas horas estarían muertos o cautivos.

—A vuestra voluntad, Sidi.

—Pues a ello otra vez, y espabilad. Cuanto más se suda antes de la guerra, menos se sangra en ella.

La cuestión, había explicado Ruy Díaz a los cabos de tropa, era combinar con la mayor eficacia posible la potencia de la caballería pesada castellana con el ágil tornafuye de los jinetes agarenos, sacando partido de ambos y cubriéndose unos a otros en sus debilidades. El rey de Zaragoza, por su parte, había proporcionado peones que maniobraban a pie para dar mayor variedad a los ejercicios, que eran diarios y constantes; de modo que el campo era una polvareda de hombres que se acometían fingiendo acuchillarse, caballos galopando en todas direcciones, lanzas sin mojarra, romas de punta, que se alzaban cuando parecían a punto de golpear al imaginado enemigo. Aun así, la emulación entre musulmanes y cristianos llevaba a veces a encontronazos violentos, y el algebrista de la mesnada pasaba días componiendo contusiones y huesos rotos.

—Es muy bueno ese moro —Minaya señalaba a un jinete destacado de la hueste andalusí—. Cabalga bien y se hace respetar.

—Llegó hoy para incorporarse a su gente. Estará al mando.

—¿Cómo se llama?

—Yaqub al-Jatib. Por lo visto es uno de los mejores hombres de Mutamán.

Observaron al jinete. Era fuerte y ágil, iba armado con loriga ligera, daraqa de cuero, yelmo y alfanje a la oriental, y manejaba el caballo como si hubiera nacido sobre él. Tenía autoridad y se movía con soltura entre los suyos.

—¿Y dices que vendrá con nosotros al norte?

—Eso parece. Como *rais* de su tropa.

—Tiene un aspecto imponente, ¿verdad?... De esos que no querrías toparte en el campo de batalla.

Asentía Ruy Díaz, pensativo.

—Vamos a hablar con él —dijo al fin.

Montaron y anduvieron entre hombres y caballos. Acababa de concluir un ejercicio: moros y cristianos recobraban aliento mientras muchachos con cántaros de agua la repartían en cuencos que todos bebían con avidez. Bajo cascos y turbantes, la transpiración les pegaba a los hombres el polvo a la cara.

—Han sudado las cotas —dijo Minaya.

—Para eso nos pagan... O nos van a pagar.

—Pues a ver si es pronto.

Al paso de Ruy Díaz, los cristianos —había algunos recién llegados a la hueste— sonreían o saludaban con la cabeza, respetuosos, mientras que los musulmanes lo observaban con curiosidad. Es Ludriq, se les oía murmurar por lo bajo, admirados. El *Qambitur romí.* El Campeador.

El *rais* moro seguía a caballo, apoyado en el arzón de la silla, comentando la maniobra con algunos de sus hombres. Se había quitado el yelmo para enjugarse el sudor, y bajo la cofia se le veía el cabello corto, húmedo, tan rubio como sus cejas y su escasa barba. Hombros anchos y manos fuertes. Ojos grises y claros. Debía de tener unos treinta y pocos años.

—*Assalam aleikum, rais* Yaqub.

—*Aleikum salam,* Sidi.

—Creo que hablas la lengua de Castilla.

—Sí.

—Él es Minaya Alvar Fáñez, mi segundo.

Se miraron los dos guerreros haciendo una leve inclinación de cabeza. Ruy Díaz señaló a la tropa agarena.

—Mis felicitaciones. Es gente muy bien mandada.

El moro acogió impasible el elogio, pero los otros que entendían la lengua hicieron gestos de satisfacción.

—Veo que tu gente ha trabajado bien —lo aprobó Ruy Díaz—. Los veo cansados.

—Es natural, Sidi. Se afanan en hacerlo como es debido.

—No les pesará, llegado el caso... Entre enemigos en iguales condiciones, los más resistentes a la fatiga suelen conseguir la victoria.

—*Inshalah.*

—Hablemos un momento, *rais* Yaqub.

Desmontaron los tres y se alejaron unos pasos teniendo a los caballos por las riendas. El día era muy claro y se veían bien el castillo de la Aljafería y, más allá, la ciudad de Zaragoza junto a los puentes. Había mujeres haciendo lejía con agua y ceniza en la orilla del río.

—Si no me equivoco, mandarás el contingente musulmán.

—No te equivocas, Sidi... Mi señor Mutamán, que Dios lo proteja entre los creyentes, confía en mí para eso.

—Pelearemos contra francos y agarenos, como sabes. Quizá también contra aragoneses y navarros.

—Eso me han dicho.

—Has estado ya en otras campañas, tengo entendido.

El moro lo miró en un apunte de ironía de inmediato desvanecido. Con gesto en apariencia casual se tocó una cicatriz que tenía en el lado izquierdo del cuello, bajo la mandíbula, medio oculta por el sudor y el polvo.

—En algunas estuve, Sidi.

Observó Ruy Díaz la marca, indudable huella de una herida.

—¿Acero moro o cristiano?

Sonrió apenas el otro, sujetando más fuerte las riendas del caballo, que había visto una víbora y agitaba la cabeza. Le palmeó con suavidad el cuello para tranquilizarlo.

—Cristiano. Fue hace años, en el combate de Daroca.

—Yo estuve allí —Ruy Díaz señaló a Minaya, que aplastaba a la víbora de un pisotón—. Y también él.

—*Iyeh,* lo sé. Pero vencimos nosotros.

—Ni hablar —protestó Minaya—. Fuimos nosotros.

Alzó Ruy Díaz la mano libre, mediando.

—Acabó en tablas, como el ajedrez —terció—. Todos nos retiramos al caer la noche. El campo no quedó para unos ni para otros.

—Aun así... —insistió Minaya.

—Daroca fue tablas, digo. Y punto.

Se miraron los tres con calma profesional. Tras un instante, Ruy Díaz esbozó una sonrisa.

—Tu señor Mutamán ha dicho que mandarás vuestra tropa. Bajo mis órdenes.

—Lo haré si Dios no dispone otra cosa.

—Si Dios cambia de idea, espero que me lo hagas saber de inmediato.

El otro no respondió a eso. Miró de soslayo a Minaya y luego mantuvo la mirada franca y fija en Ruy Díaz. Había, apreció éste, mucha firmeza y orgullo en ella. Arrogancia de guerrero.

—También ha dicho tu señor Mutamán que puedo confiar en ti —añadió—. Que eres hombre valiente, noble campeón y eficaz luchador. Con una lealtad a toda prueba.

Pareció pensarlo el moro, tomándose su tiempo.

—Mientras mi señor, que Dios proteja, me ordene serte leal, lo seré —dijo al fin—. Ni un momento más, ni un momento menos.

Ruy Díaz lo miraba muy serio.

—Con eso cuento... En tu oficio y el mío, se trata menos de cabalgar con amigos que de conocer cuándo dejan de serlo.

—Ése es un sabio pensamiento, me parece.

—Sí que lo es.

Soltó Ruy Díaz las riendas para quitarse el guante de la mano diestra, tendiéndola desnuda.

—Bienvenido a mi hueste, *rais* Yaqub.

El moro se quedó inmóvil, observándolo. Después también se quitó el guante y estrechó la mano que le ofrecía. Lo hizo despacio, sin apartar los ojos de los suyos.

—Bienvenido a mi tierra, Sidi.

Zureaban las palomas en la gran torre circular situada en la parte meridional de la Aljafería. Era temprano. El sol, todavía bajo sobre el horizonte, iluminaba las troneras triangulares de los nidales. Olía a excrementos de ave y calor animal.

—Me gusta cómo suena este lugar por la mañana —dijo Mutamán, complacido—. Escucha. ¿No te parece delicioso?... Ese rumor de palomas felices.

Asintió Ruy Díaz, aunque sin demasiada convicción. Felices o desgraciadas, sólo le interesaban las palomas como mensajeras o servidas en un plato. Pero el rey de Zaragoza era aficionado a la cría de esas aves. Al presentarse en palacio, al castellano lo habían conducido directamente a la torre. Raro era el día, le dijeron mientras subía las escaleras, en que Mutamán no empezaba allí su jornada. Se trataba de un enorme palomar construido con maderas, tejas y azulejos, provisto de cortavientos y cornisas que protegían de las aves rapaces.

—¿Ves estos pichones? —el rey moro sostenía dos en la palma de una mano—. Casi acaban de nacer, ciegos y con su plumoncillo amarillento. En poco más de un mes tendrán plumas de verdad y serán capaces de volar... Ahora toca mimarlos.

Devolvió Mutamán con delicadeza los polluelos a su nicho, tomó a Ruy Díaz del brazo y lo hizo caminar unos pasos rodeando el palomar. Vestía el rey un sencillo albornoz de lana, babuchas y un capiello de lino blanco. Quien no lo conociera lo habría tomado por un sirviente cualquiera del palacio, de no ser por el anillo con rubí en su mano izquierda y los dos fornidos negros de piel aceitada que, alfanje al cinto, se mantenían a la adecuada distancia.

—Son palomas bravías, traídas de tierra de mis abuelos. Yo las domestico y hago procrear —señaló una parte aún más protegida del palomar—. Mira, las de ese lado son las mensajeras, mis ojitos derechos. ¿Sabías que ya las criaban los egipcios y los babilonios?... ¿Y que una de ellas trajo a Noé una ramita de olivo después del Diluvio?

—No llego tan lejos, señor.

—También las usaron los romanos... ¿Sabes cosas de los romanos, o toda tu ciencia militar es práctica?

—No demasiado, señor. Batallas de Julio César y poco más.

—*¿Gallia est omnis divisa in partes tres?*

—Por ejemplo.

—Pues César también usaba palomas.

—Ah.

Lo estudió el rey moro con curiosidad.

—¿No tuviste estudios allá en Vivar, ni cuando eras paje en la corte del rey Fernando?

—Algunos tuve. Rudimentos de latín, cuentas y esas cosas... Lo normal en un infanzón de Castilla. Y como os dije, salí a guerrear muy joven.

—Ya veo.

Sonreía Mutamán, vuelta de nuevo la atención al palomar, orgulloso de los mejores ejemplares. Se los mostraba a Ruy Díaz alabando su sentido de la orientación, el brillante plumaje, la fuerza y la resistencia a la fatiga. Las que él criaba eran capaces, aseguró, de volar ciento cuarenta leguas en una sola jornada.

—Te llevarás algunas a tu cabalgada del norte, porque están bien adiestradas y sabrán encontrar el camino de vuelta esquivando a halcones y gavilanes... Te daré de las mejores.

—Gracias. Es un honor.

—Sí, lo es... No me gusta desprenderme de ellas, pero deseo estar informado de cuanto ocurra, y harán el recorrido en menos tiempo de lo que emplearía un mensajero a caballo.

—Contad con eso, señor.

El moro había metido con suavidad las manos en un nidal y extraído de él una paloma de bello plumaje gris con iridiscencias verdes.

—Son aves muy limpias, pero vulnerables a los parásitos. Por eso les reviso personalmente las plumas y las patas... Mira. Un piojo.

Le mostró el insecto a Ruy Díaz antes de aplastarlo entre las uñas del pulgar y el índice. Después devolvió el ave al nidal.

—Me gustaría acompañarte en esta primera cabalgada, pero hay asuntos que me retienen aquí. De todas formas, una vez hayas asegurado un lugar donde pasar el invierno, me reuniré contigo... ¿Has decidido ya dónde?

Asintió Ruy Díaz.

—Después de Monzón me propongo tomar Tamarite y mantenerme allí.

—Eso es meterse mucho en Lérida —el moro fruncía el ceño, pensativo—. Taifa de mi hermano Mundir.

—Así es, señor. De todas formas, si no vamos nosotros vendrán ellos.

—Sin duda —concluyó Mutamán—. Y Tamarite parece buen sitio. Espero reunirme contigo a tiempo para hacer frente al contraataque.

—¿Creéis que lo intentarán?

—No me cabe duda. Ni los francos, ni los aragoneses ni mi querido hermano van a permitir una espina clavada allí. Querrán sajar el absceso antes de que supure.

Dio el rey unos pasos hasta las almenas, seguido por el castellano, y contemplaron en silencio el bello paisaje. El sol estaba un poco más alto y su resplandor convertía el río en una franja nacarada y cegadora. La ciudad se alzaba en contraluz tras las murallas, abigarrada de casas blancas y pardas. Erizada de minaretes de mezquitas.

—De momento, quien primero nos adivina las intenciones es el rey de Aragón —dijo el moro—. Ya sabes lo que ha dicho, ¿no?... Al enterarse de que andas por aquí.

—Que si se me ocurre acercarme a Monzón, vendrá encima con todo su poder.

—Lo hará sin duda... Sancho Ramírez puede ser un bruto, pero no es de los que reculan.

—Pues allí nos veremos, señor. Él y nosotros, de poder a poder. Y que Dios ayude a los suyos.

—Te llevaré cuantos refuerzos pueda. Palomas mensajeras aparte.

—Qué haría yo, señor. Sin vuestras palomas.

Mutamán, que todo el tiempo había estado mirando el paisaje, se volvió muy despacio hacia Ruy Díaz. Había un brillo repentino en sus ojos, pero el castellano no lograba adivinar si era de cólera o de diversión.

—Me gustas, Ludriq Qambitur —comentó el moro al fin.

—Me hacéis gran honor.

—Aún te los haré mayores. Guerrea lo mejor que puedas, por mi cuenta y en mi nombre. Justifica tu fama y tu salario... Y si vences siempre —había recalcado el *siem-*

pre—, te prometo que nadie te tratará jamás como lo haré yo. Aseguraré tu fortuna y la de los tuyos.

—Amén, decimos los cristianos.

Sonrió el rey moro: una de aquellas sonrisas suyas, espontáneas y simpáticas, que le cruzó el rostro moreno como un rápido trazo de marfil.

—*Inshalah,* decimos los creyentes.

IV

Si vences siempre, se repitió.

Eso había dicho Mutamán antes de la sonrisa, y en realidad no había otra: vencer en toda circunstancia, pues en su caso derrota equivalía a aniquilación. A Ruy Díaz y a los suyos, mesnada con bandera a sueldo, faltos de lugar y señor propios a los que acogerse, no les quedaba otra que seguir adelante sin desmayo ni retirada posible; como aquellos griegos al servicio de un rey persa cuya historia le habían contado de niño. Su único camino para la supervivencia, a la espera de que algún día llegase de Castilla el perdón real, pasaba a través de los futuros y sucesivos campos de batalla. Conseguir botines, matar para no morir o, llegado el caso, morir matando.

Desde tiempo inmemorial, desde las guerras de los antiguos o desde siempre, la única salvación de los guerreros sin patria era no esperar salvación ninguna.

Pensaba en eso sentado bajo la lona de su tienda, mientras dictaba una carta a fray Millán, el fraile bermejo. Estaba destinada a Jimena, su esposa. Era una misiva fría, casi protocolaria, que daba cuenta de pormenores generales y se interesaba por su estado de salud y por su bienestar y el de sus hijas. Apenas había corazón en ella, y no porque Ruy Díaz la escribiese por mano interpuesta, ya que la elección del fraile para el menester era deliberada. Resultaba más cómodo así; más adecuadamente distanciado, pues permitía evitar ciertos extremos. Una cosa era el pensamiento abstracto, la nostalgia del cuerpo de su mujer, el calor de su compañía y el afecto de las niñas, que en verdad echaba de menos, y otra la intensidad de tales sentimientos, o el peso concreto de éstos.

Para hombres como él, con vidas como la suya, en el incierto paisaje por el que se movían presente y futuro, cuanto quedaba atrás era más un lastre que un estímulo. No había otro mundo real, específico, que el que podía llevar en la silla del caballo o al cinto con la espada.

—Con mi amor y mi respeto —concluyó.

Repitió el escriba las últimas palabras y, al terminar el rasgueo de la pluma de ave, vertió arenilla de la salvadera a fin de secar la tinta. Después se levantó y vino hasta Ruy Díaz para que firmara.

—Gracias, fráter.

—A vuestro servicio, Sidi.

Sonrió Ruy Díaz en sus adentros. Incluso el fraile lo llamaba así. Eso era bueno, consideró. Tejía prestigio y consolidaba leyenda: justo lo que, además de dinero, él y la hueste necesitaban. Hasta que demostrasen en la frontera nordeste lo que de verdad eran capaces de hacer, todo se basaba en una palabra: reputación. Ése era en tal momento su único patrimonio.

Acababa de retirarse el fraile cuando llegaron Minaya y Diego Ordóñez. Al levantar la lona de la entrada, la claridad cruda del día penetró con ellos. Venían cansados y polvorientos, pues habían trabajado toda la mañana con moros y cristianos, ejercitándolos. Sin decir palabra, Ruy Díaz señaló una jarra con agua puesta sobre un cofre, y los dos bebieron con ansia.

—Hay un problema —dijo Minaya, secándose la boca y la barba con el dorso de una mano.

—¿Grave?

—Sí, por vida de. Y podría serlo aún más.

Fue Diego Ordóñez, encargado de la disciplina en la hueste, quien refirió los pormenores. En uno de los ejercicios, en el calor de la acometida, uno de los castellanos se había trabado de malos modos con un agareno. Primero hubo un intercambio de verbos destemplados. Al fin, el moro había vuelto la espalda y escupido al suelo, despectivo; y el otro, furioso por el desaire, le había ido detrás, dándole una bellaca cuchillada que lo dejó en el sitio.

—¿Muerto? —se inquietó Ruy Díaz.

—Tanto como mi bisabuela.

—¿Y cómo han reaccionado los moros?

—Te lo puedes figurar. Casi se amotinan, y a punto estuvimos de llegar a las manos... Sólo pudimos calmarlos un poco poniéndole grillos a nuestro hombre y prometiendo justicia.

—Pero no les basta —añadió Minaya—. Están en su campamento, arremolinados y dando voces.

Reflexionaba Ruy Díaz, reprimiendo las ganas de maldecir.

—Con esa gente, las deudas de sangre son malas —dijo.

—Mucho. Por eso conviene que te dejes caer por allí lo antes posible, para calmar los ánimos.

—O para degollar a unos cuantos más —apuntó Ordóñez con mala intención—. Juntar a unos y a otros es mezclar lumbre y estopa, ya os lo advertí... Dudo que funcione.

Ruy Díaz hizo caso omiso de eso. Pensaba en cosas más urgentes.

—¿Lo sabe su *rais,* el tal Yaqub?

Minaya encogió los hombros.

—Pues claro que lo sabe. Y de no ser por él, que contiene a su gente como puede, ya estaríamos destripándonos unos a otros.

Se levantó preocupado Ruy Díaz, y tomando un manto y una daga se dispuso a salir. Minaya lo miraba sombrío.

—¿Vas de ese modo, sin cota? ¿Con sólo un manto y una aljuba de piel de gamo?

—Es suficiente.

—Por vida de. ¿Tienes idea de dónde te vas a meter?

—Venga... Vámonos.

Por su parte, manteniendo apartada la lona de la entrada para dejarles paso, Diego Ordóñez parecía divertido con la situación.

—Yo de ti, Ruy —sugirió, mordaz—, llevaría también la espada.

Minaya le había reunido una escolta personal: doce buenos mozos, todos de Vivar, armados hasta los dientes. Aguardaban fuera con estólida expresión de mastines fieles, dispuestos a matar o a dejarse hacer pedazos sin una palabra ni una queja. Pero Ruy Díaz les ordenó que los siguieran a distancia, sin acercarse.

—Estás loco —le susurró Minaya—. Si los moros se nos echan encima...

—En ese caso, igual darán doce más que menos. Además, no conviene que nos vean desconfiar.

—Es que yo desconfío, rediós.

—Pues procura que no se te note.

—Eso es fácil decirlo.

—Cállate de una vez.

Minaya puso mala cara y cambió una ojeada inquieta con Ordóñez, que se limitó a reír entre dientes.

—Vamos —ordenó Ruy Díaz.

Caminaron los tres sin apresurarse hasta la plaza de armas.

Era ésta un llano de trescientos pasos de anchura, con las tiendas de los cristianos a un lado y las de los moros más allá. Estaba ocupada por docenas de hombres con ganas de llegar a las manos. Vociferaban indignados los agarenos y apretaban los dientes los castellanos, mirándose entre sí como para preguntarse hasta cuándo aguantarían insultos y desafueros. Al que había matado al moro se lo llevaban con hierros en las muñecas y bajo custodia de sus compañeros; que, desenvainadas las espadas, impedían que nadie llegara hasta él. Ruy Díaz lo miró brevemente al pasar, se internó entre sus hombres, quienes le fueron abriendo paso, y anduvo hasta los moros, que lo miraron con curiosidad hostil.

A medida que se acercaba, los de las primeras filas cesaron en su griterío.

—Paso franco —ordenó, con mucha sangre fría y mucha calma.

Rostros morenos, barbas, turbantes, ojos oscuros y coléricos. Algunos tenían las espadas fuera de la vaina, y sus hojas relucían bajo el sol polvoriento. Ruy Díaz los miró sereno, con dureza. Procuraba que nada en su apariencia delatase la tensión que crispaba cada músculo de su cuerpo. Era consciente de que si uno de aquellos hombres, más furioso o decidido que otros, alzaba la espada contra él, todos le irían encima como jauría de lobos.

Más allá, entre sus cabezas, alcanzó a ver a Yaqub al-Jatib. El *rais* moro lo miraba con fijeza, inexpresivo.

—Paso franco —repitió Ruy Díaz, firme, espaciando bien las dos palabras.

Ahora el silencio era casi absoluto. Callaban los moros, expectantes, y el jefe de la hueste sólo oía, muy cerca y a sus flancos, la respiración tensa de Minaya y el resuello de Diego Ordóñez, que seguía riendo entre dientes como un perro satisfecho, cual si todo aquello no fuese más que una broma sin importancia.

Entonces, entre los moros, se oyó la voz de Yaqub al-Jatib.

Athayadu, gritó.

Retiraos. La orden resonó alta y clara en el silencio. Y tras unos instantes que parecieron horas, los agarenos que estaban delante abrieron paso a Ruy Díaz.

—Quedaos ahí —ordenó a Minaya y Ordóñez.

Luego caminó sereno, internándose entre los moros.

Olía sus ropas y sus armas. Sentía en él docenas de miradas: curiosas, inquisitivas, desconfiadas, temerosas, coléricas. Era Sidi Qambitur y caminaba entre ellos sin mirar a nadie y mirándolos a todos, indiferente a los aceros que lo rodeaban. Sin molestarse siquiera en acercar las manos a la daga que llevaba al cinto. Protegido, como si fuera invulnerable, por su nombre y su leyenda.

El arte del mando era tratar con la naturaleza humana, y él había dedicado su vida a aprenderlo. Pagando por cada lección.

Llegó así hasta Yaqub al-Jatib. El jefe agareno no se había movido, ni ido a su encuentro. Tampoco había dicho nada más. Silencioso, inmóvil, cruzados los brazos, lo dejaba caminar indefenso entre su gente, expuesto al peligro, estudiándolo con mucha atención mientras pasaba la prueba. Tal vez para mostrárselo a sus propios hombres. O quizá para comprobarlo él.

Ruy Díaz se detuvo a dos pasos. Se miraban a los ojos.

—¿Qué quieren tus hombres, *rais* Yaqub?

—Justicia.

Sonó seco. Sin inflexiones ni más palabras. Asintió el castellano.

—Se hará, no lo dudes.

—La haremos nosotros, Sidi... Dicho sea con respeto.

Dudó un momento Ruy Díaz. Apenas fue ese instante, pero el moro se dio cuenta.

—Ha ocurrido en nuestra tierra —añadió.

Asintió de nuevo Ruy Díaz, cauto. Buscando ganar tiempo.

—Por eso debemos consultarlo con el rey Mutamán.

Negó firme el otro. Había apoyado la palma de la mano en el pomo del alfanje sirio que le pendía al costado. El sol casi cenital cortaba una sombra dura en su rostro.

—Esto no es asunto de reyes, sino de soldados.

Reflexionaba Ruy Díaz. En realidad, Yaqub al-Jatib tenía razón. Un moro asesinado casi bajo los muros de Zaragoza tenía poco que discutir. Pero si les entregaba al cristiano para que lo ejecutaran ellos, la hueste iba a sublevarse.

—Di una orden a los míos... Quien mate a un agareno será ahorcado después de amputarle las manos.

Entornaba el moro los párpados, con desconfianza.

—¿Es lo que piensas hacer?

Parecía escéptico. Suspiró en sus adentros Ruy Díaz, resignado a lo inevitable. No quedaba mucho por reflexionar a partir de ahí. La alianza con Zaragoza, la disciplina, el futuro de la hueste, las vidas de todos, estaban en juego en ese momento. Asintió de nuevo con la cabeza, dos veces. Procurando hacerlo despacio, muy sereno.

—Es lo que pienso hacer, desde luego.

—¿Incluso cortarle las manos?

—Incluso.

El moro miró a los suyos y después de nuevo a él. Su recelo se había trocado en satisfacción. O tal vez era respeto. Entre la barba rubia apuntaba una sonrisa.

—¿Y podremos verlo nosotros?

Se encogió de hombros Ruy Díaz.

—Pues claro.

Lo habían metido en un recinto de tablones y lona donde se almacenaba el forraje. Había dos hombres de guardia en la entrada y otros dos dentro, vigilándolo.

—Se llama Luengo —dijo Diego Ordóñez.

—¿Y de nombre?

—Tello... Es de nuestra gente de Vivar.

—Mala suerte.

—Sí.

Ruy Díaz se detuvo ante el prisionero, que estaba sentado sobre un haz de heno y se había incorporado despacio al verlo entrar, resonantes los grilletes que le aferraban las manos y los pies con una cadena.

—Lo tuyo fue una estupidez, Tello Luengo. Y nos ha traído un grave problema.

Hizo el otro un ademán afirmativo. Era un mozo robusto con aspecto de guerrero: manos nervudas, hombros anchos. Llevaba el pelo corto, a lo soldado, y la barba era castaña y rizada. Su ropa aún estaba manchada con la sangre parda y seca del agareno muerto.

—Lo sé, señor. Y lo siento.

—Que tú lo sientas ya no arregla nada.

Lo miraba el prisionero sin apartar la vista. Parecía tranquilo, o se esforzaba en aparentarlo. Sólo parpadeaba un poco más de lo normal. Como el resto de la hueste, estaba al corriente de las órdenes. No le cabían dudas sobre cómo iba a terminar aquello, y parecía asumirlo con razonable estoicismo.

—¿Tengo alguna posibilidad?

Movió Ruy Díaz fríamente la cabeza.

—Ninguna.

—¿Horca o tajo?

Al preguntar eso, Ruy Díaz le advirtió un leve temblor en la voz. Comprensible, por otra parte. Soga y hacha terminaban igual, pero no eran lo mismo.

—Conoces las ordenanzas. Toda nuestra gente las conoce.

Parpadeaba el otro aún más rápido, ahora.

—Soy de Vivar, Sidi.

—Eso me han dicho.

—Sobrino de Laín García. Los míos son parientes de vuestra familia.

Recordó vagamente Ruy Díaz: infanzones pobres, primos lejanos de su padre. Un hijo al oficio de las armas y otros a vivir de la pequeña porción de tierra que les pertenecía. Una vida dura.

—Los conozco.

—Vine con vos desde el principio... Combatí en Zamora, en Cabra y en la algara sobre Toledo. Después os acompañé al destierro y estuve en la persecución de la aceifa morabí. Maté a dos moros en la calzada romana.

—Te lo agradezco... ¿Hay algo que pueda hacer?

Miró el prisionero a Diego Ordóñez y a los guardias, como si se dispusiera a reclamarles testimonio.

—El moro me escupió. Habíamos tenido un encontronazo, y se me subió la sangre al campanario... Podría haberle pasado a cualquiera.

—Cierto. Pero te pasó a ti.

Alzó el otro las manos, mostrando los grilletes que las aprisionaban.

—Lo de cortármelas antes de la ejecución...

Se quedó callado un momento, en la misma postura, sosteniéndole la cara a Ruy Díaz. Al cabo bajó los grilletes.

—Eso puedo entenderlo —añadió—. Lo de las manos. Y no es que me guste... Pero la horca es una vergüenza, señor. Indigna de un hombre de armas.

—Por eso la establecí como pena. Para evitar cosas como la que has hecho.

—Degollarme sería más decente.

—Ya. Pero no dejaría satisfechos a los moros.

Pareció meditarlo el otro, fruncido el ceño y barba sobre el pecho, antes de alzar brusco la mirada. Había ahora un relámpago desafiante en ella.

—Soy un soldado —protestó.

Ruy Díaz se mantuvo impasible.

—Hoy sólo eres un asesino. Y muchas cosas dependen de que se haga justicia.

Se volvió hacia los guardias, señalándoles la puerta.

—Dejadnos solos —miró a Ordóñez, que remoloneaba—. Tú también, Diego.

Se quedaron frente a frente. La expresión de Ruy Díaz había cambiado. Menos dura, ahora. Más tolerante y amistosa.

—Si no hago cumplir mis propias órdenes —explicó—, habrá una revuelta y correrá la sangre... La alianza con el rey Mutamán se irá al diablo, y nos costará dios y ayuda salir de aquí, si es que lo conseguimos.

Miraba inquisitivo al otro, que escuchaba con atención.

—¿Lo comprendes, Tello Luengo?

Asintió el soldado.

—Lo comprendo, señor.

—Lo de la horca es inevitable —indicó los grilletes—. En cuanto a las manos... Escucha. Te vamos a dar vino con un bebedizo que te dejará insensible. Apenas notarás nada. Ni siquiera la soga vas a sentir. Y entre una cosa y otra apenas pasará un momento. Será rápido y lo haremos bien.

—¿Qué pasará con mi cuerpo, señor?... No me gustaría acabar expuesto ahí afuera, comido por los cuervos y los perros.

—Se te hará un buen entierro cristiano, como es debido. Tienes mi palabra.

Por primera vez, una leve sonrisa asomó a los labios del prisionero: una mueca lenta y amarga.

—Lo que lamento es descansar en tierra de infieles, señor.

—A gente como nosotros nos da igual en dónde esté la sepultura —sonrió a su vez—. ¿No crees?

—Eso es verdad.

—En lo nuestro, morir va de oficio.

—Sí... ¿Cuándo va a ser?

—Muy rápido, de aquí a poco rato. Están preparando el cadalso. Todos irán a verlo, moros y cristianos.

Se acentuó la sonrisa amarga.

—Hay que dar ejemplo.

—Sí.

—No os preocupéis, señor. Daré un lindo espectáculo.

—Así lo espero, porque de eso se trata.

Pensó Ruy Díaz si había algo más que decir, pero no encontró nada. Entre hombres como ellos, todo estaba dicho ya.

—¿Puedo hacer algo más por ti?

Lo pensó el otro un instante.

—Allá en Vivar tengo tres hermanas solteras... Si dotarais a una de ellas, ayudándola a casarse, eso aliviaría un poco a mis padres.

—Así será, en lo que yo pueda. Y también les haré llegar la paga que se te deba hasta hoy.

—Os lo agradezco.

—¿Estás dispuesto?

—Todo cuanto puede estarse, aunque no sea mucho... No pidáis peras al olmo.

—¿Quieres confesión?

—Convendría.

—Te mandaré a fray Millán. Y el bebedizo.

Tras un momento de duda, alzó Ruy Díaz una mano y la posó en el hombro del prisionero, que no rehuyó el contacto.

—No es fácil mandar, Tello Luengo.

—No siempre es fácil obedecer, señor.

—Lo sé... Por eso es un honor mandar a hombres como tú. ¿Alguna cosa más?

Brillaban los ojos del otro, reconfortado de orgullo.

—Deseadme que muera bien.

—Adiós, soldado.

—Adiós, Sidi.

Como hombre que había hecho de la guerra su oficio, Tello Luengo murió bien.

Lo sacaron después de que los moros rezaran la zalá del mediodía, cuando el sol ya declinaba en el cielo. Escoltado por cuatro hombres y sujeto por otros dos, engrilletadas las manos, caminó con entereza hasta el cadalso, observado por la hueste cristiana y la tropa agarena que se habían congregado a uno y otro lado para presenciar la ejecución. Su continente era sereno y miraba al frente, vagos los ojos, con aire de estar pensando en otra cosa.

El zumo de adormideras mezclado con vino, pensó Ruy Díaz, había obrado su efecto.

Fray Millán esperaba al pie del cadalso, un tablado sobre el que, al extremo de tres maderos sin pulir, pendía la soga. Debajo había un tocón de tajar y un hacha. El fraile recibió al reo con unos latines y le dio a besar un crucifijo. Después Diego Ordóñez, como sargento mayoral de la hueste, tomó del brazo a Luengo y lo hizo subir los seis peldaños del cadalso.

Moros y cristianos observaban expectantes, en contenido silencio. Ruy Díaz permanecía en primera fila, con los cabos de la tropa. Al otro lado del campo, entre los suyos, veía a Yaqub al-Jatib, que lo contemplaba todo con extrema atención. A veces sus ojos se encontraban con los del jefe cristiano, y ambos sostenían la mirada, inexpresivos. Impasibles.

Todo transcurrió con razonable rapidez. Con Diego Ordóñez como maestro de ceremonia no era necesario verdugo, pues nunca ponía reparos a ocuparse de eso. Mientras él cogía el hacha y comprobaba el filo, los dos guardianes hicieron que Luengo se arrodillase y extendiera los brazos sobre el tajo, tirando de la cadena de los grilletes. Obedeció éste sin oponer resistencia; y como si de pronto tomara conciencia del lugar en que se hallaba, paseó la vista alrededor. Lo hizo con un repentino gesto de extrañeza, o estupor, cual si hasta entonces no hubiera sido consciente de lo que iba a ocurrir. Por un momento pareció querer incorporarse, pero lo retuvieron en el sitio. Al cabo miró en torno y dijo algo en voz baja a los que lo sujetaban. Aflojaron éstos un poco el tirón de la cadena, y el reo alzó las manos para hacer la señal de la cruz. Miró después al cielo, cerró los ojos, tensaron de nuevo sus grilletes juntándole las muñecas sobre el tajo, y Diego Ordóñez le cortó las dos manos de un solo golpe.

De las filas de los moros surgió un griterío de aprobación. Un clamor vengativo y satisfecho.

Pendía el cuerpo de la horca, donde iba a quedar colgado hasta la puesta de sol. Se retiraban a sus tiendas moros y cristianos cuando Yaqub al-Jatib se acercó a Ruy Díaz.

—Aprecio lo que has hecho, Sidi.

—Lo sé.

—Sé que lo sabes... Pero es de honra venir a decírtelo.

—Eso también lo sé.

Pasearon hasta el río. Iban solos. Había lavanderas acuclilladas en la orilla; algunas tenían el rostro velado, pero la mayoría sólo llevaba pañuelos recogiéndoles el cabello. El agua venía turbia, de color terroso. En la distancia despuntaban los minaretes de la ciudad.

—Mi señor Mutamán, a quien el Dios de los creyentes proteja, ha estado al corriente de todo.

Se quedó mirando el moro a Ruy Díaz, atento a su reacción. Pero éste se limitó a asentir.

—Lo suponía —dijo.

—Le estuve mandando mensajeros, pues así lo exigió. No deseaba intervenir, pero sí conocer cuanto pasaba.

Sonrió apenas Ruy Díaz.

—¿Una especie de prueba, como en tu caso?

—Podría ser.

—Tu rey es un hombre sabio.

—Lo es. Y me encarga que te transmita algo: está satisfecho de cómo lo has resuelto todo.

Lo miraba Ruy Díaz con mucha atención.

—¿Y tú, *rais* Yaqub? —inquirió tras un silencio—. ¿También estás satisfecho?

Se pasó el moro una mano por el pelo corto y rubio. Como pensándolo.

—Yo no lo habría hecho mejor —dijo al fin—. Por mi cara te lo juro. Has dado ejemplo a tu gente y a la mía. Y ahora la mía también es tu gente.

—¿Y a ti? —el castellano seguía mirándolo con fijeza—. ¿Puedo considerarte mi gente?

Tocó el otro la empuñadura de su alfanje como si lo pusiera por testigo.

—Ya te lo dije, Sidi... Mientras mi señor Mutamán me lo ordene, te seré leal. Ni un momento menos, ni un momento más.

Anduvieron en silencio por un camino de sirga. Dos barquitos de pescadores pasaron río abajo, izadas las velas blancas y triangulares. A los pocos pasos, el moro se agachó a coger un tallo de hinojo y se lo puso en la boca.

—Tengo otro encargo de mi rey para ti —comentó—. Y tiene que ver con dinero.

—Dime.

—A mi gente la sostiene nuestro señor, y eso está en regla... Pero tú necesitas pagar a la tuya, y ya está dispuesta la primera cantidad, como acordasteis. Eso y los fondos para la campaña del nordeste.

—Es una buena noticia. ¿Me la entregarán sus tesoreros?

Masticaba el otro el hinojo sin darse prisa en responder. Al cabo de un momento escupió el tallo.

—Por ahora mi señor, al que Dios ilumine, no cree conveniente que pase dinero de sus manos a las de una hueste cristiana. Al menos, todavía. No es que no lo tenga, naturalmente. Pero debe guardar ciertas formas... ¿Lo comprendes?

—Podría comprenderlo si me explicas el resto.

Yaqub al-Jatib miró hacia Zaragoza.

—Hay un judío en la ciudad. Muy rico y bien situado. Recauda los impuestos para el rey mi señor.

—Lo vi en un convite en la Aljafería, me parece.

—Ese mismo, sí. Se llama Arib ben Ishaq... La idea es que él te lo dé a modo de adelanto. Sin interés, por supuesto.

Lo pensó un momento Ruy Díaz. Empezaba a ver clara la jugada.

—No necesito un préstamo —concluyó.

—Te equivocas, Sidi, dicho sea con todo respeto. Lo necesitas si mi señor lo dice.

—¿A qué plazo sería?

—Eso debes decidirlo tú con el judío.

—¿Y el dinero me lo prestará a mí, no a Mutamán?

—*Iyeh.* Exacto.

Seguía reflexionando Ruy Díaz. Irritado consigo mismo por no haber previsto aquello. No sólo se trataba de que el rey de Zaragoza guardara las formas. También era un modo astuto de endosar a otro los pagos. Si la campaña salía bien, el botín y el quinto real compensarían los gastos de Mutamán, así que no tendría inconveniente en saldar su deuda con la hueste cristiana: ningún riesgo y todo beneficios. Si por el contrario la suerte de las armas era adversa, el rey no habría perdido nada y sólo Ruy Díaz, en caso de seguir vivo para entonces, iba a ser deudor del prestamista hebreo. Algo exclusivamente suyo. Que reembolsara o no el dinero ya no sería problema de Mutamán.

—Insisto en que tu señor es un hombre sabio.

Sonreía el moro, divertido.

—Sí... Dios también lo ha bendecido con eso.

Regresaban al campamento por la orilla del río cuando la brisa trajo, desde la ciudad, el rumor lejano de los almuédanos voceando el *adán* en los minaretes de las mezquitas. Ruy Díaz observó que la sombra de los árboles resultaba ya igual a su altura.

—Tercera oración —comentó, deteniéndose.

Yaqub al-Jatib lo miró, agradablemente sorprendido.

—¿No te importa?

—Por favor.

Todavía lo contempló el moro un momento, pensativo. Después, agachándose en unas piedras junto a un remanso del agua, se lavó la cara y las manos; y, tras descalzarse, hizo lo mismo con los pies, hasta los tobillos. Tras pensarlo brevemente, Ruy Díaz se acuclilló a su lado.

—¿Me permites acompañarte?

La sorpresa del otro se trocó en estupor.

—¿Conoces la oración de la tarde?

—Las conozco todas.

—¿También las *rakaat*?... ¿Los movimientos?

—Sí.

—Pero eres cristiano.

—Rezamos al mismo Dios, que es uno solo —Ruy Díaz empezó a descalzarse, quitándose las huesas—. *La ilaha ilalahu...* No hay otro dios que Dios, Mahoma es el mensajero de Dios y Jesucristo otro gran profeta... ¿No es cierto?

Asintió el moro, complacido.

—Ésa es una gran verdad.

—No veo, entonces, ninguna razón que nos impida orar juntos.

Se quedó el moro inmóvil y en silencio.

—Eres un hombre extraño, Sidi —dijo al fin.

—No, *rais* Yaqub —cumpliendo el ritual, Ruy Díaz se pasaba una mano mojada por la cara—. Sólo soy un hombre de la frontera.

Terminada la ablución previa, los dos se pusieron en pie, descalzos, vueltos hacia oriente. Aún asombrado, cual si no acabase de creer lo que veía, Yaqub al-Jatib miraba de reojo a su acompañante, siguiendo con atención cada uno de los ademanes de éste, puntualmente coordinados con los suyos.

—Alahuakbar...

Levantaron ambos las manos hasta los hombros, y tras cruzarlas sobre el pecho se inclinaron poniéndolas encima de las rodillas. *Subhana rabbiya al-adim,* recitaron al unísono. *Samia alahuliman hamidah.* Y algo después, prosternados con la frente tocando el suelo, alabaron a Dios por tres veces.

Subhana rabbiya lalawa...

Cuando acabó la oración se calzaron en silencio. Y al incorporarse, sintiendo fijos en él los ojos admirados de

Yaqub al-Jatib, el jefe de la hueste supo que acababa de ganarse el corazón de aquel hombre. Y con él, su lealtad hasta la muerte.

V

Más allá de la mezquita mayor, las callejas de la judería de Zaragoza eran estrechas, con muros encalados. Puertas, celosías y ventanas estaban pintadas de azul, verde y rojo, pero la luz decreciente apagaba los colores, dando a todo una pátina sombría y gris. Algunos bacalitos y pequeñas tiendas empezaban a cerrar; y en otros, aún abiertos, se encendían candiles en el interior que proyectaban en la calle una luz aceitosa y vaga. Era la hora en que el lento crepúsculo daba paso a las sombras.

El hombre que los conducía caminaba demasiado rápido, y Diego Ordóñez le llamó la atención.

—Ni se acaba el mundo, ni nos corren moros... Ve más despacio.

Se detuvo el otro a esperarlos: Ordóñez, Martín Antolínez y Ruy Díaz. Era un hebreo joven y corpulento, vestido con un sayo de paño burdo y un gorro de lana.

—Ya estamos casi —dijo en habla de Castilla.

—Razón de más para que no corras tanto.

—Déjalo —dijo Ruy Díaz.

—Puto judío.

—Déjalo, te digo.

Miró Ordóñez en torno con desagrado. La capa con capucha que le oscurecía el rostro, como la de Ruy Díaz, le daba un aspecto de monje siniestro. Entre los pliegues del paño asomaba la empuñadura de una espada.

—No me gusta este barrio. Ni esta gente, asesina de Cristo.

—Pues uno de ellos nos va a dar dinero... Así que ten paciencia y cierra la boca.

Aún recorrieron dos calles más, con vueltas y revueltas, antes de que el hebreo se detuviera ante un portón donde en ese momento un criado encendía un farol. El joven corpulento cambió con él unas palabras, señaló a los tres cristianos y desapareció en las sombras sin decir nada. Ordóñez se quedó afuera, vigilando, y el sirviente hizo pasar a los otros dos.

—Es un honor —dijo el dueño de la casa.

Arib ben Ishaq debía de andar por los sesenta años. Era alto y muy flaco, e iba peor vestido que en el convite de Mutamán. Su albornoz a rayas parecía flotar sobre un cuerpo huesudo. Tenía unas manos largas de uñas demasiado crecidas, una nariz grande sobre un rostro barbudo y una cabeza estrecha en cuya coronilla llevaba una kipá de lana roja. Su único adorno era un enorme anillo de oro en la mano izquierda. Lo más notable en él, apreció Ruy Díaz, eran sus ojos oscuros, melancólicos e inteligentes.

—Por favor, adelante. Honrad mi casa.

Indicaba un suelo cubierto de buenas alfombras, con cojines de cuero en torno a una bandeja de cobre labrado. Un candelabro grande con velones encendidos alumbraba la habitación. A diferencia del austero exterior, la casa se veía amueblada con un lujo confortable y discreto.

—¿Puedo ofreceros algo de comer?

—No —respondió Ruy Díaz—. Tenemos prisa.

—¿De beber, entonces?... ¿Vino, infusión de hierbas, agua?

—Con agua será suficiente.

Dio una palmada el recaudador, el criado trajo agua en una bella jarra de vidrio y el propio dueño de la casa llenó los vasos. Ya estaban los tres sentados en el suelo.

—Es un verdadero honor veros de nuevo —insistió el hebreo.

Permanecieron callados, mirándose mientras bebían el agua, que era limpia y fresca. Además de inteligentes, concluyó Ruy Díaz, los ojos de Arib ben Ishaq eran astutos. Una astucia tranquila y segura de sí. Parecían acostumbrados a contar dinero y a calibrar a quienes lo pedían.

—Mi señor Mutamán me ha puesto al corriente —dijo el judío.

Asintió Ruy Díaz.

—Eso nos ahorra tiempo.

—Por supuesto, no hay nada que yo pueda negarle a mi señor.

—Lo celebro.

—Ni a vos.

—Eso también lo celebro. Hace innecesarias las explicaciones.

Pensaba Ruy Díaz en la posición del hombre al que tenía delante, privilegiada y también peligrosa. Recaudar impuestos para el rey de Zaragoza era asunto delicado, pues Ben Ishaq cargaba con la tacha de lo impopular, dejando a Mutamán al margen, o casi. Su labor aseguraba al monarca unas rentas, y él se reservaba algún lucro privado. Si en algún momento algo iba mal, si la presión tributaria sobre el pueblo era excesiva, el rey de Zaragoza siempre podía hacer de Poncio Pilatos ofreciendo la cabeza de un odiado judío acusado de malversación. Después le bastaría con nombrar a otro.

—De todas formas, es una cantidad de dinero considerable —dijo Ben Ishaq.

—Lo es, en efecto.

El hebreo miraba a Martín Antolínez con suspicacia, preguntándose quién era y qué hacía allí. Ruy Díaz le despejó la duda.

—Es mi hombre de los números... Él se ocupa de los gastos e ingresos de la hueste: repartos de botín, quintos del rey y cosas por el estilo. De toda mi confianza. Tiene en la cabeza cosas de las que yo carezco.

Asintió Ben Ishaq.

—¿Puedo tener la merced de llamaros Sidi?

—Así suelen hacerlo en estas tierras.

Aventuró el otro una sonrisa entre taimada y dubitativa, aunque posiblemente era sólo taimada.

—Ochocientos dinares es una cantidad muy grande, Sidi... Eso son casi cinco mil dírhams.

—Lo sé. Por eso estoy aquí esta noche.

Otra pausa corta. El hebreo se miraba el grueso anillo de oro, pensativo.

—¿Puedo hablaros con franqueza?

—Naturalmente.

Alzó el otro el rostro.

—Vuestras garantías son pocas.

Sonreía Ruy Díaz con mucha frialdad.

—Basta con una, y es el rey Mutamán.

—Ya, pero lo usual...

—Lo usual es que cumpláis sus órdenes: la mitad del dinero es para tres meses de pagas; la otra se destina a bastimentos, carromatos y recuas de mulas.

—Claro, de eso no hay duda —parpadeó el judío, cual si le costara ir al grano—. En cuanto a los intereses...

Lo dejó ahí, enarcando mucho las cejas. Como si él mismo se sorprendiera de haber dicho más de lo que la cortesía le permitía decir. Ruy Díaz se llevó el vaso de agua a los labios, bebió despacio y lo puso de nuevo sobre la bandeja.

—No hay intereses. Así me lo han dicho, y eso debe estar claro desde el principio.

—Corro un riesgo, Sidi —protestó el otro.

—Más riesgo corremos mi gente y yo.

—A eso me refiero. En caso de que... Hum. Si la suerte os fuera adversa...

—Si aragoneses y francos nos destrozan, queréis decir.

—No quiera Dios —alzaba el otro las manos, apaciguador— permitir esa desgracia.

—Lo tendríais difícil para recobrar el dinero, desde luego.

—Celebro que lo veáis tan claro. Mi compensación...

—Vuestra compensación, tengo entendido, la obtenéis cobrando los impuestos de vuestro rey. Y quedándoos con el remanente cuando sobra.

Se tragó aquello el hebreo, no sin dificultad.

—También pongo de mi bolsa cuando falta. Todo hay que decirlo.

—Eso no es asunto mío.

Esta vez el silencio se prolongó un poco más. Ruy Díaz deseaba que todo calase hondo en la mente de su interlocutor.

—Ni un dírham de más, Arib ben Ishaq —añadió al fin—. Eso debe quedar claro. Fuera del reembolso de la suma, no tendréis ni una moneda. Es encargo del rey.

—¿Os lo ha dicho él personalmente?

—Está por encima de esos detalles, como sabéis... Pero me lo ha hecho llegar por conducto apropiado. Y supongo que a vos también.

Titubeó el otro.

—No tengo nada por escrito.

—Estoy seguro de que algo os habrán dicho de palabra.

—Quizá —volvía a dudar el recaudador, debatiéndose entre lucro y obediencia—. Aunque nada sobre perdonar intereses.

Ruy Díaz hizo un ademán de calculada cólera. Casi podía escuchar, a su lado, la risa interior de Martín Antolínez.

—¿Perdonar?... Voto a Dios y sus santos. ¿Os atrevéis a utilizar conmigo esa palabra?

Se apresuró el hebreo a recoger velas, justificándose.

—No lo pretendía. Mi intención era sólo...

—Pues cuidad vuestras intenciones. La campaña es del rey, no mía.

Aún arriesgó el otro una débil protesta.

—Pero no os paga él, sino yo.

—Supongo que Mutamán desea comprometerse lo justo. El dinero es un asunto delicado.

—Sí —suspiró el recaudador—. Muy delicado.

Otro silencio. Ben Ishaq volvió a mirarse el anillo mientras Ruy Díaz lo observaba cocinar lo que bullía en su cabeza. Si la campaña del nordeste terminaba mal, no iba a cobrar. Adiós a los ochocientos dinares.

—No puedo serviros en tales condiciones, Sidi.

Martín Antolínez iba a decir algo, pero Ruy Díaz le apoyó una mano en un brazo. Se puso en pie con deliberada brusquedad.

—Gracias por el agua. Buenas noches.

—Esperad.

El semblante del judío mostraba consternación y alarma. El jefe de la hueste lo miró con aspereza.

—¿A qué?... No he venido para perder el tiempo.

Ben Ishaq continuaba sentado. Con aire contrito señaló el cojín vacío de Ruy Díaz, invitándolo a ocuparlo de nuevo.

—Sois un hombre duro —miró a Martín Antolínez—. ¿No os lo parece?

—Lo es, en efecto —el otro moderaba un apunte de risa—. Por eso sirvo con él.

Ben Ishaq se volvió otra vez hacia Ruy Díaz, que se había sentado como si hacerlo violentara su voluntad. Los ojos del recaudador parecían aún más melancólicos.

—No me engañaron sobre vos, Sidi.

Hizo el castellano un movimiento de impaciencia.

—Acabad.

Más que sugerencia era orden militar. Arib ben Ishaq hizo un ademán abatido, casi dócil.

—Después de todo, Mutamán es mi señor. Que Dios ilumine su vida y lo guarde muchos años.

Ruy Díaz seguía mirándolo en silencio. Al cabo, el otro suspiró mientras alzaba ambas manos con resignación.

—Setecientos dinares, entonces.

—Ochocientos.

—Me arruináis. Lo juro.

—Ochocientos, os digo.

—En fin... De acuerdo, pero ni uno más.

—¿Sin intereses?

Otro suspiro. Parecía que al hebreo se le fuera el alma con él.

—Qué remedio... Sin intereses.

Para ultimar la campaña, el jefe de la hueste y el rey de Zaragoza trabajaron durante tres jornadas con mapas e informes detallados en la Aljafería, escuchando la opinión de expertos y conocedores del terreno. Los preocupaban, sobre todo, el camino a seguir, las líneas de comunicación y suministro para evitar verse cercados, y la posibilidad de que el mal tiempo facilitara un desastre.

—Temo más la falta de comida que a las tropas enemigas —opinaba Ruy Díaz.

Los planes principales, insistió desde el principio, tenían que hacerse de cara a la situación más probable; aunque lo tocante a la seguridad, reacción del enemigo, frío y lluvia, debía considerarse según la hipótesis más peligrosa. Adentrarse profundamente en territorio hostil —entre navarro-aragoneses, francos y moros de la taifa de Lérida— tenía mucho de audacia y desconcertaría a los adversarios, pero también iba a exponer a la propia gente.

—Si hay que morir, se morirá sin rechistar —expuso con frialdad—. Para eso nos pagan... Pero vivos y vencedores seremos más útiles.

Mutamán parecía satisfecho y mostraba confianza. Sentado, paciente, atento a todo, indicando tal o cual punto para que su secretario tomase notas, escuchaba la opinión del consejo militar dirigido por Ruy Díaz, Minaya y Yaqub al-Jatib: los planes que llevarían a quinientos jinetes y un millar de peones, con su impedimenta, a lo largo de más de veinte leguas desde la frontera del reino de Zaragoza hasta su primer objetivo, el castillo de Monzón, situado peligrosamente cerca de territorio aragonés.

—Me reuniré en persona con vosotros —prometió el rey con entusiasmo—. Llevaré refuerzos y bastimentos cuando Monzón esté seguro.

Se miraban los capitanes entre ellos. Sabían que Monzón y sus alrededores no estarían seguros nunca, o que iban a tardar en estarlo. Sólo serían una base inicial donde apoyarse. Un primer escalón, pero también una patada al avispero. A partir de ahí la campaña se presentaría larga, extensa y dura, con innumerables frentes abiertos.

—No sé si debéis correr ese riesgo, mi señor —aventuró Yaqub al-Jatib, inquieto.

Alzó Mutamán una mano, atajándolo.

—Un rey debe dar ejemplo. Los títulos no se ganan en los palacios... ¿Piensas lo mismo, Ludriq?

Se había vuelto hacia Ruy Díaz, quien apenas dudó un instante. Los reyes, sabía por experiencia, sólo escuchaban lo que deseaban escuchar. Tenían ese mal hábito. De manera que asintió, grave.

—Lo pienso, señor.

—Mi espada es tan buena como la de cualquiera.

—Y aun mejor, mi señor —señaló a los capitanes—, porque nos tiene a nosotros.

—Ah, bien. Espléndido.

Encajando con naturalidad el halago, complacido y pensativo, se acariciaba Mutamán el labio superior mientras estudiaba soñador los mapas. Quizás imaginaba un regreso triunfal, tras haber hecho morder el polvo a su arrogante hermano Mundir.

—Sancho Ramírez ya está al tanto, y nos amenaza —comentó de improviso, cual si acabara de recordarlo—. Ha jurado que jamás llegaréis a pisar la frontera de Lérida...

Miraba a Ruy Díaz para comprobar el efecto de aquello; pero el castellano, como en todo lo demás, se mantenía impasible.

—El rey de Aragón y Navarra tendrá que ir hasta allí para impedirlo —dijo—. Y entonces veremos lo que va de las palabras a los hechos.

—*Inshalah*... Así lo quiera Dios.

Se santiguaron Ruy Díaz y Minaya.

—Amén.

La reunión acabó al anochecer, mientras se encendían faroles y candiles. Se retiraban los capitanes cuando Mutamán llamó aparte a Ruy Díaz y anduvo con él hasta una de las ventanas. Más allá de la torre principal, el cielo rojo empezaba a oscurecerse entre nubes alargadas y negras. Parecía sangre vieja, espesa, o un anuncio de la que se iba a derramar.

—Tengo un problema, Ludriq.

—Lamento oír eso, señor.

Parecía el rey vagamente divertido.

—Haces bien en lamentarlo, porque el problema es también tuyo.

Siguió un silencio expectante por parte de Ruy Díaz, pensativo por la de Mutamán.

—Mi hermana Raxida —dijo éste al fin.

Se había limitado a pronunciar el nombre en tono de suspiro. Estuvo así un momento, mirando por la ventana, mientras Ruy Díaz aguardaba paciente. Al cabo se volvió hacia el castellano. Lo hizo recorriéndolo de arriba abajo, como si nunca lo hubiese observado antes y de pronto le interesara mucho su aspecto.

—Te dije que es viuda y bastante libre, dentro de su estado y condición.

—Lo recuerdo.

—Y que tiene mucho carácter.

—Eso también lo recuerdo.

—Me tiene el harén en un puño, y los eunucos la temen como al cólico negro.

—Tuve ocasión de charlar con ella en vuestro jardín, hace unos días.

—Lo sé... Y le causaste una favorable impresión.

El rey lo había dicho con suave ironía, y Ruy Díaz intentó imaginar el porqué de tales confidencias. No era aquél, concluyó desorientado, terreno en el que se sintiera cómodo.

—Mi hermana me ha puesto en un compromiso —expuso Mutamán—. O, para ser precisos, me has puesto tú.

—Señor, ignoro en absoluto...

Hizo el rey un ademán impaciente. La sonrisa se le había replegado a los ojos.

—Raxida me pide permiso para invitarte a una quinta que tiene junto al río. Era de su difunto marido y ahora le pertenece. Un lugar muy bonito... Quiere dar un banquete de despedida. ¿Qué te parece la idea?

Vaciló Ruy Díaz, desconcertado.

—No sé qué decir, mi señor. En todo caso, creo que es irregular.

Mutamán se mostró de acuerdo.

—Sí... Es por completo irregular. Y no sé si conveniente. Pero ya te dije que es una mujer tozuda, acostumbrada a hacer su voluntad. Nos llevamos bien, y procuro no contrariarla en lo que la complace.

—¿Asistiríais vos?

—No creo —el rey movía la cabeza—. Ella prefiere que todo transcurra con más libertad, y mi presencia complicaría el protocolo. Quiere invitar a algunos amigos y ofrecerte un poco de nuestra música. Pretende presumir de ti, imagino.

—¿Y debo aceptar?

—No veo por qué no. Le daremos una satisfacción y tú pasarás un rato agradable.

—No tengo ropa adecuada, señor.

—Oh, vamos. Esa aljuba damascena del otro día está bien. O te prestaré algo nuevo para la ocasión... Además, la finca tiene uno de nuestros famosos baños árabes, el más bello de Zaragoza —fingió olisquear el paño burdo de Ruy Díaz—. Allí podrás asearte como es debido. Después de tanto ejercicio, tanto polvo y tanta práctica guerrera viviendo bajo la lona de una tienda, te irá bien un baño... ¿No te parece?

—Tal vez.

—A diferencia de los cristianos, los agarenos somos puros porque cuidamos la circuncisión y la ablución del cuerpo; mientras que vosotros soléis ser sucios, porquerizos y comedores de gatos.

—Nunca me comí un gato.

Se echó a reír el moro.

—Me lo decían mis nodrizas cuando era niño. Si eres malo, amenazaban, te haremos comer gatos, como hacen los cristianos —rió de nuevo—. Y no lo he olvidado. Durante mucho tiempo lo creí de verdad... ¿Te comerías un gato, Ludriq?

—Por qué no. En un asedio y con hambre, uno come cualquier cosa.

—No hay como el hambre, ¿verdad? Para cambiar los puntos de vista.

—Cierto.

Mutamán estudiaba a Ruy Díaz con renovada atención. Una insólita mezcla de ironía y curiosidad, cuyo sentido no era fácil descifrar.

—¿Te parece atractiva, Raxida? —preguntó de improviso el rey—. Ya sé que no está en su lozanía y es viuda, pero me gustaría saber qué opinas.

Titubeó el castellano.

—Viuda o no, es una mujer...

Quiso dejarlo ahí, pues no se le ocurría nada oportuno; pero Mutamán insistió.

—Acaba.

—Pues eso, señor. Una mujer... Bueno... Espléndida.

Soltó el otro una carcajada.

—¿Eso piensas?... Que Dios me ilumine. Nunca la vi como una mujer espléndida. Pero somos hermanos, claro. En familia uno ve las cosas de otra manera.

Miraba otra vez Mutamán por la ventana, cruzados los brazos. Ahora el cielo era más negro que rojo.

—Puedes asistir al convite, Ludriq —dijo sin volverse.

—¿Es una orden, señor?

—Podrías considerarlo así... Aunque, viniendo de Raxida, las cosas suelen ser más que una orden.

VI

Al día siguiente, Ruy Díaz fue a buscar otro caballo.

Tenía dos, Cenceño y Persevante, uno de marcha y otro de guerra; pero este último empezaba a perder facultades y reclamaba un digno retiro: el jefe de la hueste lo había comprobado en la cabalgada contra la aceifa morabí. Necesitaba un tercer animal joven, sano y vigoroso, capaz de afrontar una campaña dura con sus previsibles combates. De manera que, acompañado por Yaqub al-Jatib y por Minaya, cabalgó hasta unos establos que le recomendaban como los mejores de Zaragoza: los de Ali Farach, comerciante de caballerías y proveedor de las cuadras reales.

Los establos se hallaban en las afueras de la ciudad, al otro lado del río: una gran casa entre árboles, con cobertizos para los animales en torno a un picadero. Su propietario, les contó Al-Jatib mientras se acercaban, era hombre bien situado. Hacía traer sementales del Rif y de los condados francos y los cruzaba y criaba con mucho esmero.

—Qué honor, Sidi... Al dueño de esta casa le hacéis un gran favor.

Ali Farach, que prevenido de la visita los aguardaba en la puerta de su casa, era un bereber gordo y simpático. Vestía de blanco desde el turbante a las babuchas, para probar al mundo que podía mantenerse inmaculado aunque pasara el día entre animales. Tenía un rostro oliváceo muy tostado y una barba espesa y negra que empezaba a verse veteada de canas. Su acento era vagamente norteafricano. Se rumoreaba que había sido proxeneta en Fez antes de venir a la península con sus ahorros y labrarse una nueva vida.

—De guerra, por supuesto. Claro. Un buen caballo de campaña, resistente a las marchas y obediente en el combate... Ali Farach tiene lo que necesitáis.

Hablaba siempre en tercera persona, cual si fuera un simple secretario de sí mismo. Después de invitarlos a una infusión de hierbas y unos pasteles, que tomaron bajo un toldo en el jardín —el día era soleado y espléndido—, y de hablar de liviandades corteses, los acompañó a los establos.

—¿Tenéis alguna idea especial en la cabeza, Sidi?

—Lo normal —admitió Ruy Díaz—: buena alzada, pecho fuerte, cascos de suela dura y profunda, que soporten piedras y guijarros.

—¿Lo queréis por completo adiestrado, o a medias?

—A medias; sólo en lo básico. Para el resto, que se adapte a los modos de su jinete.

—Por supuesto... ¿Tenéis previsto cuánto gastar?

Ruy Díaz miró de soslayo a Minaya y a Yaqub al-Jatib.

—Depende del animal —respondió, prudente—. Y de que el precio sea razonable.

—Lo será, para un gran señor cristiano como vos.

—Eso espero, porque no a todos los grandes señores cristianos nos sobra el dinero.

Se echó a reír el comerciante, complacido. Celebrando la broma.

—Qué cosas tenéis, Sidi.

—Sí... Qué cosas tengo.

—Confiad en Ali Farach.

—Pues claro que confío. A ciegas.

El otro lo escuchaba como si fuera en serio.

—Honor que me hacéis.

—El honor es mío.

Acodados en la cerca del picadero, presenciaron la exhibición. Los mozos de establo pasearon varios animales, todos soberbios: desde caballos árabes menudos y llenos de vigor a corceles francos de buen tamaño.

—¿Qué os parece ése, Sidi?

—No está mal.

Atento a su negocio, Ali Farach acechaba de reojo las impresiones del cliente; pero Ruy Díaz se mantenía impasible, consciente de que cualquier gesto de aprobación por su parte haría subir los precios. A su lado, Minaya y Al-Jatib permanecían en silencio.

—¿Y ese otro? —señaló el comerciante.

—Tampoco está mal... Quizá demasiado recto de corvejones.

—Vaya... ¿Os lo parece?

—Sí.

—Me sorprende oír eso. Ali Farach lo ve bien.

—Es natural que Ali Farach lo vea así, puesto que pretende que yo se lo compre. Y puedo imaginar que nada barato.

Reía el bereber, encajándolo todo con buen talante.

—No miente vuestra fama, Sidi... Sois el mismo diablo.

—Sólo cuando compro caballos y me quieren vender lo que no busco.

—Ja, ja.

Dio una voz el otro y los mozos retiraron los animales que estaban a la vista. Cuando Ruy Díaz se volvió a un lado, encontró la mirada todavía risueña de su anfitrión.

—Si me permitís la confianza —dijo el bereber—, habéis superado con creces la prueba.

—¿Qué prueba?

Seguían sonriendo los ojos avispados del comerciante.

—Los que Ali Farach acaba de mostraros son excelentes monturas —respondió—. Pero tenéis razón: no son los mejores. Por eso os tiene reservado algo especial.

Dio otra voz, y un mozo introdujo un nuevo caballo en el cercado. Era un bridón grande y arrogante, de pelaje tordo muy claro. Tenía una cabeza noble y formas perfectas, pecho profundo y ollares amplios por los que respiraba con fuerza impaciente, cual si pidiera campo libre y rienda suelta para correrlo.

—¿Qué me decís de éste, Sidi?

—¿Cuántos años tiene?

—Casi cinco. Observad su paso y su musculatura... Criado suelto en buenos prados.

En el tono de Ali Farach había legítimo orgullo de propietario. Consciente de ello, Ruy Díaz encogió los hombros.

—Tampoco está mal.

Vaciló por primera vez el bereber.

—¿No está mal, decís? —sonaba realmente ofendido—. Que a Ali Farach lo aniquile Dios con un rayo si no es el mejor caballo que tuvo jamás... Lo jura por su vida y su hacienda.

No respondió Ruy Díaz, que seguía estudiando al animal. A simple vista no podía apreciarse la menor tacha, así que pasó al otro lado de la cerca, aproximándose al corcel. Tomó el ronzal de manos del caballerizo y le hizo dar unos pasos en torno, observando cada movimiento. El animal obedecía con tranquila dignidad. Los caballos, pensó Ruy Díaz, eran seres poco inteligentes, pero tenían fino instinto. Y aquél sabía reconocer a un amo apropiado.

—Eres un buen mozo —susurró acercándole la boca a una oreja. Y el caballo emitió un suave relincho, como si entendiera esas palabras.

Sentía Ruy Díaz, próximo y cálido, el aliento húmedo de los ollares. Acarició complacido la crin corta, la piel bien cepillada donde afloraban abundantes vasos sanguíneos, adecuados para la buena circulación de la sangre y el refresco del animal. Palpó los músculos y el fuerte dorso recto, capaz de acomodar la silla gallega, el equipo y el peso de un jinete armado. Estudió la boca, la alineación de las patas y tocó los cascos duros y grandes, todavía sin herrar. Después miró hacia la valla donde Ali Farach, Minaya y Yaqub al-Jatib aguardaban expectantes, antes de acercar otra vez la boca a una oreja del caballo.

—Te llamaré Babieca —dijo.

La quinta del difunto marido de Raxida Benhud era una hermosa casa de recreo en la orilla misma del río, rodeada de huertos y árboles frutales que daban un ambiente de verde frescor. Una noria vertía agua en los canales y conductos de los huertos y el jardín, y sobre el rumor de las fuentes se oía el trinar de los pájaros.

Ruy Díaz lo admiró todo, imaginando cómo sería en la mejor estación del año, cuando los árboles espesaran sus hojas y aquello se llenara de flores. Nada igual había visto en su vida, y reflexionó sobre la diferencia entre las refinadas cortes de los reyes musulmanes y la tosquedad de las de los cristianos, cuya comodidad doméstica apenas había cambiado desde el tiempo de los abuelos godos.

—Así están esos moros de amujerados —había gruñido Diego Ordóñez cuando supo del asunto—. Mucho arbolito, mucho perfume y mucho alfaquí discutiendo de teología mahometana mientras nosotros les partimos el espinazo... Por eso traen de África a los morabíes, que tienen los cojones que a ellos ya les faltan. Y por eso nosotros, que nos lavamos menos, les vamos a meter su Alcorán por el ojete.

Sonreía Ruy Díaz recordando los exabruptos de su sargento mayoral. Y también la insistencia del rey Mutamán en que asistiera al convite de su hermana. Un día de tranquilidad y reposo antes de emprender la campaña militar, había sido el argumento. Una placentera velada ajena a las armas, con comida, música y conversación, antes de que el jefe de la hueste cristiana volviera a ser Sidi Qambitur.

La sala del baño —*hammán,* lo llamaban los moros— era un prodigio: mediante un ingenioso sistema de norias y conductos, el agua pasaba por una caldera donde se calentaba para verterse luego en una piscina, bajo una bóveda con arabescos tallados en piedra. La piscina tenía unos veinte codos de longitud por otros tantos de anchura, y en torno había mesas de mármol donde tumbarse para recibir masajes o descansar.

El agradable vapor del agua caliente lo llenaba todo. Emergió Ruy Díaz relajado y goteante, sacudiéndose como un mastín mojado, y fue a envolverse en la toalla que el mayordomo le ofrecía. Era la primera vez que experimentaba algo semejante, y estaba asombrado de cómo su cuerpo endurecido por las fatigas de la guerra agradecía tan deliciosa novedad.

—¿Un masaje, Sidi?

El mayordomo era un eunuco grande y fuerte, de mediana edad, con el cráneo rasurado y un pendiente de plata en cada oreja. La transpiración hacía brillar su piel como si estuviera cubierta de aceite. Lo había recibido a su llegada, mostrándole el vestido nuevo de brocado cordobés que el rey Mutamán había enviado para que luciera en el convite. Se esperaba para el banquete, dijo, una docena de invitados selectos. Amigos íntimos, todos, de su señora Raxida.

—Sí —accedió Ruy Díaz tras una breve duda—. Sólo un momento.

Se puso un ligero lienzo blanco en torno a la cintura y caminó entre el vapor de agua hasta tumbarse, boca abajo y con los ojos cerrados, en la toalla extendida sobre una de las mesas de mármol.

—¿Preferís que lo haga yo, o una mujer?

Abrió los ojos Ruy Díaz, sorprendido.

—No sabía que era posible elegir —dijo.

—Pues claro que podéis, Sidi.

Miró el castellano las manos y el torso reluciente del otro. Si era posible escoger, la elección estaba clara.

—Creo que será más adecuada una mujer.

—A vuestras órdenes.

Salió el eunuco del recinto, y un instante después entró una mora con aspecto de matrona: mediana edad y formas abundantes bajo una túnica de lino que le tapaba desde el cuello hasta los tobillos, dejando al descubierto unos brazos morenos y fuertes. Llevaba el pelo recogido bajo un pañuelo y tenía la frente y los pómulos marcados de tatuajes azules. Sin decir palabra se situó a un lado de la mesa, y sus dedos hábiles vertieron aceite perfumado con almizcle y empezaron a masajear diestros la espalda del castellano.

Cerró Ruy Díaz los ojos, dejándose hacer. Disfrutando del vapor caliente y el tacto que distendía sus músculos. Se sentía relajado y soñoliento, hasta el punto de que llegó a adormecerse. Al cabo de un rato entreabrió los ojos y vio ante sí, unos pasos más allá, unos pies descalzos con las uñas pintadas y ajorcas de oro en los tobillos.

Alzó la vista, desconcertado. Y allí frente a él, contemplándolo inmóvil y con una sonrisa en los labios, vio a Raxida, la hermana del rey.

Entre el vapor de agua caliente, los ojos de color esmeralda —el tinte que los circundaba se veía ligeramente corrido por la humedad— destacaban más claros y cristalinos que nunca. La mujer vestía un albornoz blanco bajo el que contrastaba su piel morena, y llevaba el cabello descubierto y recogido en una trenza que le caía sobre el hombro izquierdo.

—¿Te molesta que mire, *nezrani*? —preguntó con mucho aplomo.

Sonreía, superior y tranquila. Muy serena en el tuteo. Habituada a satisfacer su voluntad o su capricho. Las manos de la sirvienta que le daba el masaje se habían detenido sobre la espalda, como si aguardasen órdenes de su señora.

—No es usual en mi tierra —dijo Ruy Díaz.

—Pero es divertido aquí.

—¿Y los otros invitados?

—Todavía falta un buen rato para que lleguen.

Tumbado boca abajo, la barba apoyada en la toalla, se limitó a encoger los hombros. Su aparente indiferencia no era sino una forma de disimular el desconcierto ante la mirada que exploraba su cuerpo inmóvil y casi desnudo, la firme conformación de los músculos y las cicatrices viejas y recientes que constituían su historial de guerra.

Las mujeres son animales extraños, pensó. Y unas más que otras.

Ella hizo un leve ademán con la cabeza y las manos de la sirvienta volvieron a actuar, metódicas y precisas. Ruy Díaz cerró un momento los ojos, dejándose llevar por el placer del contacto, y cuando los abrió de nuevo encontró los de Raxida fijos en él. La mujer seguía de pie en el mismo sitio, observándolo.

—Te han herido muchas veces —comentó.

Asintió Ruy Díaz. Cruzaba ahora las manos bajo el mentón, apoyándolo en el dorso. El aceite hacía relucir la piel en sus fuertes brazos, y comprobó que ella los miraba.

—Algunas —respondió.

—¿Musulmanes o cristianos?

—De todos tengo.

A la mujer se le ensanchó la sonrisa.

—La tuya es una vida peligrosa.

Lo pensó Ruy Díaz.

—Lo es la de todos —concluyó con naturalidad—. Pero no siempre somos capaces de darnos cuenta.

Ella pareció valorar esa respuesta.

—¿Vivimos sin caer en ello, quieres decir?

—Algo así.

Seguía estudiándolo con mucha atención. Entreabiertos los labios, mostraba el apunte blanco de los incisivos como si retuviese el aliento.

—Relájate, *nezrani* —suspiró al fin—. Disfruta del instante —movía una mano abarcando el recinto, la piscina y la bóveda decorada—. Esto no lo tenéis en vuestros reinos bárbaros.

—Es cierto.

—Pues disfrútalo mientras puedas... No es lo que dentro de unos días encontrarás en el norte.

Cerró los ojos el castellano. La sirvienta reanudó el masaje, pero la presencia de Raxida impedía que él se relajara del todo. El contacto de las manos en su espalda, la proximidad de la otra mujer, lo turbaban y excitaban.

Por fortuna, pensó, estoy boca abajo y no boca arriba.

Las manos de la sirvienta se detuvieron y él permaneció inmóvil, cerrados los párpados, esperando a que prosiguieran. Lo hicieron tras un momento, aunque de forma distinta: menos vigorosas y más suaves, con mayor dulzura. Más cercanas a una caricia que a un masaje.

Abrió los ojos Ruy Díaz, confuso, alcanzando a ver cómo la sirvienta desaparecía silenciosa por el pasillo.

—No es esto lo que te espera en la guerra —insistió Raxida casi rozándolo con los labios, en un susurro tan próximo que le erizó la piel.

Él se quedó inmóvil, pensando que eso era cierto. Que nunca en su vida había escuchado una verdad semejante. Después se dio la vuelta muy despacio para sumergirse en la sonrisa de ella y en el paraíso esmeralda que prometían aquellos ojos.

Tercera parte
La batalla

I

Había dos cadáveres junto al sendero, entre los pinos y enebros que crecían al pie de la muralla. Llevaban allí dos días y empezaban a oler fuerte. Se los adivinaba por eso y por el zumbido de las moscas.

Ruy Díaz pasó cerca de los cuerpos sin prestarles atención, manteniendo en alto el escudo para protegerse de dardos o piedras que pudieran tirarle desde arriba. Los muertos eran moros leridanos de los caídos la primera noche, cuando la vanguardia de la hueste llegó a Piedra Alta. Una veintena de hombres subió despacio explorando el terreno, y los de dentro hicieron una salida para probar la solidez de los atacantes. Había sido una escaramuza confusa y rápida en la oscuridad, y los defensores se replegaron dejando atrás a esos dos y a otro que se pudría algo más arriba, cerca del portón y su puente levadizo.

—Cuidado ahí —advirtió Diego Ordóñez—. Ese trecho hay que cruzarlo rápido. Hay un ballestero arriba, y ya nos ha matado a uno.

El mayoral de la hueste también avanzaba con el escudo en alto, atento a lo que cayera. Se había detenido y señalaba un espacio descubierto de seis o siete pasos, donde el sendero se elevaba sobre unas rocas antes de quedar otra vez medio oculto por los enebros.

—Tú primero, Ruy.
—No. Pasa tú.
Los dos sabían que el primero que cruzase alertaría al ballestero, si es que no lo estaba ya, quien procuraría acertarle al segundo. Diego Ordóñez miró brevemente hacia arriba, a la saetera estrecha y vertical abierta en el muro cercano, alzó un poco más el escudo y se dispuso a cruzar. Como Ruy Díaz, para moverse con facilidad en ese paraje no llevaba la pesada cota de malla que usaban a caballo, sino capellina de acero, espada, daga y un peto de cuero grueso. Tampoco el escudo era el usual de combate, grande y en forma de lágrima invertida, sino uno redondo, más pequeño y ligero.
—Voy —dijo Ordóñez.
Cruzó a la carrera, en alto el escudo, y se detuvo al otro lado, bajo un enebro. Todavía no se había vuelto a mirar cuando Ruy Díaz levantó su escudo y corrió detrás, atento a no tropezar en las piedras del sendero. Casi estaba al otro lado cuando escuchó el zumbido agudo de la saeta, pasándole cerca. Zaaas, hizo. De un salto se puso a salvo, cayendo sobre Ordóñez.
—Me cago en los hijos de Witiza —dijo éste.
Siguieron camino adelante, siempre atentos a lo que pudieran tirar desde las almenas. Cincuenta pasos más allá olieron el tercer cadáver. Un poco más lejos, el sendero desembocaba en un bosquecillo de pinos más espeso, próximo al puente levadizo. Había allí apostada media docena de hombres con arcos y ballestas, que con sus tiros mantenía las almenas desguarnecidas por esa parte. Protegían así el trabajo de los que se afanaban bajo un mantelete ante el portón de la pequeña fortaleza, rellenando aquel tramo del foso con fajinas, tierra y piedras. Los que trabajaban eran musulmanes y cristianos; y también, en el lugar más expuesto, moros prisioneros y campesinos capturados en los alrededores.

Yénego Téllez, uno de los hombres de Vivar, que estaba allí al mando, vino al encuentro de los recién llegados. Era delgado, melancólico, de ojos tranquilos. Tenía un cardenal en la cara y una herida en la mano izquierda, y cojeaba un poco. Sobre la contusión, el yelmo se veía abollado.

—Sin novedad aquí, Sidi —señaló las almenas desiertas sobre el portón—. Los tenemos con la cabeza gacha y las orejas bajas... Pero lo del foso es como echar agua en un cedazo. No se acaba de cegar nunca.

—No importa. Lo que cuenta es que crean que podemos hacerlo.

—Pues vaya si lo creen. De vez en cuando asoman y nos tiran con mucho empeño —indicó a los ballesteros y arqueros propios—. Pero los nuestros los tienen a raya.

Se miraba la mano herida como si fuera un objeto extraño. Ruy Díaz le indicó el golpe de la cara.

—¿Qué ha sido?

—Una pedrada. El casco hizo lo que debía, pero algo me llevé yo. Y al caer me lastimé la mano y un pie.

—¿Serio?

—No.

Observó Ruy Díaz a los tiradores: dos ballesteros cristianos y cuatro musulmanes de Zaragoza con arcos árabes de olmo bien curado. Estaban en cuclillas entre los pinos, las saetas y flechas clavadas en el suelo. Vigilaban la muralla, y cuando detectaban movimiento en ella tensaban sus armas y disparaban con precisión hacia lo alto. Lo hacían seguros y tranquilos, sin precipitarse, señalándose unos a otros los posibles blancos con pericia profesional. En buena armonía. Los habían escogido entre los mejores.

—¿Se sabe algo de los otros?

Yénego Téllez miraba hacia el norte, donde entre las ramas bajas de los pinos se veían las crestas pardas y grises de la sierra de Guara. Diego Ordóñez se encogió de hombros y Ruy Díaz negó con la cabeza.

—Nada de momento —repuso—. Ahí siguen.

—¿Creéis que se moverán, Sidi?

—Por ahora sólo miran. Los del castillo les mandaron anoche un mensajero, pero nuestros escuchas lo atraparon y me trajeron la carta.

—¿Qué decía?

—Que son pocos y con escasos bastimentos. Y que si no los socorren, no podrán aguantar más de dos días.

—Es pan comido —dijo Ordóñez.

Téllez seguía mirando hacia el norte.

—Salvo que aquellos otros se animen y vengan —dijo, preocupado.

—No creo que lo hagan —Ordóñez escupió al suelo y se rascó la barba—. Este lugar no les interesa mucho... ¿Tú qué piensas, Ruy?

—No lo sé.

—Lo que les importa es Monzón.

—Quizás.

Avanzaron los tres hacia la linde del pequeño pinar, desde donde podían ver mejor el paisaje. El sol hacía reverberar el horizonte; pero entre Piedra Alta y la sierra, en un terreno ondulado con lomas y bosques dispersos, podían verse a la distancia de una legua las tiendas de las tropas navarro-aragonesas.

—¿Estará el rey Sancho con ellos?

—Eso tampoco lo sé —respondió Ruy Díaz.

Lo dijo pensativo, mirando a lo lejos con los párpados entornados y la cabeza despierta. De nuevo movía en ella piezas del ajedrez militar, con la diferencia de que, si hacía una mala jugada, los trebejos negros o blancos no volverían a su caja en espera de otra oportunidad, sino que quedarían dispersos por el paraje, perseguidos por la caballería enemiga hasta su degüello y total exterminio.

El rey Sancho Ramírez había prometido impedir que Ruy Díaz llegara a Monzón, y la presencia de su ejército demostraba que mantenía su palabra o al menos iba a intentarlo. También había noticias de que la gente del rey Mundir estaba en camino desde Lérida para unirse a él. Y si uno y otro llegaban a juntarse en un solo cuerpo, sería demasiada gente para combatirla con sólo mil peones y quinientos jinetes. Mutamán se proponía acudir con refuerzos desde Zaragoza cuando le fuera posible; pero para entonces, sabía Ruy Díaz, ya estaría casi todo decidido. A favor o en contra.

—Hay que resolverlo rápido —dijo, volviéndose a observar los trabajos del foso.

—Todavía estamos verdes para el asalto —objetó Téllez.

—No me refiero a eso... Esto es sólo una treta, pero los de dentro estarán impresionados. Saben que su mensajero no pudo pasar, porque esta mañana les hicimos llegar su cabeza con el mensaje metido en la boca.

—También saben que si damos el asalto no habrá cuartel —apuntó Diego Ordóñez—. Serán todos pasados a cuchillo.

Era cierto. Tales eran los usos. Una plaza que se rendía podía poner condiciones de salvar vidas y parte de los bienes; pero tomada al asalto no tenía otra que la matanza, el saqueo y la esclavitud para los supervivientes. En Piedra Alta, además de un centenar de moros de guarnición indecisos entre su lealtad al rey de Zaragoza y al de Lérida, había el doble de mujeres, ancianos, niños y campesinos refugiados de los alrededores: al menos trescientas bocas por alimentar, con poca comida y escasas ganas de lucha. Su única esperanza era el ejército acampado a una legua de allí, aunque nada garantizaba que éste fuera a moverse. Y el tiempo corría en contra de los sitiados.

—Esta tarde les ofreceremos capitular —dijo Ruy Díaz—. Respetando vidas y haciendas.

Diego Ordóñez dio un respingo.

—¿Así, por las buenas? —protestó—. ¿Sin exigirles un rescate como reparación, por resistirse?

—Tal cual... Tenemos prisa y nuestro objetivo es Monzón.

Torcía el gesto Ordóñez, rascándose la barba. No le gustaba aquello, pues prefería los asaltos y el degüello. Para una bestia de guerra como él, lo suyo eran casas incendiadas, pisar cadáveres y cargarse de botín. Sólo así se encontraba en su elemento.

—Seguro que lo aceptarán —auguró, malhumorado—. Estos moros de aquí son flojitos. Pura mierda.

Como estaba previsto, antes de ponerse el sol los defensores de Piedra Alta aceptaron parlamentar.

Fue pasada la media tarde cuando Félez Gormaz hizo sonar el cuerno de guerra con el toque adecuado. Respondió una trompeta mora y un pequeño grupo se destacó al otro lado, en una barbacana que se alzaba diez codos sobre el foso. Eran seis, vestían cotas de malla, petos de cuero y yelmos envueltos en turbantes, y enarbolaban el pendón del alcaide de la fortaleza. Ruy Díaz conocía el nombre de éste: Abu Qumes, un renegado de origen asturiano. No tenía fama de intrépido, y su lealtad a uno u otro rey era de circunstancias. Lo identificó fácilmente en la barbacana: grueso, con barba gris y una jacerina de acero sobre el torso.

No se encargó Ruy Díaz del parlamento. Quería dejar claro que Piedra Alta era un episodio menor y sus defensores, gente sin importancia. Pocas ilusiones debían hacerse los asediados sobre el trato que les esperaba. Por eso, permaneciendo a la sombra de un enebro con varios de sus cabos de tropa, hizo adelantarse a Minaya y a Yaqub al-Jatib hasta el foso para que negociaran el asunto, o más bien expusieran lo que no admitía discusión: reconocimiento de la soberanía del rey de Zaragoza, capitulación de la fortaleza, respeto de vidas y bienes excepto los bastimentos necesarios, y paso libre, transcurrido un mes, de quienes desearan irse a otro lugar.

Había tenido Ruy Díaz la sagacidad de encomendarle el parlamento al *rais* Yaqub, relegando a Minaya al papel de comparsa. La autoridad de un moro de confianza de Mutamán, respaldada por la silenciosa solidez de la mesnada castellana, era la idea. Y realmente el capitán moro lo hizo bien.

La hawlawala qwa ilabilah, empezó diciendo.

No hay fuerza ni poder sino de Dios.

No era un mal comienzo, pues ponía a Dios de parte del poder y la fuerza. O sea, de su parte.

Bajo el enebro, muy atento a todo, Ruy Díaz sonreía entre la barba. Mozo listo, pensó. Aquel capitán Yaqub. Porque inmediatamente después, alabando con un par de oportunos *Alahuakbar* a ese mismo Dios compasivo y misericordioso cuando no se le contrariaba, y en cuanto el alcaide de Piedra Alta se mostró de acuerdo en tal punto, entró el capitán moro en materia sin protocolos ni paños calientes, seco y arrogante, como si en vez de dirigirse a un alcaide lo hiciese a un mozo de mulas.

Hawlawa quetila, repetía en tono de siniestra promesa. Ataque y matanza. Y como alternativa, sólo una palabra: *istislam,* rendición.

La lengua franca castellano-moruna que manejaba Ruy Díaz no bastaba para seguir los detalles de la conversación, que transcurrió rápida, afilada como un cuchillo por un lado y desconcertada al principio, titubeante luego, por parte del alcaide; que, una vez seguro de que él y los suyos podrían conservar intacto el pescuezo, intentaba salvar también un poco de dignidad. *Ihtiram,* protestó una y otra vez. Honor, honor, honor. Y el avispado Yaqub fue lo bastante astuto para admitirle ese adorno, aceptando una condición militar mínima: si al día siguiente, antes de la oración del mediodía, el castillo no recibía socorro de las tropas acampadas cerca, capitularían sin más trámite.

Acordado todo eso se retiraron los de la barbacana y regresaron los dos parlamentarios sin apresurarse, caminando muy tranquilos o aparentándolo, vuelta la espalda a las almenas como si las posibles saetas enemigas no existieran.

—Estupendo trabajo —los saludó Ruy Díaz.

Minaya se había quitado el yelmo y se apartaba del torso la cota de malla para orear el sudor. Sonriente, hizo un ademán de modestia indicando al capitán moro.

—Todo lo hizo él... Ni respirar les permitió, nuestro amigo.

—Pues lo hizo muy bien.

El *rais* Yaqub encajaba los elogios impasible, silencioso, la palma de su mano izquierda apoyada en el pomo del alfanje. Pero los ojos grises y duros brillaban de orgullo.

Celebraron consejo bajo la lona de una tienda. Estaban allí los cabos de la hueste castellana: Minaya, Ordóñez, los dos Álvaros, Martín Antolínez, Yénego Téllez y Pedro Bermúdez, y también fray Millán, que a esas alturas era secretario y cartógrafo además de capellán. Por parte musulmana asistían Yaqub al-Jatib y su segundo: un moro renegrido, silencioso, bajo de estatura pero muy fuerte y compacto, de nombre Ali Taxufin.

Ruy Díaz no se anduvo por las ramas. Había encargado a fray Millán, que tenía buena mano, un mapa del lugar, y el fraile lo había pasado a limpio con tinta y mucho detalle en una piel de animal bien curtida. El mapa estaba desenrollado en el suelo, sobre una estera de esparto, y todos se sentaban o permanecían arrodillados o en cuclillas alrededor, mirándolo con atención. Se veían muy bien dibujadas las alturas de la fortaleza, los bosques hasta la sierra de Guara, la disposición del campamento propio y las avanzadas navarro-aragonesas, situadas con los flancos protegidos por sendas ramblas.

—Piedra Alta se rendirá mañana, si no la socorren de aquí a entonces —Ruy Díaz señalaba los detalles del mapa con la punta de su daga—. Las tropas moras de Lérida aún están lejos, así que la única ayuda puede venirles de Sancho Ramírez.

—¿Creéis que se moverán? —inquirió Yénego Téllez.

Lo miró Ruy Díaz. Al de Vivar, la pedrada en la cara se le había convertido en una buena moradura. Tenía un ojo menos abierto que el otro y la mano izquierda envuelta en una venda, aunque no parecía muy afectado. Aquélla era gente hecha a esos lances y a otros peores.

—¿Qué tal estás, paisano?

—Bien, Sidi.

—¿Duele?

—Poco... Peor habría sido un saetazo.

—En el culo —rió Diego Ordóñez.

Bromearon un poco más sobre eso mientras Téllez sonreía bonachón, sin darle importancia. Ruy Díaz volvió a señalar el dibujo de fray Millán.

—Dudo que el rey de Aragón vaya a moverse de aquí a mañana —dijo—. Pero en el oficio de las armas, y por si acaso, la duda debe tratarse como si fuera certeza.

Se mantuvo en silencio mientras todos estudiaban el mapa, dándoles tiempo. En realidad dejaba que la idea calase en sus mentes antes de expresarla. Una tras otra, las miradas se fueron alzando hacia él, intrigadas.

—Vamos a darles un Santiago esta noche —dijo, y sonrió a los dos moros—. O, si lo prefieren nuestros amigos musulmanes, un *Ialah bismilah.*

—¿A la fortaleza? —preguntó alguien.

—A los del rey de Aragón —ante el estupor de todos, señaló de nuevo el mapa—. Aquí y aquí.

Después, en pocas palabras y con sencillez, expuso el plan. Ni siquiera lo había hablado antes con Minaya, que escuchaba con la misma sorpresa y atención que los demás. Como ignoraban si los navarro-aragoneses iban a moverse en socorro de Piedra Alta, dijo, lo mejor era darles una trasnochada que causara algún desorden y los retuviera en sus posiciones esperando un ataque formal. Eso los mantendría inmovilizados mientras llegaba la rendición pactada con el alcaide Abu Qumes.

—Es un buen plan —convino Minaya.

—¿Y cuántos hacen falta para el rebato? —quiso saber uno de los Álvaros.

—Iremos en tres cuerpos —Ruy Díaz se dirigió al capitán moro—. Uno de tropa musulmana hará un amago de ataque con mucho griterío, sin empeñarse de cerca. Flechas y jabalinas a distancia mientras sus hombres van y vienen, antes de una retirada rápida... ¿Te parece bien, *rais* Yaqub?

Tras cambiar una mirada con su segundo, asintió el otro.

—Me lo parece.

—¿Irás tú?

Parpadeó el moro como si la pregunta lo ofendiera.

—*Iyeh.* Pues claro.

Ruy Díaz le despejó el semblante con otra sonrisa.

—¿Cuánta gente necesitas?... Hablo sólo de jinetes, para ir y volver rápido.

—Si es sólo eso, bastarán dos docenas. Si Dios lo permite.

—Llegaréis al borde de la rambla oriental, aunque sin cruzarla. Para hostigar sus avanzadas. ¿Está claro?

—Mucho, Sidi. Por mi cara que sí.

Se volvió Ruy Díaz hacia los demás. Junto a todos ellos había cabalgado antes y los conocía de sobra. Hasta por su forma de moverse era capaz de adivinarles el estado de ánimo. Y ahora veía en sus rostros curtidos lo que esperaba encontrar: disciplinados, serenos, con indiferencia de mesnaderos profesionales, aguardaban órdenes que podían llevarlos al cautiverio o la muerte. Era gente que sabía hacer bien su trabajo.

—El grupo principal estará formado por castellanos, dividido en dos cuerpos —explicó—. Una treintena de jinetes cada uno. El primero lo mandaré yo, y el segundo estará a cargo de Martín Antolínez. Minaya se quedará aquí con el resto de la hueste... Martín llevará de segundo a Alvar Salvadórez y yo a Diego Ordóñez, y también a Félez Gormaz con su cuerno de guerra, para las señales —indicaba otra vez las posiciones en el mapa—. Mi grupo remontará este arroyo que pasa por la rambla para atacar la parte occidental del campamento.

—¿Yo no voy? —preguntó Yénego Téllez.

—De noche necesitas dos ojos, y hoy sólo tienes uno y medio.

De nuevo rieron todos, incluido Téllez.

—Será un ataque rápido, supongo —quiso saber Martín Antolínez.

—Rapidísimo. Se trata de incendiarles algunas tiendas, si llegamos a ellas, y retirarnos pronto... Tú cubrirás la retirada si nos persiguen, que no creo.

—¿Qué hay de la luna? —inquirió Alvar Salvadórez.

—Sale tarde y es poca. Nos acercaremos con el oscuro y daremos la espolonada cuando asome.

—¿Y es necesario que vengáis vos, Sidi?

—Lo es.

—De noche siempre hay peligro. Si surge algún imprevisto...

Sin responder a eso, Ruy Díaz lo acalló con la mirada. Siguió un silencio que el jefe de la hueste mantuvo un momento más, por si tenían algo que añadir; pero nadie despegó los labios. Se dirigió a fray Millán.

—Fráter, estarían bien unos latines discretos mientras quede luz... Algo corto, para que nuestra gente se arregle con Dios.

Asintió el religioso.

—Por supuesto, Sidi.

Se volvió Ruy Díaz hacia los otros.

—Saldremos en cuanto nos disimule la noche. Quiero todos nuestros fuegos encendidos, que crean que vamos a dormir tranquilos... ¿Alguna pregunta más?

Sentía la mirada de Minaya fija en él, preocupada. Y era natural que lo fuera. En caso de que las cosas se complicaran o la reacción enemiga fuese mayor de la prevista, a él correspondería tomar las grandes decisiones; y eso incluía entrar en batalla con el resto de la tropa. Que Ruy Díaz le asignara tanta responsabilidad era una carga, pero también una prueba de extrema confianza.

Fue Diego Ordóñez quien alzó una mano.

—¿Necesitamos prisioneros?

—No. Con los que capturamos ayer forrajeando tenemos información suficiente... Podemos matar todo lo que se mueva, hombre o animal.

Sonreía el otro, feroz. Satisfecho.

—Me gusta el plan —dijo.

Iban a llevar arreos y caballos ligeros, sin escudos y sin las pesadas cotas de malla que podrían estorbarles moverse con rapidez en la oscuridad. Por eso Ruy Díaz había ensillado a Cenceño, su caballo de marcha, más veloz que el de batalla.

Lo había hecho él mismo como solía hacerlo todo, comprobando el bocado, la cincha y las herraduras. Nunca confiaba seguridad y vida al cuidado de otro; pero, además, valerse por sí mismo, correr idénticos peligros que el resto de la gente, convenía a su imagen de jefe, probando que a nadie exigía nada que él no pudiera hacer.

Mandar a hombres sencillos y ásperos como aquéllos no era fácil, pensó una vez más. Cada cosa tenía su modo. Sus maneras.

Apretó los cordones del gambesón de cuero y se ciñó la espada y la daga. Luego, con el yelmo bajo el brazo y un manto negro sobre los hombros, salió de la tienda. Minaya aguardaba allí, teniendo a Cenceño de la brida. Caminaron juntos, sin decir palabra, hasta el lugar donde se preparaba la tropa. En torno, la noche estaba iluminada a trechos por hogueras y hachones clavados en el suelo que daban tonos rojizos al equipo de quienes hacían los últimos preparativos: yelmos, hebillas, mojarras de lanzas. Refulgían por todas partes el hierro y el acero, que los hombres cubrían con barro para evitar reflejos. Los más precavidos daban pequeños saltos para asegurarse de que nada les tintineaba o hacía un ruido que durante la aproximación alertase al enemigo.

—La luna no asomará hasta mediados los gallos —comentó Minaya—. Tendréis el oscuro hasta entonces.

Danzaban en los rostros barbudos y serios contrastes de luz y sombra. Moros o cristianos, casi nadie hablaba o lo hacía en voz muy baja, concentrados todos en su tarea, tanto los que partían como quienes los ayudaban a equiparse; y el único sonido que se extendía por el campamento era el crepitar de leña en los fuegos, el suave resollar de los caballos mientras los ensillaban y el metálico resonar de las armas.

—He dejado en mi tienda una carta para mi mujer y otra para el rey Alfonso, cerradas y selladas con cera —dijo Ruy Díaz.

—Me haré cargo. Descuida.

Se había detenido el jefe de la hueste. El belfo de Cenceño le rozaba un hombro. Sentía en el cuello la respiración cálida del animal.

—No hagas nada si no es necesario —apoyó una mano en un brazo de Minaya—. ¿Está claro?

Asentía el lugarteniente.

—Lo está.

—Sólo mantén a la gente dispuesta por si algo se tuerce. Y si por mala suerte me quedo allí, retírate a Zaragoza.

—Estaríamos en pésima situación, en tal caso.

—Mutamán prometió que si yo falto os dejará regresar a Castilla. O que podréis tomar cualquier otro camino, e incluso quedaros con él si os sigue necesitando... Ésa ya sería tu responsabilidad, no la mía.

Se echó a reír Minaya.

—Pues procura no descargarla sobre mí, como cuando éramos críos y me azotaban por tus fantasías e insolencias.

Ruy Díaz se puso la cofia y se encasquetó el yelmo encima. Mientras ajustaba el barbuquejo, el fuego de las hogueras hizo relucir sus ojos tras el protector nasal de acero.

—No van a castigarte esta vez. Estaré de vuelta antes del alba.

—Si Dios quiere, amigo mío.

—No te preocupes... Querrá.

II

Amparados en la noche fueron bajando uno tras otro por la pendiente hasta el arroyo. Eran treinta e iban a pie, llevando a los caballos por las riendas.

No había otra luz que las estrellas del cielo, y todos caminaban con suma precaución procurando que los animales hicieran el menor ruido posible. A veces rodaba una piedra o un caballo resollaba inquieto, y todos se quedaban inmóviles, suspendido el aliento, hasta que por la fila, susurrada en voz muy baja de hombre a hombre, circulaba la orden de seguir la marcha.

Al sentir el cauce bajo sus pies, disimulando los pasos en el suave rumor de la corriente, anduvieron arroyo arriba, el agua por las rodillas. Ruy Díaz iba el primero, con Félez Gormaz pegado a su grupa y Diego Ordóñez detrás. Atento a cualquier indicio de peligro, alzaba la vista para observar el contraste escaso entre la silueta del borde de la rambla y el cielo estrellado. Era un buen camino para acercarse al campamento navarro-aragonés sin ser vistos, pero podía convertirse en una trampa letal si los enemigos advertían la maniobra y atacaban desde lo alto.

Como todo en la guerra, se dijo, aquello era cuestión de riesgos y oportunidades. De calcular pérdidas y ganancias. Así que, para prevenir una mala sorpresa, había mandado por delante, sin caballos, a sus dos mejores exploradores: Galín Barbués y Muño García. Los dos jóvenes seguían actuando siempre juntos. Se entendían con una mirada, un simple ademán, un suave silbido en la noche. Ahora debían de ir más de un centenar de pasos por delante, reconociendo cautos el terreno.

Pensó Ruy Díaz brevemente en Galín Barbués. Diego Ordóñez había manifestado su reserva cuando habló de enviar al joven de avanzada.

—Es aragonés —había objetado, suspicaz—. Y los de enfrente también lo son. Eso puede tentarlo a pasarse.

—Me fío de él.

—Nos jugamos mucho, Ruy.

—Te he dicho que me fío.

Era cierto. Se fiaba. Le gustaba aquel mozo tranquilo, ágil, callado y valiente, con mirada de gavilán. Y por lo que sabía de él, Barbués tenía puesta la cabeza a precio en Jaca; donde, si alguien lo reconocía, le esperaba la horca. Por lo demás, alejarlo aquella noche habría sido mostrarle desconfianza. Por eso, antes de abandonar el campamento, Ruy Díaz lo había llamado aparte.

—Son tus paisanos —se limitó a decirle.

Asintió el joven al escuchar aquello, con vago recelo.

—Lo sé, Sidi.

—Hoy puedes quedarte aquí, si lo prefieres.

Lo miró Barbués un instante, sin responder en seguida.

—¿Es orden u ofrecimiento? —quiso saber.

—Lo último.

Bajo el casco de cuero, entre la barba rala y clara del joven, la luz de una fogata desvelaba un amago de sonrisa.

—No he llegado hasta aquí para que se me insulte, Sidi.

—Tienes razón... Vuelve a tu puesto.

Y eso había sido todo.

La claridad de un poco de luna creciente, que empezaba a asomar tras la cortadura, perfilaba los bordes de la rambla y las sombras espesas de una arboleda. Una lechuza emprendió el vuelo de repente, sobrevolando la columna, y sobresaltó a los caballos. Hubo algún relincho antes de que lograran acallarlos. Todos se quedaron inmóviles en el cauce, metidos en el arroyo hasta las rodillas, los hombres, y los corvejones, los animales.

Sintiendo las piernas entumecidas por el agua fría, Ruy Díaz estudiaba las alturas como si el diablo estuviese a punto de asomar en ellas. Permanecieron así un buen rato, callados y quietos, pero no hubo nada.

—Adelante —musitó al fin.

Diego Ordóñez repitió la orden hacia atrás, recorrió ésta la fila y de nuevo se pusieron en marcha, a un lado la tiniebla y al otro una vaga penumbra, cual si avanzaran por el filo de ambas.

A los pocos pasos una sombra se destacó delante.

—Zaragoza y Burgos —susurró una voz conocida.

Era Barbués. Algo más allá, informó, el arroyo llevaba a una pendiente suave por donde los caballos podían ascender sin esfuerzo; sólo había que tener cuidado con las zarzas, para que no relincharan. Pero un poco más lejos había una avanzada enemiga que sin duda advertiría su llegada. Era preciso eliminarla antes de seguir adelante.

—¿Cuántos son? —inquirió Ruy Díaz.

—Dos hombres... Puede que tres. Pero están tan confiados que se calientan en una fogata, y por eso pudimos verlos. Está claro que los del campamento no esperan sorpresas.

—¿Podréis con ellos?

—Hay un carrascal y arbustos que permiten llegar sin ser vistos. El suelo es de tierra arenosa, con pocas piedras, y no hacemos ruido. Muño sigue allí, vigilándolos... Con dos hombres más, los degollamos.

Estaban parados en el agua, hablando en voz baja, y Diego Ordóñez se les había unido. Sin que Ruy Díaz tuviera necesidad de ordenárselo, se volvió aquél a susurrar dos nombres, que fueron repetidos por la tropa. Un momento después se acercaron dos sombras, y Ordóñez les mandó ir con Barbués. No hubo comentarios ni preguntas. Las sombras se alejaron con el aragonés arroyo arriba, fundiéndose con la oscuridad de la rambla.

—¿Cuánto esperamos, Ruy?

—Quince credos y un paternóster.

Crujió la risa contenida de Ordóñez.

—¿Lo del paternóster es necesario?

—Nunca está de más.

Cuando los perdió de vista, Ruy Díaz volvió a mirar el cielo estrellado y la línea más oscura de la cortadura, sobre la que la hendidura plateada de la luna, ya algo más alta, derramaba alguna luz.

Credo in unum Deum, Patrem omnipotentem...

No era tanto oración —aunque también lo fuese— como cálculo. A esa hora, dedujo, Martín Antolínez y Alvar Salvadórez estarían en su posición con otros veintiocho jinetes, listos para cubrirles la retirada. Y más allá del campamento, junto a la rambla oriental, la tropa agarena mandada por Yaqub al-Jatib se prepararía para el ataque de distracción. O más valía que así fuera.

Pater noster, qui es in caelis...

Sólo quedaba confiar en que el azar no les jugase una mala pasada: un hombre que tropezaba, un ruido inoportuno, el brillo de un arma en la noche. En asuntos militares, los mejores planes podían venirse abajo por un mínimo detalle.

Sed libera nos a malo, amen.

—Adelante —dijo.

La columna prosiguió su avance en la oscuridad.

Remontaron la cuesta en el mayor silencio posible, empapados de cintura para abajo, esforzándose en no chapotear demasiado con las botas mojadas y mantener tranquilos a los caballos, cuyos ollares tapaban con una mano para evitar que relincharan. Mientras hacía recuento, Ruy Díaz los vio pasar ante él uno por uno, cada cual con su animal de la rienda, siluetas recortadas por la poca luna y el cielo estrellado, silenciosas, oliendo a ropa sucia húmeda, cuero mojado, sudor y tierra.

—Agrupaos allí.

Con órdenes secas y rápidas emitidas en voz baja, Diego Ordóñez los fue situando en la oscuridad, hombres y caballos al amparo del bosquecillo indicado por Barbués, que se destacaba como una masa sombría entre ellos y el campamento enemigo. Ardía, medio extinguida —a quienes había calentado ya estarían muertos—, una pequeña fogata a veinte pasos, tras los árboles, y se perfilaban los hombres en su lejana luz, orinando todos antes de montar. Nada de vejigas llenas cuando podían abrírselas de una lanzada.

Ruy Díaz también se levantó el faldón para orinar, sin prisas. Luego fue hacia el carrascal, donde le salió la sombra de Barbués al encuentro.

—Todo en orden, Sidi —susurró el almogávar.

El jefe de la hueste miraba la fogata. No se veía a nadie alrededor.

—¿Y los centinelas?

—Eran tres... Los hemos degollado.

—No oímos ningún ruido.

Centelleó algo en el rostro oscurecido del joven. Parecía el trazo de una sonrisa.

—No tuvieron tiempo de hacerlo —dijo—. Ocurrió rápido.

Ruy Díaz señaló las siluetas de hombres y animales que se agrupaban junto al carrascal.

—Buscad vuestros caballos y uníos a ellos.

—A vuestra voluntad, Sidi.

Diego Ordóñez se había acercado en demanda de órdenes.

—Todo a punto —dijo.

—Que monten.

Asiendo con una mano el arzón de la silla tras darse dos vueltas de la rienda en la muñeca, metió el pie izquierdo en el estribo y se izó a lomos de Cenceño. El animal, satisfecho al sentir el peso familiar, cabeceó suave, con nobleza. El calor de sus flancos aliviaba a Ruy Díaz el frío de las piernas mojadas. Apretó los muslos, guiándolo despacio sin necesidad de espuelas.

En ese momento, por la parte de la rambla oriental y al otro lado del campamento navarro-aragonés, resonó un griterío muy lejano, salpicado de toques de cuerno y trompetas de guerra.

—Ahí están —oyó decir a Ordóñez, muy sereno.

Era cierto. Yaqub al-Jatib acudía puntual a la cita. Ruy Díaz se puso en pie sobre los estribos para ver mejor. Más allá del bosquecillo, bajo la débil claridad lunar, se adivinaban las lonas de las tiendas de campaña enemigas. Había fogatas encendidas, lo que sería útil para incendiar cuanto se pudiera.

Observó otra vez la luna que silueteaba los relieves del paisaje. Leía en el terreno el inminente combate como si lo hiciese en un libro, calculando en qué podía beneficiar cada detalle al enemigo o beneficiarlo a él. El campo estaba despejado, sin obstáculos serios para el galope de los caballos y para facilitar después la retirada. O así lo parecía.

—Todos listos —dijo la voz de Ordóñez a su espalda.

Volvió Ruy Díaz a dejarse caer en la silla mientras se pasaba la lengua por los labios secos. Después se persignó y respiró hondo cuatro veces.

—Conmigo —ordenó en voz alta.

Apretaba de nuevo los muslos guiando a Cenceño, que avanzó al paso contorneando el carrascal. Lo seguía un rumor denso de cascos de caballos, contenido al principio, al que se fue sumando el sonido mate de las espadas al deslizarse fuera de las vainas. Sacó la suya y apoyó sobre el hombro derecho los cinco palmos de ancha hoja de acero, para mantener descansado el brazo hasta que tocara moverlo. Había llegado la hora de confundir y asustar a un enemigo incapaz de saber si quienes atacaban esa noche eran treinta o tres mil.

Respiró muy profundamente otra vez, procurando vaciar la cabeza de cuanto no fuese lo que iba a ocurrir. Pensó de modo fugaz en sus hijas y su mujer antes de olvidarlas por completo; y luego, en el aspecto que tendrían las puertas del cielo o del infierno si esa noche le tocaba presentarse ante ellas con su pobre bagaje de soldado. Al cabo lo olvidó también, y en lugar de todo eso quedó la noche, las fogatas lejanas, el latido de la sangre impaciente en el cuello del caballo, la tensión en las piernas, el puño que se crispaba en torno al mango forrado de cuero de la espada, las espuelas de hierro rozando los flancos del animal. Quedó, en fin, sólo la guerra, que era su verdadera vida.

—¡Santiago! —gritó con toda la fuerza de que fue capaz—. ¡Santiago, Zaragoza y Castilla!

Relinchó el caballo al sentir el aguijonazo de las espuelas, Félez Gormaz hizo sonar el cuerno de guerra y los treinta jinetes se lanzaron al combate.

Golpeaba al pasar al galope, sin descanso. No era una noche para la piedad.

Tunc, chas, tunc, chas, hacía el acero al dar en carne, tras las sombras que corrían despavoridas entre las tiendas y los abrigos de fajinas.

Aquel tunc, chas, era más carnicería que otra cosa. Parecía que las espadas fueran el látigo del diablo: centelleaban fugaces al alzarse y caer una y otra vez. Todo en torno eran gritos y alaridos envueltos en el resonar de cascos de caballos en plena carga. Aullaban los jinetes que mataban y los hombres que morían.

Tunc, chas, tunc, chas.

Azuzado por las espuelas en los ijares, guiado por los muslos del jinete más que por las riendas, Cenceño atropellaba a los que corrían indefensos, arrancados al sueño. Galopaba en la semioscuridad a través de un caos iluminado por la luna mientras Ruy Díaz descargaba espadazos a diestro y siniestro, cebándose en los fugitivos. Alcanzándolos uno tras otro. Metódico y sin compasión, como si entrara en un campo de trigo, segaba a mansalva. Recolectaba a manos llenas.

Tunc, chas. Tunc, chas. Tunc, chas.

La claridad lunar recortaba sombras desordenadas que corrían sin rumbo fijo, sin otro destino que escapar a la muerte. Gritaban hombres heridos, casi invisibles bajo las patas de los caballos. Empezaban a arder algunas tiendas, y su resplandor iluminó fragmentos de noche por donde cruzaban siluetas despavoridas.

Era suficiente, se dijo Ruy Díaz. La lección estaba dada.

Tiró de las riendas, refrenando al caballo. Luego alzó la voz cuanto pudo, gritando por encima del fragor de la matanza.

—¡Félez!

—¡A vuestra voluntad, Sidi!

El sobrino seguía allí, pegado a su grupa. Había atravesado la noche siguiéndolo ciegamente, al galope, atento a sus órdenes.

—¡Retirada!... ¡Toca retirada!

Sonó el cuerno. Dos veces cortas y una larga. Un quejido bronco, brutal, que se alzó sobre el griterío y el batir del combate. Por todas partes los hombres empezaron a contener a sus cabalgaduras, retirándose hacia el arroyo. Ruy Díaz se mantuvo en el mismo lugar, obligando al caballo con violentos tirones de las riendas a volver sobre sí mismo. Procurando sosegarlo tras la ruda excitación de la espolonada.

—¡Atrás todos! —volvió a gritar—. ¡Vamos, retiraos!... ¡Atrás!

Sabía que los hombres no lo escuchaban, enardecidos aún por la carga y la matanza. Incluso el latido de su propio corazón le llegaba a los tímpanos, ensordeciéndolos. Pero el cuerno obediente de Félez Gormaz tradujo la orden con un quejido espectral. Así, poco a poco, incluso los jinetes que más se habían internado en el campo enemigo volvieron grupas. Pasaban veloces por su lado, de regreso, raudas sombras negras de cascos resonantes.

Caracoleó por última vez el jefe de la hueste, tironeando las riendas, hasta que nadie más quedó por retirarse, o eso le pareció. Entonces, vuelto hacia las tiendas en llamas que dejaba atrás, al desorden en que veía sumida aquella parte del campamento enemigo, se puso de pie en los estribos y voceó lo más fuerte que pudo:

—¡Soy Rodrigo Díaz de Vivar! ¡Oíd bien mi nombre!... ¡Soy el que llaman Sidi Qambitur, y éste es mi saludo al rey de Aragón!

Después envainó la espada y, tras arrimar espuelas, trotó despacio en pos de los suyos. Notaba gotear sangre desde el codo por la muñeca y la mano derecha, hasta mojarle el guante. Pero esa sangre no era suya.

III

Marcharon hacia Monzón un día más tarde sin que el enemigo, prudente tras el rebato nocturno, los inquietara sino de lejos. Ruy Díaz dejó en Piedra Alta una guarnición que asegurase el castillo —veinte jinetes castellanos y medio centenar de peones moros, todos bajo el mando de Martín Antolínez—, y destacando patrullas que protegieran su flanco izquierdo condujo al resto de la tropa hacia el este por las cinco leguas del mal camino que discurría al sur de Barbastro, con las cumbres de la sierra divisándose brumosas, azuladas y grises en la distancia.

A media jornada de su destino, cerca ya del río Cinca, la hueste acampó en un lugar alto y bien protegido. Las nubes que se cernían sobre las montañas anunciaban mal tiempo, y Ruy Díaz no quería presentarse ante Monzón con la tropa empapada y exhausta. Así que ordenó levantar las tiendas, rodeándolas de una empalizada y un foso, situó escuchas, mandó gente a forrajear, exploradores al campo enemigo y palomas mensajeras a Zaragoza, y se dispuso a esperar. También, a sugerencia de Yaqub al-Jatib, envió a Monzón como parlamentario a Ali Taxufin, que tenía parientes allí, para que sondease voluntades y planteara la única alternativa posible: someterse a la autoridad del rey de Zaragoza, sin más coste que el de la reputación, o arriesgar verse expugnados al asalto.

—En el último caso —había dicho Ruy Díaz al enviado moro—, quiero que se lo digas sin rodeos: Monzón será saqueado y pasados a cuchillo los varones mayores de doce años... ¿Está claro?

—*Iyeh,* Sidi.

—Pues a ello, que urge.

Urgía, desde luego, pues las amenazas eran varias. Y si las cosas se estancaban, todo podía empeorar. Aquella noche los exploradores trajeron noticias del ejército navarro-aragonés: se había movido hacia el este, siempre a la vista pero sin arriesgarse. El rey Sancho Ramírez se mantenía a distancia, en espera de lo que ocurriese en Monzón.

Consciente del peligro, Ruy Díaz convocó consejo de guerra y todos sus cabos de tropa —Yaqub al-Jatib acudió con ellos— coincidieron en lo mismo:

—Si la ciudad resiste, el enemigo tendrá una buena oportunidad —expuso Minaya—. El rey Mundir de Lérida prepara sus tropas... Si se une a los navarro-aragoneses, nos doblarán o triplicarán en número.

Los otros se mostraban de acuerdo.

—Siempre y cuando el conde de Barcelona no decida sumarse a la montería —apuntó Alvar Ansúrez, preocupado—. El de Lérida le paga parias, y está obligado a sostenerlo.

—Contra todos a la vez no tendríamos ninguna posibilidad —dijo Yénego Téllez.

—Si se juntan.

—Será cuestión, entonces, de no permitir que se junten.

—Y aunque lo hagan —opuso Diego Ordóñez, brutal como acostumbraba—. A más enemigos, más ganancia.

—Su botín pueden ser nuestros pescuezos.

Ruy Díaz los dejaba hablar, estudiándolos cual solía. Aprendiendo de todos. Estaban en su tienda, alumbrados por un candil de aceite que daba tonalidades grasientas a los rostros barbudos. Olían a estiércol de caballo, a sudor, a humo de leña. Sabían cosas de la vida y de la muerte, del combate, de la supervivencia, que ellos mismos no eran capaces de explicar cómo alcanzaban a saberlas. Rudos en las formas, extraordinariamente complejos en instintos e intuiciones, eran guerreros y nunca habían pretendido ser otra cosa.

—Si Monzón no se rinde, estaremos vendidos.

—Y tal vez aunque se rinda.

—No. En tal caso, nuestra situación mejoraría mucho.

—Eso es fácil decirlo.

—Pues os digo que sí.

—Y yo digo que no.

Tenían en el suelo otro mapa trazado por fray Millán: crestas de montañas y Barbastro al norte, Monzón y el camino que iba más allá, hacia Tamarite y Almenar. Por allí vendrían las tropas del rey de Lérida para unirse a las del rey de Aragón. Y por Balaguer, llegado el caso, los francos de Berenguer Remont. Y era cierto: si los tres ejércitos se unían para dar batalla juntos, el futuro de la hueste pintaba difícil. Suponiendo que en tal caso quedase margen para un futuro.

—Nuestro señor el rey Mutamán ha prometido enviarnos refuerzos —dijo Ruy Díaz.

Miraba a Yaqub al-Jatib, que no había despegado los labios. El jefe agareno encogió los hombros.

—Los refuerzos pueden llegar —comentó con sencillez—. O pueden no llegar.

—¿Qué posibilidades hay de que Monzón se rinda sin lucha?

Lo pensó el otro un momento.

—Creo que muchas —repuso al fin.

—¿Y por qué, en tu opinión?

Se explicó con detalle el capitán moro. Su enviado Ali Taxufin sabía manejarse bien. Por otra parte, el alcaide, un tal Yusuf al-Aftas, no era hombre belicoso y su lealtad al rey de Lérida siempre había sido relativa. A la muerte del viejo rey de Zaragoza se había mostrado indeciso entre un hermano y otro, y tenía dentro mucha gente no apta para combatir: mujeres y niños además de los campesinos que se refugiaron allí al verlos aparecer.

—Eso puede volverlo razonable —resumió.

Se miraron entre sí los capitanes, esperanzados. Aquello sonaba bien.

—Si entramos en Monzón —opinó Minaya—, podremos aguantar. El mal tiempo se echa encima y el rey aragonés se lo pensará mejor. Cuando lleguen las tropas enemigas de Lérida estaremos seguros y listos para hacerles frente... Con un lugar a nuestra espalda para refugiarnos si algo sale mal.

—Tú lo has dicho —gruñó Diego Ordóñez—. Si entramos en Monzón.

Ruy Díaz miró de nuevo a Yaqub al-Jatib. El capitán moro permanecía impasible aunque entornaba los párpados, como corroborando lo que el jefe de la hueste meditaba. Se tocó éste la barba, pensativo. Luego asintió despacio, el aire convencido.

—Entraremos —afirmó.

—*Inshalah* —dijo suavemente el moro.

Yusuf al-Aftas, el alcaide, era en efecto hombre poco belicoso. Y prudente. Ni siquiera intentó negociar, ni pidió plazo para pensarlo. Al amanecer, abiertas las puertas del castillo, el *rayah,* la bandera verde con el león y la espada de Mutamán, ondeó en la torre principal, y las tropas del rey de Zaragoza cruzaron el Cinca para tomar posesión de Monzón sin que se registrara ningún incidente.

—*Clausa patent* —comentó un admirado fray Millán cuando entraban a caballo, resonando los cascos sobre el puente levadizo—. Vuestra sola reputación abre las puertas, Sidi.

—Ojalá eso bastara para ganar batallas.

—Así lo quiera Dios.

Ruy Díaz fue recibido por el alcaide con todos los honores. Y aquella misma mañana, desde las murallas y en compañía de Yaqub al-Jatib, Minaya y Diego Ordóñez, pudo observar las posiciones enemigas. El ejército navarroaragonés seguía sin intervenir, en la distancia, a cosa de una legua junto al río.

—No creo que ataquen ahora —dijo Minaya.

Estudiaba Ruy Díaz el campamento lejano, velado por el gris que descendía despacio de las montañas. En el camino de Barbastro y sobre el cauce del Cinca, el cierzo arrastraba nubarrones espesos y oscuros.

—Nos mantendremos en guardia por si al rey Sancho le diese la ventolera.

—Dudo que esos ahembrados se atrevan a moverse —opinó Diego Ordóñez— ahora que tenemos el castillo guardándonos las espaldas.

—Nunca se sabe. Así que quiero atalayas y exploradores en las dos orillas del río. Todo el tiempo.

—A tu voluntad.

—Y que informen a cada momento.

—Claro.

Volvió a observar Ruy Díaz el campamento enemigo.

—Tenéis razón —concluyó—. No creo que el rey de Aragón se mueva por ahora. Si permanece donde está, seguiremos camino dentro de dos días para cortar el paso al ejército de Lérida e impedir que se le una.

—¿Hasta dónde piensas llegar? —se interesó Minaya.

Sin responder, Ruy Díaz miró al capitán moro.

—¿Crees que Mundir se dará prisa, *rais* Yaqub?

Lo pensó el otro un instante.

—Lo dudo —respondió al fin—. No querrá arriesgarse demasiado. Lo conozco, y no se parece a su hermano mi señor. Y dispone de poca caballería pesada... Siendo como es, aguardará a los francos del conde de Barcelona para venir con más fuerza.

Ruy Díaz escuchaba con mucha atención.

—¿Eso crees?

—Estoy casi seguro, Sidi... Por mi cara que sí.

—¿Hasta dónde pretendes llegar, Ruy? —insistió Minaya.

Miraba el jefe de la hueste las nubes oscuras que bajaban de las montañas. Cada vez se veían más cercanas.

—De momento, hasta Tamarite —respondió.

—No fastidies.

Sonó la risa contenida de Diego Ordóñez. Yaqub al-Jatib se mantuvo impasible, como solía, mientras Minaya se hurgaba una oreja, inquieto.

—Eso está a dos leguas —objetó—. Tal vez sea ir muy lejos.

Asintió Ruy Díaz, que seguía mirando las nubes. Sintió caerle en el rostro una prematura gota de lluvia.

—Puede... Pero es buen lugar para vigilar la llegada de unos y otros.

Minaya arrugaba el entrecejo.

—¿Antes has dicho llegar a Tamarite *de momento*?

—Eso es.

—Por vida de —el otro escupió denso y lejos, entre dos almenas—. ¿Aún piensas ir más allá?

—Tengo esa intención.

—¿Adónde?

—Hasta Almenar.

Minaya y Diego Ordóñez lo miraron boquiabiertos.

—Creo que ese lugar está abandonado —apuntó el primero—. Casi en ruinas.

Señaló Ruy Díaz al capitán moro.

—El rey Mutamán desea que lo fortifiquemos... La orden llegó anoche.

—Por vida de.

Se volvieron los dos castellanos hacia Yaqub al-Jatib, que encajó el escrutinio sin alterarse.

—Nosotros no lo sabíamos —protestó Ordóñez, molesto.

—Pues ahora ya lo sabéis —repuso Ruy Díaz.

—Una vez arreglado Almenar, será buen resguardo para pasar el invierno —dijo el moro, objetivo.

Minaya miraba preocupado hacia el este: al camino irregular que discurría entre la sierra, al norte, y los montes bajos, al sur.

—Hasta allí son ocho leguas o más —suspiró—. De mal camino y peor terreno. Y hay que llevar recuas de mulas con trigo, cebada, aceite, sal, vino y forraje.

—Lo sé de sobra.

—Y mira ese feo cielo, color panza de burra —señalaba las nubes—. Vienen días de frío y agua.

—Eso también lo sé. Pero en campo abierto, el mal tiempo es neutral. Será tan incómodo para nosotros como para los adversarios.

No se daba Minaya por convencido.

—Cuanto más nos internemos en territorio enemigo, más vulnerables seremos —razonó—. Peores comunicaciones y más lejos de Monzón. Incluso de Tamarite, figúrate... Imagina ahora que Sancho de Aragón no se retira.

Asintió Ruy Díaz con mucha calma.

—Llevo días imaginándolo.

—Pues imagina entonces enemigos al norte, al este y al sur, confluyendo para unirse... Si tenemos problemas, no habrá donde guarecerse. Pondrían un hurón en cada boca de la madriguera.

Sonrió el jefe de la hueste en sus adentros. Lo del hurón no estaba mal traído. Era una forma cauta de mencionar lo temible: la tropa deshecha tras una derrota, corriendo los supervivientes para salvar sus vidas, perseguidos por la caballería enemiga que iría a sus alcances. En aquellos parajes de rocas limadas por el viento y la lluvia ni siquiera había bosques espesos. Sin una fortaleza cerca donde refugiarse, el exterminio sería inevitable.

Sólo Ordóñez no parecía preocupado. Al contrario. La perspectiva de cualquier degüello, propio o ajeno, le hacía brillar los ojos. Lo estimulaba. Era un soldado perfecto, una pura bestia de guerra.

—No se pescan truchas a bragas enjutas —dijo rascándose la calva.

Y en su barba espesa se abrió la brecha de una sonrisa feroz.

Primero llegó el viento y luego la lluvia. Sopló el cierzo toda la tarde, y al anochecer, tras un rato de truenos y relámpagos, rompió con fuerza el aguacero. El aire olía a azufre, tierra húmeda y hierba quemada.

No toda la hueste cabía tras las murallas de Monzón, así que se montó el campamento junto al castillo, cavando en torno a las tiendas y los chamizos zanjas que drenaran el diluvio. También se instalaron puestos de escuchas y atalayas junto al río para vigilar el campo enemigo. Y al despuntar el día, bajo una luz mortecina y triste, Ruy Díaz salió con una docena de jinetes para reconocer el terreno. Montaba a Persevante y cabalgaban con él Yénego Téllez, Galín Barbués, un adalid local y nueve castellanos, de los que cuatro iban armados con lanzas.

Todos menos el moro llevaban cotas de malla bajo las capas enceradas, el yelmo puesto y el escudo colgado del cuello.

—Buen tiempo para el diablo —masculló Yénego Téllez, escupiendo agua.

La lluvia era de verdad molesta. Las rachas que caían del cielo formaban veladuras grises que a ratos impedían ver más allá de cincuenta pasos. Corría el agua por los rostros bajo los yelmos, empapaba los mantos y se filtraba entre los eslabones de las cotas de malla, mojando los belmeces que iban debajo. Chapoteaban los caballos en regueros de fango casi líquido que corrían como torrentes, arrojando salpicaduras sobre los jinetes.

Ruy Díaz apretó los dientes para que no le castañearan al tiritar. También le dolía la antigua lesión de la rodilla. Había vivido momentos más cómodos y confortables que aquél, sin duda. Se notaba mojado hasta dentro, tenía las piernas y los brazos entumecidos, y el paño húmedo sobre sus hombros aumentaba el peso de la arroba y media de acero que llevaba encima. Sin embargo, la coyuntura era buena para pasar junto a las posibles avanzadas enemigas sin ser vistos.

—Para el diablo —repetía Yénego Téllez.

Era un joven sufrido y prudente, pero toda aquella agua exasperaba a cualquiera. Hacía un rato que habían dejado atrás la última atalaya propia: una torre hecha con troncos en la que sorprendieron a los centinelas resguardados y sin preocuparse de otra cosa —eso les valió una reprimenda que los puso a temblar, y no de frío—. Y ahora, guiados por el adalid moro, los doce jinetes se internaban en la tierra de nadie, resueltos a averiguar si las patrullas del rey de Aragón habían alcanzado el camino que conducía a Tamarite y Almenar.

Avanzaban con cuidado, floja la rienda, atentos al paisaje. Mirándolo todo bien. Por aquella parte el terreno era irregular, rocoso y quebrado, de monte bajo; y el camino, poco más que un sendero con vueltas y revueltas que discurría entre jaras, aliagas y romeros vencidos por la lluvia. Había bosquecillos dispersos de carrascas y una chopera algo más espesa por el lado izquierdo, muy cercana, junto a un arroyo que corría turbio y colmado, brumoso todo.

—Jinetes —dijo de pronto Galín Barbués.

Él los había visto primero, sólo un momento antes de que el guía moro se volviera a dar la voz de alarma señalando los chopos. Para entonces, Ruy Díaz había dejado caer el manto sobre la grupa y aflojado la correa que le sujetaba el escudo al cuello, y ya embrazaba éste, sacando la espada.

Eran muchos, advirtió de una ojeada minuciosa. Al menos veinte. Salían de entre los árboles agrupados para combatir, grises y revestidos de hierro, silenciosos como la muerte. Estaba claro que, emboscados en la chopera, los habían visto venir. Y no eran moros, sino cristianos. Gente del rey de Aragón. Sin duda llegaban allí haciendo lo mismo que ellos: averiguar para quién estaba libre el camino. Aquel darse de boca era una más de las numerosas casualidades en campaña. Un encuentro inesperado bajo la lluvia.

—Cristo y recristo —masculló Yénego Téllez.

No quedaba otra, concluyó Ruy Díaz con el último pensamiento lúcido y rápido. No había mucho que pensar. Una retirada con aquellas lanzas a la espalda y el suelo embarrado era un suicidio. Sólo restaba un camino, y éste conducía en línea recta hacia los enemigos que ya arrancaban al trote, bajando las largas astas de fresno: jugar la suerte, esperando que fuera buena. Así que la razón dejó paso al instinto, fruto de años viviendo en la guerra.

—¡Peleamos! —gritó a los hombres, que se volvían hacia él, confiados, esperando su decisión.

Después, cuando sintió que sus compañeros se le situaban a uno y otro lado, flanco con flanco, clavó las espuelas en Persevante, acicateándolo con violencia. Esperar a caballo parado la carga enemiga era condenarse a muerte; así que trotó al encuentro de las lanzas —no quedaba espacio para alcanzar el galope— inclinado el cuerpo sobre el cuello del animal, firme en los estribos, asentando el escudo ligeramente vuelto a un lado para desviar impactos. Llevaba la rienda en esa misma mano, pero floja, pues en aquellas circunstancias el caballo se guiaba más con las piernas que con las manos. Y alzaba la espada extendido el brazo diestro, lista para apartar los hierros que en un instante iban a buscar su cuerpo, y para tajar luego, si podía. Si tras el primer choque seguía montado y vivo.

Nadie gritó Santiago, ni Castilla, ni Aragón, ni nada. No estaban el tiempo ni el momento para voces.

Se acometieron unos y otros con los dientes prietos, sin más sonidos que el repicar de la lluvia en los arneses, el entrechocar de las armas y el chapoteo de los caballos en el barro.

La primera lanza, la que buscaba a Ruy Díaz —sintió el aprensivo vibrar del vientre y las ingles cuando la tuvo muy cerca—, resbaló sin daño contra su escudo. Golpeó él entonces al paso, entreviendo apenas un rostro barbudo enemigo y unos ojos enloquecidos bajo un yelmo por el que chorreaba el agua. Luego tiró de la rienda para refrenar el caballo, volviendo a la pelea, y lo que vino a continuación fue, como de costumbre, una sucesión de movimientos mecánicos hechos de coraje, desesperación y adiestramiento: un sinfín de lanzadas y golpes, chasquidos, gruñidos de furia, relinchos y batir de acero.

La lluvia lo hacía todo más lento y más difícil. Goteaba el agua y salpicaba el fango, y algunos hombres, imposible saber de qué bando, caían al suelo. Se alzaban de manos y corrían, desbocados, un par de caballos sin jinete.

Se encontró el jefe de la hueste junto a un adversario, tan pegado a él que ni había espacio para tirarle de filos o punta. Un rostro barbudo, tal vez el mismo de antes. O tal vez no. Mientras chocaban los caballos lo golpeó recio con el puño de la espada, guarnecido con un pomo de acero; y el otro, que sí alcanzó a tener espacio, aunque doliéndose, asestó un espadazo que abrió un tajo de un palmo en el cuello de Persevante. Flaqueó el animal, dobló las patas, y, sintiendo que se iba al suelo, Ruy Díaz se abrazó al enemigo, desmontando con él. Cayeron juntos al barro, entre las patas de otros caballos y el cuerpo de Persevante, que agonizaba. Trabado por el escudo aún embrazado en la zurda, Ruy Díaz soltó la inútil espada, desenfundó la daga de misericordia con la diestra y buscó tanteando bajo el almófar del otro un resquicio por donde meterla. Gritó como un verraco el aragonés, o el navarro, o lo que fuera —tenía un brazo roto, que le colgaba inerte bajo el camisote de cota de malla— cuando el acero encontró carne. Después arrojó una bocanada de sangre oscura y bajo el nasal del casco los ojos se quedaron primero turbios y luego en blanco.

Se incorporó a medias Ruy Díaz, arrodillado, chorreante de barro, librándose del escudo mientras buscaba su espada. Ocupado en eso, no vio venir la maza enemiga que le golpeó la cabeza por detrás y lo arrojó de bruces al fango.

Le contaron lo que había pasado.

Fue algo más tarde, cuando recobró el sentido. Lo habían llevado hasta apoyarlo en el tronco de un chopo, a pocos pasos del lugar del combate. Al abrir los ojos vio la lluvia gris que seguía cayendo, y algo más lejos media docena de cuerpos tirados en el barro donde repiqueteaba el agua.

La cabeza le dolía como si se la hubieran rellenado con pez negra y caliente.

Ajustó al fin la mirada, turbia al principio. Advirtiendo los detalles. Persevante estaba inmóvil y parecía muerto. Otro caballo, desventrado, relinchaba de dolor agitando al aire las patas enredadas en sus propias tripas. Dejó de hacerlo cuando Galín Barbués, inclinado sobre él, le tajó el surco de la yugular de una cuchillada. Después fue a reunirse con Ruy Díaz, agachándose a su lado.

—¿Cómo os encontráis, Sidi?

—Fatal.

Sonrió el almogávar. Tenía el rostro cansado, con profundas ojeras azules. Parecía haber envejecido veinte años.

—Pudo ser peor.

Parpadeó Ruy Díaz, aún aturdido. Le habían retirado el yelmo, y el agua le goteaba por la cara y la capucha de anillas de acero. Tenía frío y tiritaba. Quiso levantarse, pero la conmoción se lo impidió. Mareado, volvió a dejarse caer. Le pesaba todo. Y al moverse, el cuerpo entero le dolió hasta la punta de los pies. Igual que si lo hubiesen molido a palos.

—¿Cómo nos ha ido?

—Les hicimos seis muertos y volvieron grupas.

—¿Y los nuestros?

—Dos y el adalid moro —señaló a un lado—. También Yénego Téllez se ha llevado lo suyo.

—¿Muerto?

—Todavía no.

—Ayúdame.

Se puso en pie apoyándose en Barbués.

El herido estaba tumbado bajo otro árbol, con un manto mojado por encima. Le habían retirado el casco y el rostro se veía muy pálido y exangüe, aunque parecía despierto y lúcido.

—Si alguien no se ocupa de mi pierna voy a morir desangrado, Sidi.

Entornaba los ojos para protegerlos de la lluvia. El jefe de la hueste le tocó la frente con los dedos y luego apartó la capa para echar un vistazo. La lanzada había pasado la cota de malla por debajo de una ingle, y entre los eslabones rotos se filtraba la sangre diluida en gotas de agua.

—Es mal sitio, paisano.

Suspiró el moribundo, resignado. No parecía sentir dolor. Los otros se habían congregado haciendo corro y lo miraban en silencio sin acercarse demasiado, mojados y serios. Resultaba asombroso, pensó Ruy Díaz, lo que esa clase de gente podía hacer, o soportar, o sufrir, por una soldada y un pedazo de pan. Eran hombres sencillos, capaces de matar sin remordimientos y de morir como era debido.

—Sé que es mal sitio, Sidi... Lo dije por decir algo.

Seguía lloviendo. El jefe de la hueste se arrodilló y le tocó los dedos. Estaban helados y yertos, cual si su propietario comenzara a extinguirse por allí.

—Tengo frío —murmuró el herido, y empezó a temblar.

Ruy Díaz volvió a cubrirlo con la capa mojada. Conocía a Yénego Téllez tan bien como a casi todos los de Vivar: desde que lo había visto, todavía niño, coger nidos de pájaros y enjaular grillos. Lo recordó con la pedrada en la cara y la mano herida bajo los muros de Piedra Alta, sin perder la sonrisa. No era de aquéllos a los que resultaba necesario endulzar las cosas.

—Deberías rezar algo, supongo.

—Ya... recé.

—Buena idea.

Ruy Díaz le puso una mano haciendo pantalla sobre el rostro, para protegerle los ojos del agua.

—Lo contaré allí, paisano. Que acabaste bien.

Se enturbiaba la mirada del otro, apagándose despacio.

—Hice lo que pude, Sidi —murmuró.

Todavía dijo algo más, pero ya no pudo oírse porque en ese momento arreció la lluvia y el rumor del agua al caer apagó sus últimas palabras.

IV

Aunque los refuerzos de Zaragoza se retrasaban, Ruy Díaz no quiso esperar. En cuanto mejoró el tiempo envió una avanzadilla de cincuenta lanzas y doscientos peones siguiendo el contorno de la sierra, en dirección a Tamarite y Almenar, mientras mantenía en Monzón las posiciones frente al ejército navarro-aragonés.

—Si Sancho Ramírez no se mueve en un par de días —dijo a su gente—, es que tenemos la partida ganada... Al menos por ese lado.

Para su alivio, el rey de Aragón se movió, pero en la dirección opuesta. Dos días después, sus tropas desmontaron el campamento y empezaron a retirarse hacia el noroeste. Reclamado en otra parte de sus dominios, Sancho Ramírez renunciaba a continuar una incierta partida en la que poco obtenía y mucho podía perder. Eso despejaba bastante la situación. Ahora el jefe de la hueste podía concentrarse en hacer frente a la doble amenaza del rey de Lérida y el conde de Barcelona, cuyos ejércitos, según informes de espías y exploradores, avanzaban despacio, muy prudentes.

—Se habrán juntado en dos semanas —anunció Diego Ordóñez, que iba y venía en demanda de noticias—. Y parece que lo harán en algún lugar entre Lérida y Balaguer.

—Tenía razón Mutamán —opinaba Minaya—. Almenar va a ser el sitio clave.

—Pues habrá que darse prisa.

—Y mucha.

Ruy Díaz reclutó por fuerza a todos los moros habitantes de la zona, incluidos mujeres y niños —hubo que ahorcar a algunos para convencer al resto—, los dotó de picos y palas e hizo fortificar Almenar, cuyo castillo estaba en mal estado. Luego dejó allí el grueso de la tropa y anduvo hasta Escarpe en busca de forraje y bastimentos, reconociendo la frontera.

—Los francos y el rey de Lérida se han unido ya —informó Galín Barbués una mañana, bajándose polvoriento del caballo tras haber galopado toda la noche—. Cerca de Almenar, como suponíamos... Pronto estarán listos para darnos batalla.

Aquel mismo día, al caer el sol, un mensajero trajo a Escarpe la noticia de que los refuerzos estaban, por fin, en camino desde Zaragoza: trescientos jinetes y mil hombres de infantería, a cuya cabeza cabalgaba el rey en persona. Así que Ruy Díaz acudió a reunirse con él, reventando caballos. Lo encontró en Tamarite, un pequeño lugar protegido por un castillo y encajonado entre cerros quebrados y rocosos que lo circundaban como una muralla natural. Y apenas bajó del caballo para besar su mano y vio la sonrisa, supo que Mutamán estaba satisfecho.

—Has hecho un buen trabajo, Ludriq.

Tenía el rey buen aspecto y vestía ropa militar: yelmo dorado con turbante blanco, aljuba de cordobán y su rica gumía al cinto. En vez de espada, desdeñoso, llevaba una simple fusta de plata y cuero trenzado. Pero lo escoltaba su guardia negra. Ruy Díaz vio entre el séquito a Yaqub al-Jatib y Ali Taxufin, y supo que buena parte de aquella sonrisa se debía a los informes del *rais* agareno.

—Cumplí vuestras órdenes, mi señor.

—Según me cuentan, y por lo que veo, hiciste más que eso.

Mutamán tenía motivos de sobra para estar satisfecho. No sólo habían tomado Piedra Alta y Monzón y fortificado Almenar, sino que el rey de Aragón volvía grupas sin presentar batalla. Además, el ejército de Zaragoza, ahora en buena posición para hacer frente a francos y moros leridanos, disponía de setecientos hombres a caballo, tres cuartos de ellos caballería pesada cristiana, y más de tres mil peones agarenos encuadrados por almocadenes expertos: una fuerza que bajo cualquier otro jefe sería respetable, pero que mandada por Ruy Díaz era temible.

—Eso, si no lo estropea Mutamán —había comentado Minaya en un aparte— y nos fastidia la campaña.

No faltaba razón al segundo de la hueste. Tras las primeras cortesías, cuando el rey se hizo explicar los detalles de la situación y anunció sus planes, éstos inquietaron a Ruy Díaz y sus cabos de tropa. Mientras los castellanos se inclinaban por permanecer a la defensiva mostrando su fuerza, sin fiarlo todo a una batalla campal de resultado incierto, el rencor que Mutamán sentía hacia su hermano Mundir lo tornaba intransigente. Quería darle a toda costa un escarmiento militar, y restaba importancia al peso que las tropas del conde de Barcelona tendrían en la balanza. Confiaba ciegamente en el talento guerrero de Ruy Díaz y en el efecto que su presencia causaría en el enemigo.

—Con Sidi Ludriq y la ayuda de Dios —concluyó— los haremos pedazos.

Pero el jefe de la hueste era batallador acuchillado. Lo suficiente para saber que con sólo reputación no se ganaban batallas. Y que Dios, moro o cristiano, tenía la costumbre de ayudar a los enemigos cuando eran más numerosos que los amigos.

—Todos hablan bien de ti, Ludriq.

—Menos los que hablan mal.

—Nadie entre los míos lo hace. Elogian tu disciplina y tu prudencia.

Atardecía en Tamarite: el sol se estaba poniendo tras los cerros que rodeaban el pueblo. Ruy Díaz y Mutamán acababan de cenar y estaban solos, sentados a la mesa en una casa aderezada para aposentar al rey: edificio antiguo de muros anchos y fríos, del tiempo de los godos. En la sala —vigas ennegrecidas en el techo, paredes gruesas y húmedas, esteras en el suelo— ardía un buen fuego en una gran chimenea de piedra.

—No es fácil mandar a los hombres —añadió Mutamán.

Hizo Ruy Díaz un ademán conciliador.

—Ser rey es aún menos fácil, mi señor. Quizá sea la prueba suprema.

—No estoy seguro de eso. Hay reyes y reyes... Gobernar en situaciones extremas, victorias o desastres, es ir todavía más lejos. Requiere virtudes militares y también humanas. Ciertas condiciones. Mi buen padre, que del paraíso goce, sabía mandar a los hombres. Yo lo intento.

—Lo hacéis bien, mi señor.

Al otro lado de la mesa hubo una mirada rápida y una mueca escéptica. Echando atrás una manga de seda, el moro alzaba un dedo admonitorio, como llamando al orden a su comensal.

—No cuadran los halagos a Sidi Qambitur, aunque eso los haga más valiosos —ironizó—. Además, conmigo son innecesarios.

—Van incluidos en el salario, mi señor.

Se desafiaron un instante, cómplices, y el rey emitió una breve carcajada.

—Tal vez lo haga bien, como dices. O lo intento, al menos... Mi hermano Mundir es incapaz. Le falta frialdad de juicio y le sobran ambición y vanidad. Dios lo confundirá por eso.

Se detuvo Mutamán cual si acabase de caer en algo. Luego movió una mano, benévolo, para quitarle importancia a lo que iba a decir.

—Por cierto. Hablando de hermanos, Raxida te manda saludos.

A Ruy Díaz no se le movió un músculo de la cara.

—Agradecedlo en mi nombre, señor.

Lo miraba Mutamán penetrante. Con intención.

—Lo haré —dijo tras un breve silencio.

Se pasó los dedos por la boca para limpiar los restos de comida, los enjuagó en una jofaina, bebió un último sorbo de vino y se puso en pie. Ruy Díaz lo imitó en el acto, alisando el paño del brial que vestía. Como concesión al momento, llevaba calzas y borceguíes de corte, sin ceñir espada ni puñal. Nadie podía llevarlos a solas con el rey. Y estar allí de ese modo era un privilegio extraordinario. Una prueba extrema de afecto y confianza.

—Llevo tiempo observándote, Ludriq. En persona o mediante terceros... Y tienes algo que otros no tienen. Eres seco y sobrio.

—Lo intento, mi señor.

—Haces más que intentarlo. No vas a la guerra rodeado de pajes y sirvientes, apartado de tu gente. Al contrario. Compartes con ella el mismo pan y el mismo riesgo.

Miró el rey la chimenea.

—Hace demasiado calor, ¿no te parece?... Han cargado el fuego hasta lo insoportable.

—Supongo que buscan agradaros, mi señor.

—Pues sólo consiguen fastidiarme.

Fue Mutamán hasta la ventana, que estaba cerrada, trasteando los cierres para abrirla.

—Hablábamos de ti, Ludriq.

—No es mi tema de conversación favorito.

El moro hizo como si no lo hubiera oído. Forcejeaba con los pestillos.

—Hay algo que me asombra... Si alguien me dijera que hasta mis capitanes andalusíes estarían un día dispuestos a morir a cambio de un gesto de amistad o un simple elogio tuyos, los habría tomado por idiotas o por locos.

Se le resistían los cierres, demasiado oxidados. Ruy Díaz acudió en su ayuda, destrabándolos. Luego abrió los postigos a la luz del crepúsculo.

—Necesito saber cómo lo consigues, Ludriq —el rey lo dejaba hacer—. Ser capaz de ponerte en pie entre una lluvia de flechas dando órdenes sin que te tiemble la voz, y que tus soldados te respeten por eso.

Más allá de la ventana abierta, a un centenar de pasos, el minarete de una mezquita se alzaba sobre los tejados pardos. El aire frío penetró en la estancia, aliviando a los dos hombres.

—Soy un rey con súbditos a los que gobernar —añadió Mutamán—. Necesito herramientas eficaces para desempeñar mi misión, que es sagrada... Quisiera apropiarme de parte de tu alma para usarla en mi provecho.

Incómodo con la conversación, Ruy Díaz miraba por la ventana, eludiendo los ojos del rey.

—Me tenéis aquí, mi señor.

—Sí, mientras te pague. Pero un día, terminado tu trabajo, te irás y tal vez sirvas a algún enemigo mío. Y más si obtienes el perdón de ese Alfonso incapaz de comprender que al alejarte se corta él mismo un brazo.

La silueta de un almuédano asomó en lo alto de la mezquita, recortada en la luz poniente, y al momento se oyó la voz llamando a la oración. *Bismilah al-rahman al-rahim.* En el nombre de Dios clemente y misericordioso.

—¿Nunca has pensado en hacerte musulmán, Ludriq?... ¿En quedarte aquí y llevar una vida diferente?

—Tengo familia en Castilla, mi señor.

—Podrías traerla, convertiros al islam y que vuestra vida fuese distinta. Otros lo hicieron.

—Allá cada cual con lo que hace o deja de hacer.

—Tú no debes nada a ese rey ingrato.

—Pero es mi señor natural.

—Insisto en que nada le debes.

Lo pensó Ruy Díaz un momento.

—Me lo debo a mí mismo —dijo al fin.

—Por supuesto... Me estás diciendo que, en realidad, tu rey es lo de menos. Me refiero a la persona. Es la idea, ¿no?... Eres uno de esos raros hombres fieles, no a una persona sino a una idea. En tu caso, una idea egoísta: la que tienes de ti mismo.

Ruy Díaz reflexionó otra vez. Lo cierto era que nunca se había planteado eso. O no de tal modo. Su oficio no era rumiar esa clase de cosas.

—Es posible —admitió.

—Claro que lo es. Por eso hay quienes no se traicionan nunca, aunque en torno se les hunda el mundo. Incluso en la negrura de la noche, cuando nadie los ve... No hay lealtad tan sólida como ésa.

Seguía sonando la voz del almuédano, doblada en los cerros cercanos como un eco distante. Ruy Díaz hizo un ademán de indiferencia.

—Sólo es importante el final de las cosas.

Lo miró el rey casi con sorpresa. Cual si algo notable se acabara de desvelar ante sus ojos.

—Es lo que desearías cuando llegue, ¿verdad?... Un final que lo confirme todo.

Seguía mirando Ruy Díaz por la ventana, sin responder. La oración pregonada desde el minarete parecía atraer su atención.

—¿No te fatiga vivir siempre en guerra, Ludriq?

—No sé qué debo responder a eso.

Había encogido los hombros al hablar. El rey se acercó un poco más, apoyando las dos manos en el alféizar.

—Te he observado. Y como dije antes, también te estudian por mí... Hasta cuando te mueves de una habitación a otra es como si al otro lado de la puerta esperases encontrar a un enemigo.

Se calló un instante. Después su voz sonó imperiosa. Seca.

—Mírame cuando te hablo, cristiano.

Obedeció Ruy Díaz. Los ojos muy oscuros de Mutamán relucían con la última luz. Lo mismo podía ser cólera que afecto.

—Hay hombres valiosos de los que, sin embargo, se debe recelar a causa de su ambición, de su maldad o de sus defectos... Pero tú no eres de ésos.

Tras decir aquello, el moro ladeó la cabeza para contemplar la claridad rojiza que se extinguía tras los cerros.

—Quizá algún día me alivie que mueras —dijo.

Asintió Ruy Díaz.

—Es posible.

—Ojalá nunca sea necesario.

—En eso confío, mi señor.

Cruzó Mutamán los brazos sobre el pecho. De pronto parecía sentir frío.

—Pero, ¿sabes? —dijo casi con brusquedad—. Hay hombres cuya lealtad hacia ellos mismos, a lo que son o creen ser, los hace peligrosos... A ésos resulta imposible dominarles el corazón, incluso aunque compres su vida.

Se detuvo cual si intentara redondear la idea, o buscara otro modo de expresarla. Al cabo pareció rendirse y suspiró.

—Tú eres peligroso, Ludriq.

—Vivo de eso.

Lo había dicho con ecuánime sencillez. Mutamán le dirigió una última y pensativa mirada.

—No —concluyó—. Es tu naturaleza.

Suspiró de nuevo tras decirlo, observando la luz declinante afuera.

—No seas nunca mi enemigo... Es favor que te pide un rey, hijo de otro rey.

Asintió otra vez Ruy Díaz, disciplinado. Impasible.

—Haré cuanto pueda por no serlo.

La noticia la trajo Alvar Ansúrez, que con el otro Alvar estaba destacado en Almenar al mando de un centenar de moros y cristianos. Llegó a Tamarite al romper el alba, con el caballo cubierto de espuma y medio muerto por haberlo espoleado sin compasión durante más de tres leguas. Echó pie a tierra, pidió agua para beber y se metió sin trámite en la habitación donde el jefe de la hueste descansaba.

—Ya están allí —dijo.

No hacía falta que dijera quiénes. Arrancado al sueño, Ruy Díaz se incorporó en el lecho con prontitud, tan lúcido y alerta como si llevara un rato despierto. Abrió los ojos y vio a Ansúrez. La luz temblorosa de una vela que el recién llegado sostenía en alto le iluminaba a medias el rostro, todavía cubierto de polvo por la cabalgada. A su lado, Minaya y Diego Ordóñez mostraban expresiones inquietas.

—¿Los dos?

—Sí. Sus avanzadas se juntaron ayer bajo el Tosal. Cuando monté a caballo tenían ya exploradores cerca de Almenar.

—¿Moros o francos?

—Gente de Lérida es la que vi. Caballería ligera. Matamos a un par y cogimos a uno vivo... Nos contó cosas.

Tras verter agua en una jofaina, Ruy Díaz se enjuagó la boca y lavó la cara. Luego empezó a vestirse: camisola de lino, aljuba moruna de gamuza, huesas de montar. Ropa de guerra. Mientras lo hacía se dirigió a Minaya.

—Hay que avisar al rey.

—Ya lo hice.

El jefe de la hueste se ciñó la espada que le ofrecía Diego Ordóñez.

—Van a por Almenar, lo primero —dijo éste.

—Naturalmente.

Reflexionó Ruy Díaz un instante y se volvió hacia Ansúrez.

—Descansa un poco, y después regresa allí con cien jinetes y trescientos peones —miró a Ordóñez—. Que estén listos para ponerse en camino antes del mediodía.

—A tu voluntad.

—Minaya.

—Dime, Sidi.

—Consejo de guerra en cuanto salga el sol... Y díselo al rey, que querrá estar presente.

—Por supuesto.

De nuevo se dirigió Ruy Díaz a Ansúrez.

—Si llegas a tiempo con el refuerzo, recién fortificado como está el castillo, Alvar Salvadórez y tú podréis aguantar sin demasiados problemas. Lo suficiente para que intervengamos nosotros —lo estudió muy fijo, asegurándose—. ¿Está claro?

—Sí.

—Repítelo.

—Clarísimo.

—Son francos sodomitas y moros de Lérida más bujarrones todavía —expuso con desdén Diego Ordóñez—. Suman pocos huevos.

Nadie le hizo coro. Ruy Díaz le dirigió una ojeada fría.

—Sumen lo que sumen —dijo con sequedad—, son muchos e intentarán echar sobre Almenar todo lo que tienen... Si pretenden avanzar hacia el oeste, necesitan asentar las espaldas.

—Sin duda —apuntó Minaya.

—Que asedien el castillo o intenten tomarlo por asalto, eso no podemos saberlo todavía —se volvió el jefe de la hueste hacia Ansúrez—. En todo caso, os mantendréis a cualquier precio mientras quede una piedra tras la que defenderos.

—Confiad en eso, Sidi.

—Lo hago. Y vosotros, hacedlo en mí. Tenéis mi palabra de que no os dejaremos sin socorro.

Una luz gris penetraba ya entre los postigos. Ansúrez sopló la vela, apagándola.

—No hace falta esa palabra... Lo sé, y en Almenar también lo saben.

Sonrió Ruy Díaz. La confianza aparente de un jefe inspiraba firmeza en quienes lo seguían. Más batallas ganaba un talante impávido que quinientas lanzas.

—Pica espuelas para llegar pronto, y saluda de mi parte al otro Alvar. Dile que cuando volvamos a Vivar tengo intención de contar con detalle a las damas todo cuanto haga.

Rió Alvar Ansúrez, relajado, superando la fatiga como sin darle importancia. Y no fingía. El burgalés era de esos guerreros tan hechos a la idea de vivir y morir temprano que les resultaba indiferente madrugar.

—Se lo diré, Sidi.

—Pues ya sabes —Ruy Díaz le dio una palmada amistosa en un hombro—. Portaos como si ellas os estuvieran viendo... O como si os estuviera viendo yo.

Discutían el asunto desde el amanecer. Y no era fácil.

—Quiero una batalla —insistió Mutamán.

Se miraban entre sí los cabos de la hueste, inquietos. Además de Ruy Díaz y el rey de Zaragoza estaban allí Minaya, Diego Ordóñez y Yaqub al-Jatib. Sobre la mesa había un mapa, recién dibujado sobre un pergamino por fray Millán, que abarcaba los alrededores de Almenar.

—Una batalla, Ludriq —repitió Mutamán, tenaz.

—Cualquier encuentro campal será incierto —objetó Ruy Díaz—. Son demasiados, mi señor. No sólo se trata de la taifa de Lérida y las tropas de Berenguer Remont, sino que traen gente de Cerdaña, Besalú, Rosellón y el Ampurdán.

—Hasta de Carcasona vienen —apuntó Minaya.

—¿Hay estimación de su fuerza? —quiso saber el rey.

Hizo el jefe de la hueste un ademán vago.

—Hemos mandado exploradores a tantear sus líneas. Nos superan en número.

—Y tal vez nos doblan —señaló Diego Ordóñez.

Movía Mutamán la cabeza, reticente. Con visible disgusto.

—Las tropas de mi hermano no valen nada.

—Por poco que valgan, pelearán —opuso Ruy Díaz—. Y el conde de Barcelona trae muchas lanzas y alguna infantería.

Observaba Mutamán a Yaqub al-Jatib, como reclamando su opinión. Hasta entonces, el *rais* agareno no había despegado los labios.

—Los francos conocen su oficio —confirmó éste al fin, ecuánime—. Su caballería pesada es tan buena como la castellana.

—Casi tan buena —matizó Diego Ordóñez.

La mueca de Mutamán era fría y altiva.

—¿Sabéis con qué nombre nací, cristianos? —dijo de pronto.

Lo contemplaron desconcertados. El rey parecía haberlos interpelado a todos, pero sólo se dirigía a Ruy Díaz.

—Mi nombre primero es Yusuf —dijo muy despacio—. Yo fui quien al reinar adopté el de Al-Mutamán... ¿Sabes qué significa, Ludriq?

El jefe de la hueste le sostenía la mirada sin pestañear.

—El que confía en Dios —respondió.

Asintió el rey, solemne.

—Exacto —dijo—. Confío en Dios y éste confía en vosotros.

Siguió un silencio embarazoso. Ruy Díaz inclinó la cabeza para estudiar el mapa desenrollado sobre la mesa. O para fingir hacerlo.

—Esa confianza nos honra, mi señor —comentó—. Pero las cosas de la guerra son inseguras. No conozco fórmulas que garanticen una victoria... Sólo ocasiones que la facilitan o la impiden.

Hizo el rey un ademán impaciente.

—Un hombre justo no debe pensar en la victoria o la derrota, sino en combatir valerosamente hasta la muerte.

—En términos militares, mi señor, morir es una pérdida... Vivir, una ganancia. De poco sirven los hombres justos o valientes cuando están muertos.

Cruzó los ojos de Mutamán un rápido destello de cólera.

—No lo diré más. Soy el rey de Zaragoza, y quiero una batalla.

El tono ya no admitía réplica. Ruy Díaz miró un momento a los capitanes y se volvió otra vez hacia él.

—Si así lo queréis, la daremos —concedió, cauto—. Pero hay otras maneras de plantear el asunto.

Se calló mientras seguía con un dedo los detalles del mapa: Almenar entre los montes del Tosal y Miravet, las líneas que señalaban los caminos de Monzón, Lérida y

Balaguer, las marcas que indicaban las distancias. Fray Millán había hecho un buen trabajo.

—Los enemigos no avanzarán dejando Almenar en nuestras manos y a su espalda —prosiguió tras un momento—, porque amenaza demasiado su retaguardia. Y en caso de ser derrotados en un encuentro campal, los privaría de un lugar donde buscar refugio.

Mutamán también se había inclinado sobre el mapa. Alzó la vista hacia Yaqub al-Jatib y el *rais* moro asintió con un movimiento de los párpados. Miró entonces el rey a Ruy Díaz.

—Balaguer y Lérida están demasiado lejos... ¿Eso quieres decir?

—Los haríamos pedazos en una persecución —confirmó éste—. Por eso el castillo es clave para sus planes.

—¿Crees que intentarán tomarlo antes de seguir adelante?

—Sin la menor duda... Pero nuestra tropa, si Alvar Ansúrez llega a meterse dentro con el refuerzo, es dura. Hay provisiones, agua y gente para aguantar semanas.

—Tal vez un mes —opinó Minaya.

—Eso desgastará al enemigo y nos dará ocasión para reforzarnos.

Mutamán tamborileaba con los dedos en el mango de marfil de su gumía.

—¿Qué propones, entonces?

—Negociar, mi señor.

Arrugó el rey los labios, irritado.

—No haré eso con Mundir, al que Dios castigue.

—No perdemos nada con ganar tiempo. Y hasta es posible que vuestro hermano se convenza de los riesgos que corre.

—¿Y qué pasa con Berenguer Remont y los francos?

—Les gusta el dinero, como a todos. Tal vez consideren una oferta, si es adecuada.

El disgusto del rey cedía lugar a la sorpresa.

—¿Me propones pagarles un censo para que se retiren?

—Si ofrecemos un tributo elevado, quizá dejen Almenar en paz. Y si el castillo queda asegurado, también lo estará vuestra frontera.

Siguió un silencio largo, cargado y muy poco agradable. De vez en cuando Mutamán clavaba los ojos en Yaqub al-Jatib como para pedirle apoyo, pero éste se mantenía callado. Ruy Díaz sabía que el *rais* moro estaba de su parte; pero otra cosa era que llegase a manifestarlo, contradiciendo a su rey.

—Con una suma que los satisfaga, tal vez cambien de idea —prosiguió—. Por muy seguros que estén, la suerte de las armas siempre es incierta. Y eso lo saben igual que nosotros.

Mutamán no se daba por vencido.

—Pagar para evitar una batalla es humillante —dijo.

—Más humilla una derrota, mi señor.

Sonrió ahora el rey, mordaz.

—Dime que he oído mal... No puedo creer que sea Sidi Qambitur quien dice eso. No son propias de ti las actitudes sumisas ni las palabras oscuras.

—No eludo el combate. Nunca lo hice —Ruy Díaz alzaba las manos con sencillez—. Sabéis que tanto mis hombres como yo lidiaremos con el corazón y la espada, hasta el último aliento.

—Faltaría más. Para eso os pago.

Ruy Díaz cerró despacio un puño y lo apoyó sobre la mesa. Exactamente sobre el castillito dibujado que señalaba Almenar.

—Dad la orden, mi señor, y nos pondremos en marcha hoy mismo, sin más que hablar. Y en un par de días estaremos en batalla... Pero justo porque es vuestra decisión, conviene que contempléis todas las posibilidades antes de que un paso sea irreversible.

Lo estudiaba el rey, suspicaz. Agrio. Mirando el puño cerrado.

—¿Me lo exiges?

Abrió Ruy Díaz despacio la mano y la retiró del mapa.

—Jamás me atrevería. Sólo os lo suplico... Es mi obligación y mi derecho.

Se estudiaron el uno al otro, sosteniéndose la mirada. Al fin Ruy Díaz bajó la suya por respeto. Entonces, con brusquedad, Mutamán le volvió la espalda.

—Tú ganas, Ludriq. Harás una oferta —caminaba hacia la puerta sin mirar atrás—. Pero no será en mi nombre, sino en el tuyo.

V

La luz del amanecer, entre gris y amarilla, fue aclarándose tras las colinas lejanas hasta que el primer rayo de sol incidió horizontalmente en el rostro de Ruy Díaz, bajo la malla de acero y el nasal del casco.

—Ahí asoman —dijo Diego Ordóñez.

Alzando una mano enguantada para protegerse los ojos, el jefe de la hueste recorrió el paisaje con una mirada minuciosa y profesional.

—Son catorce, como nosotros —contaba Ordóñez—. En eso, al menos, cumplen.

Ruy Díaz no le prestó mucha atención. Se fijaba menos en las distantes figuras que cabalgaban despacio, acercándose al vado del río, que en los accidentes del terreno. Antes de ir a su encuentro pretendía localizar lugares peligrosos, propicios para una emboscada. Sitios a vigilar y de los que mantenerse alejado.

—Llevan el *rayah* de Mundir —dijo Yaqub al-Jatib.

—Y el del conde de Barcelona —añadió Ordóñez.

Ruy Díaz seguía observando el paisaje. El terreno era ondulado, llano a trechos, con unas leves pendientes que bajaban hacia cada orilla del río. Había jaras, arbustos y pocos árboles. Sólo un bosquecito situado junto a un roquedal, pegado a la margen opuesta, despertaba alguna sospecha. Una pequeña tropa podía ocultarse allí.

—¿Piensas lo mismo que yo? —inquirió Ordóñez.

No respondió Ruy Díaz, atento a lo que estaba. Al cabo se volvió hacia los jinetes castellanos y moros que aguardaban detrás, apoyados en los arzones mientras sus caballos mordisqueaban la hierba. Como el jefe de la hueste, traían los escudos colgados a la espalda y las espadas en sus vainas. Lo mismo que quienes se acercaban por la otra orilla, ninguno portaba lanza.

—Vigilad esos álamos —dijo al fin—. Y cuidado con el sol, que nos ciega.

Sólo entonces arrimó espuelas e hizo moverse a Babieca pendiente abajo. El caballo relinchó suavemente por la cercanía del agua y anduvo al paso, seguido por los otros. Pegado a su grupa iba Diego Ordóñez, que portaba el pendón de Ruy Díaz. Lo flanqueaban Félez Gormaz, el cuerno de guerra colgado al pecho, y el *rais* Yaqub, que no portaba señal ninguna. Detrás de ellos iban, estribo con estribo y extendidos en línea, los cinco jinetes moros y los cinco cristianos que formaban la escolta.

Fue entonces cuando, volviendo a alzar una mano para protegerse del sol, Ruy Díaz estudió con más detenimiento a los jinetes que por el otro lado se acercaban. Igual que los de su grupo, eran moros y cristianos; y pese al contraluz alcanzó a observarlos bien. Los agarenos vestían a su estilo, con lorigas de cuero y turbantes. Los otros cargaban armas pesadas, y su aspecto apenas difería del de los jinetes castellanos en yelmos y cotas de malla, excepto en las gonelas que algunos llevaban encima, más lucidas que las sobrias castellanas, pues las traían coloreadas a la moda de los francos.

—Toca señal —ordenó a Félez Gormaz.

Sopló el cuerno el sobrino —un toque breve y seco—, tiraron de las riendas y se detuvieron unos y otros cerca de sus respectivas orillas, vigilándose a la distancia de un centenar de pasos. Ahora Ruy Díaz podía ver bien a los que estaban enfrente. Y también Yaqub al-Jatib, que espoleando a su caballo se aproximó un poco más.

—Es Mundir en persona —dijo sin señalar a nadie.

No era necesario. El sol ya estaba algo más alto, y el jefe de la hueste había adivinado al rey de Lérida en el jinete que montaba un caballo árabe inmaculadamente blanco. El hermano de Mutamán se cubría con un yelmo dorado al que circundaba un turbante y llevaba el torso protegido por una jacerina reluciente de hilos de oro.

—Creo que reconozco al otro —comentó—. El que está delante de la señal cruzada.

Miraba el moro con mucho interés. Cubierto de acero, el jinete aludido tenía un aspecto imponente. Montaba un ruano de gran alzada y sobre su cota de malla, de las llamadas bruñas por los francos, la gonela estaba listada de llamativas franjas blancas y rojas.

—¿Berenguer Remont?

—El mismo... Nos encontramos no hace mucho.

—¿De forma amistosa?

—Relativa. Fui a pedirle trabajo y no me lo dio.

—Ah. Eso no lo sabía, Sidi.

—Pues ya lo sabes.

Todo estaba hablado con antelación, y había unos protocolos. Sin necesidad de más palabras, Ruy Díaz apretó las piernas en los flancos de su caballo y lo condujo despacio hacia el vado. Lo siguió el moro y el resto quedó atrás, a la espera. En la orilla opuesta hicieron lo mismo, y del grupo se destacó sólo una pareja de jinetes: el rey Mundir y el conde franco.

—Vienen ellos en persona —se sorprendió Yaqub al-Jatib.

—Así parece.

—No están obligados, puesto que no traemos a mi señor Mutamán... Supongo que Mundir desea verte de cerca. Tomarte el pulso.

—Todos somos curiosos. También a mí me conviene tomárselo a él.

—Al menos eso garantiza que no hay emboscada.

Ruy Díaz dirigió una ojeada instintiva al bosquecito de álamos, que ahora se hallaba más próximo.

—De momento.

Los cuatro jinetes se encontraron en mitad del vado. El cauce estaba bajo y el agua corría a la altura de los corvejones de los caballos.

Conversaban desde hacía un buen rato en habla fronteriza hecha de castellano, latín, árabe y lengua de los francos. Seguían los cuatro montados en mitad del río, en terreno neutral. El tono era reticente y desconfiado por parte de Mundir, altivo por la de Berenguer Remont, seco en Ruy Díaz y Yaqub al-Jatib. De cuanto decían unos y otros estaba ausente cualquier forma cortés. Era como regatear en un mercado: discusión breve, simple y dura. A fin de cuentas, aparte de guardar las apariencias no se trataba de un acto amistoso. Eran enemigos hablándose en busca de un pacto, negociando términos para no acuchillarse en las próximas horas o días. Pero no se ponían de acuerdo.

—No hay dinero que compre Almenar o Tamarite —estaba diciendo el rey de Lérida—. Y ni siquiera Monzón. Así que nada voy a aceptar sobre eso.

Se parecía a su hermano, aunque un poco más joven. Tenía los mismos ojos oscuros e idéntico destello blanco en el rostro atezado cuando hablaba; pero el mentón era más débil, apenas disimulado por una barbita en punta.

Y el semblante, sin duda a causa de las circunstancias, carecía de la expresión agradable de Mutamán.

—Todo puede arreglarse —insistió Ruy Díaz—. El tributo que ofrece mi señor es alto y justo.

Negaba el moro, altivo, alzando una mano a modo de advertencia.

—Por el Dios que nos mira te lo digo, cristiano: no habrá acuerdo sin vuestra retirada de la frontera.

—Me temo que eso no es negociable.

—En tal caso estamos perdiendo el tiempo.

Con un tirón de la rienda, Mundir refrenó un movimiento impaciente de su caballo. Después se giró hacia Yaqub al-Jatib, que le sostuvo la mirada.

—A ti te conozco. Dile a mi hermano que pagará esto muy caro.

Añadió algo en árabe y el *rais* zaragozano palideció: *Baggal.* Mozo de mulas. El insulto sonó como el crujido de una rama seca. Después los dos moros discutieron en su lengua, con aspereza. En algún momento se volvían a mirar a Ruy Díaz como si aludieran a él, pero hablaban con demasiada rapidez para que éste pudiera seguirles la conversación. Al fin, Mundir escupió al agua como si arrojara allí su última palabra y alzó luego un dedo hacia lo alto, poniendo a Dios por testigo.

—*Alahsahid* —dijo.

Siguió un breve e incómodo silencio. Ruy Díaz miró al conde de Barcelona. Tras el yelmo y la babera de malla de acero de Berenguer Remont se veían sus ojos azules y el bigote y la barba rubios.

—¿Tenéis vos algo que decir, señor?

La mirada clara del franco parecía helada como escarcha.

—Nada que no haya dicho mi amigo y aliado —respondió, seco—. Mutamán le quiere arrebatar sus tierras y yo estoy obligado a socorrerlo, pues me paga parias.

Por supuesto, se dijo Ruy Díaz. Estás obligado, pero no sólo por honrar un compromiso. Tampoco te conviene que el rey de Zaragoza crezca. Hasta hace poco esperabas, como su hermano Mundir, que el rey de Aragón hiciera el trabajo sucio. Que nos destrozara en Monzón. Pero Sancho Ramírez tiene cosas más urgentes de que ocuparse, como las pesadumbres que le dan los navarros.

Todo eso pensó Ruy Díaz mirando a Berenguer Remont, pero no lo dijo en voz alta. Era hidalgo de buena crianza, e incluso entre enemigos había un respeto debido. El humilde infanzón burgalés no olvidaba quién era él y quién el otro.

—Cada cual tiene sus obligaciones —se limitó a decir.

Apoyó el franco una mano enguantada en el puño de la espada, colgada del lado izquierdo de su silla de montar. La reconoció Ruy Díaz por la cruz curva y el pomo en forma de bellota. Era la misma que había visto en el campamento de caza de Agramunt, cuando el conde rechazó sus servicios.

—La última vez que nos vimos no estabas tan arrogante, Ruy Díaz.

De nuevo el tuteo, también como en Agramunt. El tono despectivo que rozaba el insulto. En su caso, el conde de Barcelona sí olvidaba, u obviaba, quién era cada uno.

—Es verdad —repuso Ruy Díaz con sencillez.

—En esa ocasión venías mucho más manso de lo que vienes hoy.

Asintió con calma el jefe de la hueste.

—Buscaba un señor y vos no quisisteis serlo... *Malcalçats,* nos llamasteis a mí y a mi gente.

—Os lo puedo seguir llamando.

—Lo dudo, porque esta vez sí es adecuado lo que calzamos —se señaló las botas casi con indiferencia—. Como veis, son huesas de guerra.

Parpadearon bajo el acero los ojos azules. Furiosos.

—No te necesitaba en Agramunt, y sigo sin hacerlo, Ruy Díaz... De aquí a poco te voy a demostrar por qué. A ti y a tu nuevo amo.

Pareció el conde a punto de tirar de las riendas para volver grupas, pero antes de hacerlo miró al rey de Lérida como para confirmarlo. Sin embargo, Mundir hizo un ademán pidiéndole calma. No había terminado todavía.

—También a mi hermano, que Dios castigue, hemos de demostrarle algo —dijo el moro a Ruy Díaz—. Con el socorro y la grandeza de Dios tomaremos Almenar, tomaremos Tamarite y os empujaremos más abajo de Monzón.

Escuchaba el jefe de la hueste impasible y en silencio, con respetuosa atención. Eso pareció irritar al moro.

—¿Me has oído, *yarumi adulah,* enemigo de Dios?... Te lo prometo.

Asintió Ruy Díaz.

—Os he oído, señor. Pero demasiada promesa me parece, incluso para un rey.

Alzó un brazo Mundir, enérgico, señalando hacia poniente.

—Crucificaré a tus hombres a la puerta de cada uno de esos castillos. Y luego de teñir mi capa en vuestra sangre, amontonaré las cabezas y haré que los almuédanos suban encima para llamar a la oración —miró al *rais* zaragozano—. ¿Oyes lo que digo, Yaqub al-Jatib?

—Sólo Dios sabe la verdad —repuso el otro sin inmutarse.

Ruy Díaz miraba la espada del conde de Barcelona. Su espléndida empuñadura.

—La última vez que la vi —dijo— estaba sobre un cojín de terciopelo.

Recibió la pulla el franco.

—Pues ahora está en mi silla.

—Ya veo.

—Es la Tizona. Perteneció a un rey moro y después a mi familia.

—Hermosa pieza.

—Es mucho más que eso... Ella te rebanará el cuello cuando estés vencido y prisionero.

Lo miró fijamente Ruy Díaz.

—Me asustáis, señor conde.

Las cuatro palabras sonaron duras. Metálicas. Airado por el sarcasmo, Berenguer Remont movió la cabeza con desdén.

—Pensándolo mejor, no mereces el filo de una espada sino una buena soga. Como el más bajo bellaco.

—Vaya... Me asustáis todavía más.

Sentía Ruy Díaz la mirada de soslayo de Yaqub al-Jatib, que sin duda estaba disfrutando con la esgrima.

—No hay de qué hablar, entonces —dijo.

Hizo una inclinación de cabeza que por su parte lo zanjaba todo. Iba a volver grupas cuando Mundir llamó su atención. Sonreía, malévolo.

—Tu triste fama ha llegado a Lérida. Te llaman Sidi Qambitur, ¿verdad?... El señor que batalla.

Ruy Díaz refrenó a su caballo.

—Así me llaman algunos.

El rey de Lérida señaló al capitán zaragozano.

—Voy a decirte algo que no aprovecha a Yaqub, porque él es un hombre estúpido de lealtades equivocadas... Pero tú eres distinto. Eres un mesnadero a sueldo. Peleas por dinero.

—La palabra no es exacta, señor —objetó con tranquilidad Ruy Díaz—. Peleo por mi pan y el de mi gente.

—Yo tengo pan y tengo dinero. No me importa lo que mi hermano te pague...

—Me paga bien.

—Puedo doblar esa cifra.

Ruy Díaz se quedó callado un instante, cual si de verdad lo meditara. Después se dirigió a Yaqub al-Jatib.

—No está mal para una sola conversación —comentó como si los otros ya no estuvieran allí—. Uno promete ahorcarme como a un bellaco y otro me insulta como a un villano... Creo que es hora de irnos, *rais* Yaqub.

—*Kalb romí* —lo insultó Mundir alto y claro, con despecho—. Así te abata Dios.

A Ruy Díaz ya lo habían llamado perro cristiano otras veces. A fin de cuentas, aquél era un rey.

—Podría ser —respondió impasible.

—Nos veremos en el campo de batalla.

—Sí.

Después dirigió un vistazo al bosquecito de álamos para asegurarse de que nada malo iba a venir de allí, tiró de las riendas, arrimó espuelas y salió del río muy despacio, seguido por el capitán moro. Sin mirar atrás.

Apenas abandonaron la orilla, mientras ascendían por la suave pendiente para reunirse con los otros, sonó una voz a su espalda.

Volvió Ruy Díaz la cabeza.

El rey Mundir y el conde de Barcelona se habían juntado con los suyos, pero del grupo se destacaba un caballero solitario trotando en dirección al río. Llegado a éste, se metió por el vado hasta mitad de la corriente, haciendo caracolear allí su montura.

—Era de esperar —dijo Ruy Díaz con fastidio.

Se trataba de un campeón corpulento que montaba un alazán de aspecto poderoso e iba equipado con yelmo, escudo redondo y cota de malla. Su aspecto era formidable. Agitaba en alto la espada mientras exigía un adversario, lanzando gritos arrogantes que sonaban a lo que eran: insulto y desafío.

—Es andalusí —observó Yaqub al-Jatib.

Resultaba usual entre enemigos cercanos, sobre todo tras una negociación fallida: combate singular previo a la batalla de verdad. Tanteo de gallos. Todos en la frontera conocían y aceptaban las reglas. El propio Ruy Díaz se había visto en eso, unas veces como desafiador y otras como desafiado.

—Con tu permiso, Sidi.

Quiso Yaqub al-Jatib picar espuelas para regresar al río, pero el jefe de la hueste le cruzó su caballo.

—No.

Pretendía seguir adelante el zaragozano, obstinado. Entonces Ruy Díaz le sujetó la rienda para retenerlo.

—He dicho que no... Y es una orden.

—Se trata de honor —protestó el otro.

—Te necesito.

Estaban detenidos cerca de los otros. Sonó entonces la risa feroz de Diego Ordóñez, y cuando Ruy Díaz miró en su dirección vio que aquél le había pasado la enseña a Félez Gormaz.

—A mis hijos podrán llamarlos hijos de puta —masculló el burgalés—, pero no hijos de cobarde.

Y acto seguido, tras embrazar el escudo y sacar la espada, clavó con violencia las espuelas en los ijares de su caballo, alzándolo de manos antes de lanzarse adelante.

Qué animal, pensó Ruy Díaz. Qué brutísimo animal.

Pasó Ordóñez cabalgando pendiente abajo junto al jefe de la hueste y el capitán moro, en dirección al vado; y se oían carcajadas de gozo tras la malla de acero que le tapaba la barba y la boca.

Era cuanto Diego Ordóñez necesitaba para ser feliz, asumió resignado Ruy Díaz. Un día con bonita luz, un caballo, un enemigo y una espada.

Fue un buen combate. De los que después se narraban junto al fuego en las noches de invierno, impresionando a los muchachos y a las damas. De ésos cuyo lejano recuerdo, pensó Ruy Díaz, ayudaba al protagonista a mantenerse algo más erguido cuando llegaban el vencimiento y la vejez.

Entró Diego Ordóñez en el río a trote largo, salpicando agua por los flancos. Aguardaba el campeón moro a montura firme en mitad del vado, escudo listo y espada en mano, y sólo en el último instante espoleó su caballo para la arrancada. Pasaron uno junto a otro golpeando al mismo tiempo, tan fuerte que el resonar de las armas fue escuchado por los jinetes que contemplaban la escena a cincuenta pasos de distancia.

Clang, clang, hizo casi al unísono. Metal contra metal. Doble impacto.

Después, ambos contendientes tiraron de las riendas para encararse de vuelta, y otra vez se cruzaron, altos los escudos, golpeando las espadas con fuerza.

Clang, clang, de nuevo. Acero contra acero.

Ninguno de los dos parecía seriamente afectado; aunque, observó Ruy Díaz con inquietud, el segundo golpe había hecho tambalearse a Ordóñez como si perdiese pie en uno de los estribos. Pero mientras dejaba atrás al adversario, el castellano pareció rehacerse, afirmándose bien. Volvió grupas hacia el lado izquierdo con un violento tirón de la rienda, metió espuelas y trotó al encuentro del moro, que ya venía también de vuelta, levantando abanicos de agua al batir de su montura.

Clang, clang, se oyó otra vez.

Ya no golpeaban al paso, siguiendo como antes de largo. Se habían detenido en el lugar del encuentro, flanco con flanco, y cubriéndose lo mejor que podían intercambiaban golpes terribles, capaces de partir a un hombre de no mediar escudos, yelmos y cotas de malla. Se daban con saña caracoleando cada uno en torno al otro, buscando el lado derecho del adversario, que era el menos protegido.

Clang, clang, clang, clang.

Ahora, tras el largo silencio inicial, los dos grupos de jinetes que observaban el combate estallaron en gritos de ánimo a su respectivo campeón. Enardecidos por el espectáculo, unos y otros aullaban su entusiasmo mientras resonaba el metal en el vado. Ruy Díaz sabía que ni Ordóñez ni el moro podían oír las voces, sordos como estaban por los golpes y la tensión, enrocados en un limitado mundo de violencia a vida o muerte. Pero se sumó a los gritos, como todos, cuando vio que el escudo del moro parecía romperse, saltando el revestimiento de metal, partidas la madera y el cuero de debajo.

Clang, clang.

A partir de ahí todo fue mucho más rápido.

Intentó el moro desembarazarse del escudo para que no le estorbara, y entonces Ordóñez le asestó un tajo horizontal en la cara, un golpe tremendo, afortunado, que hizo al moro vacilar y vencerse al fin sobre la grupa. Se encabritó el caballo, sueltas las riendas; y el animal, sin control, fue dando saltos por el vado hasta cerca de la orilla, como si quisiera poner a salvo a su jinete.

Pero Ordóñez no era de los que abandonaban una presa. Espoleó para irle detrás, alcanzando al fugitivo antes de que llegara a la orilla. Allí se puso al lado y le dio primero un tajo en el cuello y luego un golpe de punta, otra vez en la cara, tras lo que el moro se deslizó por un flanco de la montura hasta caer con todo el peso del hierro que llevaba encima. Entonces Ordóñez bajó del caballo, y con el agua por media pierna le arrancó al caído el yelmo y el almófar. Después, de un solo y recio revés, le cortó la cabeza y la alzó muy en alto, agarrada por el cabello, mostrándosela al rey Mundir y al conde de Barcelona.

Gritó Ruy Díaz enardecido, como todos los suyos, hasta enronquecer. Voceaban su júbilo los jinetes de la orilla occidental y callaban los otros, en sombrío silencio.

VI

El consejo de guerra se había prolongado mucho. Eran ya los primeros gallos.

Envuelto en un manto, Ruy Díaz salió de la tienda del rey de Zaragoza respirando el aire frío de la medianoche. Le dolía la cabeza y estaba aturdido de planes y palabras, así que se agachó a mojar las manos en la hierba para refrescarse la cara con la escarcha.

La batalla iba a darse al levantar el día.

Sonaron detrás los pasos de Minaya y los otros, que se detuvieron a su lado. La luz resinosa de un hachote clavado en tierra iluminaba sus rostros fatigados.

—Deberías descansar, Sidi.

Asintió, irguiéndose. Sentía la humedad del relente nocturno, el olor cálido de los caballos y el humo de las fogatas. En torno a la tienda se perfilaban las sombras de los guardias que la circundaban, semejantes a inmóviles estatuas negras. Y más allá, agrupados en los sectores moro y cristiano del campamento, cuatro millares de hombres dormían o velaban en espera de que se cumpliese su destino. A media legua hacia levante, bajo el cielo cuajado de estrellas, se divisaban los fuegos del campo contrario. Durante el día anterior se habían desplegado unos a la vista de otros, con las tropas enemigas situadas a lo largo del camino de Lérida.

—Es un buen plan —comentó Minaya—. Dentro de lo que cabe.

Ruy Díaz asintió de nuevo. No había querido esa batalla, pero ya no estaba en su mano evitarla. Mutamán la deseaba, y su hermano Mundir y el conde de Barcelona la hacían ineludible. Sin acuerdo y sin lucha, el castillo de Almenar y sus defensores se perderían. No quedaba otra que asumir lo que viniera.

—Descansad un poco. Nos pondremos a ello al romper el alba.

Pasaron por su lado despidiéndose: Ordóñez, Pedro Bermúdez, Félez Gormaz. Los dos Álvaros se encontraban al otro lado de las líneas enemigas, en el asediado Almenar; Martín Antolínez, en Monzón, y Yénego Téllez estaba muerto.

—Buenas noches, Sidi.

—Id con Dios.

Eran sombras que se alejaban entre las sombras, por las tiendas y las hogueras junto a las que dormían bultos inmóviles o velaban algunos hombres. No era ningún secreto que se combatiría en las próximas horas, y muchos eran incapaces de dormir. Fray Millán había dicho misa la tarde anterior, con absolución general; y en el sector agareno todos se habían arrodillado de cara a oriente, rezando en voz alta durante las dos primeras *raqaat* de la oración del anochecer.

—De verdad es un buen plan —repitió Minaya.

Al menos, se consoló Ruy Díaz, se trataba del mejor de los posibles: avance en dirección a la parte sur del camino de Lérida, para pelear allí. Un movimiento audaz que aparentaba confianza en las propias fuerzas, amagando con cortar a las tropas de Mundir una eventual retirada.

Un ataque atrevido, pensó resignado, en lugar de una defensa dudosa.

La idea era combatir con cuatro cuerpos compactos de ciento cincuenta lanzas cada uno, seguidos de cerca por haces de peones mientras la caballería ligera escaramuzaba en los flancos. Buscar la ocasión de romper al enemigo, que los superaba en número, o desangrarse ante él. Tirar los dados fiando la suerte con tesón a una sola jugada. Y en eso había pasado las últimas horas: en imaginar la peor situación posible, analizándola una y otra vez para averiguar cómo se llegaría a ella y cómo evitarla. Porque después, hechos los cálculos y empezado el combate, la victoria sería de aquél a quien Dios se la diera.

—Vete también a dormir —le dijo a Minaya.

—¿Y tú?

—Ahora descansaré un poco.

—Te conviene.

Se alejaba el segundo de la hueste cuando de la tienda salieron Yaqub al-Jatib y Ali Taxufin, a los que Mutamán había retenido un poco más. Saludó con respeto Taxufin antes de irse, y sólo el *rais* agareno permaneció junto a Ruy Díaz, contemplando la noche.

—No será fácil —dijo Ruy Díaz tras un momento.

El moro se quedó callado un instante.

—Lo sé, Sidi —dijo al fin—. Y mi señor Mutamán también lo sabe.

—Está obstinado en tener su batalla.

—Así es... Considera su honor en juego.

Emitió Ruy Díaz una risa suave, desprovista de humor.

—A veces, cuando Dios tiene ganas de broma, castiga concediendo lo que deseas.

Asintió Al-Jatib.

—Hágase entonces su voluntad... Sólo él todo lo ve y todo lo sabe.

—Sí.

—Contra los abrazos del destino, ningún talismán tiene poder.

Estuvieron otro momento en silencio, observando el campamento. Después Al-Jatib se volvió hacia el jefe de la hueste. La luz grasienta del hachote le iluminaba medio rostro y hacía brillar sus ojos.

—Me ha gustado eso que le has dicho antes al rey mi señor, ahí dentro.

—¿Y qué he dicho?

—Haremos lo que se pueda hacer, y también lo que no se pueda.

—Ah, sí.

Otro silencio. Al cabo, Ruy Díaz hizo un ademán indiferente.

—Algo había que decir.

—Claro.

Recordó la escena: tensa, con los capitanes moros y cristianos callados y atentos, el rey obstinado y él mismo al fin claudicante, convencido de que no había modo de evitar lo inevitable. De nada había servido insistir en que el arte de la guerra exigía no hacer frente a un enemigo que ocupase una posición elevada, no ir contra quien tenía una colina a su espalda, no atacar a sus mejores tropas, no caer en sus trampas, no pelear bajo el sol sin agua cercana para beber. Quiero la batalla, había zanjado Mutamán. Y quiero que la ganes, Ludriq. Para mi honra y la tuya.

Al-Jatib seguía observándolo. Su rostro en sombra parecía desvanecido en la noche.

—Y también haremos lo que no se pueda —repitió, pensativo y admirado—. Lo cierto es que sabes hablar a los reyes, Sidi.

Ruy Díaz alzó la vista a las estrellas: alfileres fríos clavados en media esfera negra, ajenos a cuanto ocurría en la plana superficie de la tierra.

—A menudo —dijo— la derrota llega cuando uno se siente inclinado a hacer sólo lo que puede.

—Comprendo... Quieres decir que hay actos razonables que en el fondo son actos de debilidad.

—Todos podemos equivocarnos, *rais* Yaqub. Dios ciega a los que quiere perder.

—¿Te equivocaste alguna vez?

—Varias.

—Eso me tranquiliza... No se puede confiar en alguien que nunca cometió un error. Expone a otros a verse envueltos en el primero que cometa.

Caminaron alejándose de la tienda, entre los grupos de hombres dormidos y los que se mantenían despiertos junto a las hogueras. Todos eran agarenos en aquella parte del campamento, y al reconocer a Ruy Díaz y a Yaqub al-Jatib muchos se ponían en pie, susurrando *Assalam aleikum.* Respondían los dos jefes con un *Aleikum salam* y seguían adelante, conversando.

—Sé lo que vas a hacer mañana, Sidi: ponernos a todos en una situación sin salida, de modo que no haya más alternativa que el desastre. Si flaqueo, muero; si retrocedo, muero; si no venzo, muero.

—Es lo que quiere Mutamán.

—No crees en la victoria, me parece.

—¿Y tú?

Yaqub al-Jatib aún dio unos pasos sin despegar los labios.

—No puede vivir de las armas quien no sabe morir —suspiró—. Y la gente bien nacida sabe ir con calma hacia la eternidad.

Se mostró de acuerdo Ruy Díaz.

—Si un guerrero va a morir y está dispuesto a ello, actúa como si ya estuviera muerto... Igual que si su vida no fuera suya. Entonces combate con todas sus fuerzas, permanece unido a sus compañeros y no busca la salvación, sino hacer al enemigo todo el daño posible.

—Por eso hiciste circular entre tu gente y la mía el rumor de que Mundir y el conde franco han jurado no hacer prisioneros... ¿No es cierto?

Se había detenido, mirándolo. Sombra ante una sombra. Imposible saber si sonreía o no, pero quizá lo hacía. Tras un instante, Ruy Díaz siguió camino sin responder.

—Y por eso nos has puesto en una situación sin opciones —añadió el agareno, yéndole a la par—. Fingiremos cortarle la retirada a Mundir, pero quienes no podrán retirarse seremos nosotros.

—Id al combate tanto si es difícil como si es fácil... Lo dijo vuestro Profeta.

—Cierto.

—Y que todo sea devuelto a Dios.

—Eres asombroso, Sidi.

A la luz de una fogata, una docena de moros que acababan de ser relevados en las avanzadas se limpiaban la cara y las manos con la tierra arenosa, disponiéndose a la quinta oración; preferían reservar el agua para la dura jornada siguiente.

—Decisiones —dijo Ruy Díaz como si pensara en voz alta—. Tomar decisiones y buscar el momento.

—*Yid.* Bien. En eso consiste todo.

Dejaron atrás a los orantes y sus voces proclamando al unísono que Dios era el más grande y que no había otro dios que él. *Ashaduan lailah-ilahlah,* decían. Ruy Díaz se envolvió mejor con el manto. Hacía frío.

—Un jefe de guerra ha de tomar una decisión tras otra —dijo—, y en eso pasa su vida. Ocupado en esas decisiones y en sus consecuencias inmediatas.

—Es verdad lo que dices, Sidi.

—Pues claro. Los hombres no son ideas; si los pierdes tal vez no tengas más.

—Creo lo mismo. Por eso nunca envidié la vida de los sabios, los artistas o los filósofos. Ni siquiera la de los gobernantes... Como a ti, me gusta la mía.

—*Assalam aleikum.*

El saludo había venido de otro grupo numeroso que, a la luz de una hoguera, ajustaba puntas de flechas y las metía en las aljabas. Algunos engrasaban las cuerdas trenzadas de arcos y ballestas. Era caballería ligera de la que al día siguiente hostigaría con ataques rápidos las filas enemigas. Sus animales estaban cerca, estaqueados al suelo.

—*Aleikum salam.*

Los moros se pusieron en pie con deferencia. El *rais* les habló en su algarabía, demasiado rápido como para que el jefe de la hueste alcanzara a entenderlo. Sin duda era algo en tono de broma, pues todos rieron.

—Diles algo, Sidi... Te han reconocido, y algunos hablan tu lengua. Les hará bien.

Los observó Ruy Díaz: flacos, duros, jóvenes, barbas rizadas y piel morena. Peligrosos lobos de frontera. Llevaban los turbantes sueltos en torno al cuello, mostrando el pelo recogido en cortas trenzas o coletas, y por orden de Ruy Díaz casi todos tenían atadas al hombro derecho las bandas de tela negra que permitirían distinguir a los amigos entre los enemigos.

—No hay nada en la tierra que se esconda de Dios —dijo señalando el cielo estrellado—. Recordad que Él os estará mirando mañana —indicó a Yaqub al-Jatib, luego se tocó el pecho y se apuntó a los ojos—. Y también os estaremos mirando nosotros.

Rieron de nuevo los arqueros. Dinos que no vamos a morir, bromeó uno más atrevido que el resto. *Ata kalmatiq, Sidi, afaq.* Por favor. Danos tu palabra.

Ruy Díaz le puso una mano en un hombro y alzó al cielo el índice de la otra, al modo musulmán.

—Se ha prescrito que combatamos, aunque nos disguste —dijo—. Puede que disguste algo que conviene y amemos algo que no conviene... Sólo Dios sabe, mientras que nosotros no sabemos. Él nos ilumina el rostro.

Ni un alfaquí lo habría dicho mejor. Asintieron los que entendían la lengua de Castilla, contentos con esas palabras. Otros las traducían a sus compañeros.

—En todo caso —prosiguió Ruy Díaz cambiando el tono—, procurad que las huríes que prometió el Profeta las disfrute el enemigo... Las vuestras pueden esperar.

Ahora sonaron carcajadas. Entonces añadió un consejo:

—Y mañana, cuando venzamos, acordaos de colocar a los compañeros muertos y heridos de cara al enemigo, por si nuestro señor Mutamán visita el campo de batalla. El honor de ellos será el nuestro.

Asentían todos, complacidos. Satisfechos. Y así los dejaron Ruy Díaz y Al-Jatib al proseguir su camino.

—Nadie que no sea andalusí habría dicho eso —comentó el moro, impresionado.

Ruy Díaz no respondió. Al-Jatib volvió a hablar a los pocos pasos.

—Me sigues asombrando, Sidi... Por mi cara te lo juro. Manejas el Corán mejor que muchos musulmanes que conozco.

—No tengo más remedio. A veces me va la vida en ello.

Llegaban a la zona cristiana del campamento. Había allí un retén: varios hombres en cuyas armas relucía el rojo de las fogatas. Aprovechaban la vela para pulir con salvado las cotas de malla antes de darles aceite. Ninguno llevaba escudo: Ruy Díaz lo había prohibido en las guardias porque su estructura larga, de cometa, permitía apoyarlo en el suelo y reposar los brazos sobre el borde superior, reclinando la cabeza. De ahí a dormirse mediaba poco.

Yaqub al-Jatib contempló el cielo, se detuvo en la estrella maestra y luego miró hacia levante.

—Lo malo de la oscuridad es que oculta la forma —murmuró, sombrío.

—Sólo es la noche —Ruy Díaz miraba en la misma dirección—. Nada hay allí que no esté cuando amanezca... El día devolverá a nuestros enemigos la forma. Y todo lo que tiene forma puede ser vencido.

—¿Nunca estás inseguro, Sidi?

—Continuamente.

Lo pensó un poco tras decir eso. No quería despedirse de ese modo. No con el hombre de quien al día siguiente, y después de él mismo, iba a depender casi todo.

—Mañana, mientras peleamos —dijo al fin—, habrá que acechar en la forma el momento justo. Saber reconocerlo.

Relucieron en la penumbra los ojos del otro.

—¿El instante en que Dios, que conoce a los que le temen, te sonríe?

—Eso es... Si se deja pasar, quizá no haya otro.

—Ojalá ocurra así —dijo Al-Jatib—. Que Dios sonría por un instante.

—Bastará con eso. Del resto ya nos encargaremos nosotros.

Extendió el agareno la diestra, ofreciéndola, y la estrechó Ruy Díaz en la suya: dos manos desnudas y firmes, ásperas por el roce del puño de las espadas.

—Será un honor luchar mañana a tu lado, Sidi Qambitur.

—Lo mismo digo, *rais* Yaqub.

Aquella noche soñó con Jimena y las niñas —un sueño extraño: ellas habían crecido y caminaban por un bosque— y luego, sin transición, se vio en un campo de batalla por el que galopaban caballos sin jinete. Estaba desmontado e intentaba agarrar uno por la rienda, pero los animales pasaban junto a él, despavoridos, lejos de su alcance. Alrededor, invisibles pero muy próximos, batían atabales de guerra. El sonido creciente retumbaba en sus tímpanos y sus entrañas hasta volverse ensordecedor.

Despertó cubierto de sudor, sobrecogido e inmóvil hasta que comprendió que los tambores eran los latidos de su corazón.

Una mano le tocó el hombro. Un rostro en sombras se inclinaba sobre él.

—Es la hora, Sidi. Casi la prima...

Se incorporó en el jergón, apartó la manta y estuvo así muy quieto, recobrando el control de su pulso y sus pensamientos. Procurando situarse en el momento exacto del tiempo y el lugar en que se hallaba.

—¿Ya hay alguna luz?

—Está rompiendo el alba.

—He dormido demasiado.

—Minaya Alvar Fáñez ordenó que os dejásemos descansar.

—Ese cabrón.

Se oyó la risa respetuosa del otro: uno de los seis hombres que habían estado de guardia ante la tienda de campaña. Un mozo alto y fuerte, de confianza. Lope Diéguez era su nombre, de Vivar. Siempre eran de allí quienes lo guardaban de noche.

Se incorporó el jefe de la hueste mientras el mesnadero frotaba eslabón y pedernal con yesca para encender una vela, cuya llama iluminó la lona.

—¿Todo en orden afuera?

—Sin novedad, Sidi.

La tienda era pequeña, modesta para un jefe de guerra; pero Ruy Díaz no necesitaba otra. Se quitó la camisa de lino y la aljuba mora de gamuza —con enemigos cerca siempre dormía vestido— para frotarse con agua de una jofaina el rostro y el torso desnudo. El frío acabó por despejarlo.

Se puso de rodillas y rezó sin importarle que lo viera el otro: una breve oración que cada mañana y cada noche repetía desde que era niño. Después se persignó antes de señalar la cota de malla y el resto de las armas apoyadas sobre el cofre donde guardaba sus pertenencias: algo de ropa, los mapas de fray Millán, una cadena de oro y la habitual carta testamento para Jimena.

—Os he traído un poco de cecina y queso, Sidi. Pero no queda pan.

—No importa.

Mientras el mesnadero lo disponía todo, comió de pie, ayudándose con unos sorbos de vino aguado. Luego besó el crucifijo que llevaba al cuello, se puso el belmez de cuero atando fuerte los lazos y alzó los brazos para que el ayudante le colocara encima la pesada loriga que cubría de los hombros a las rodillas, y sobre ésta la gonela parda que resguardaría el metal de los rayos de sol. Así dispuesto, se puso la cofia de paño y el otro le ajustó el almófar sin cubrirle todavía la cabeza, echada atrás la capucha de anillas de acero. Luego ató las correas de las espuelas a las huesas, le ciñó la espada y le entregó el yelmo.

Ruy Díaz lo agradeció con una sonrisa amistosa.

—Vamos allá, Lope Diéguez.

Entornó el de Vivar los ojos, agradecido al oírse llamar por su nombre. Como un mastín fiel que recibiese una caricia.

—Después de vos, Sidi.

Apagó la vela, apartó la lona de entrada y salió de la tienda seguido por el mesnadero, que le llevaba el escudo. Hacía frío. Aún era de noche, pero una línea gris azulada partía el cielo por levante, apagando las estrellas más próximas. Podía verse la Vía Láctea, y el lucero del alba relucía en toda su intensidad.

—Hará calor —comentó el mesnadero.

—Sí.

Alrededor de Ruy Díaz madrugaba el ejército entre voces de hombres y rumor de caballos. El resplandor mortecino de las fogatas descubría movedizos grupos de sombras. El sonido metálico de los que se armaban recorría de punta a punta el campamento.

Babieca, abrevado y almohazado, estaba listo para la batalla. Lo tenía un mozo de la brida y su pelaje claro destacaba en la penumbra. Al sentir la presencia del amo relinchó suavemente. Ruy Díaz le acarició el cuello y el belfo antes de revisar freno, silla y cincha para asegurarse de que todo estaba bien ajustado. Las herraduras las había revisado él mismo la noche anterior, clavo por clavo.

Estaba ocupado con el caballo cuando se acercó otra sombra en la que reconoció a Minaya, que traía el suyo de la rienda.

—Cuando el sol esté alto vamos a sudar —confirmó el segundo de la hueste.

—Eso parece... Que los aguadores se mantengan cerca, pase lo que pase.

—Lo he previsto, Sidi.

—Y si alguno se asusta y se aparta en la refriega, que lo azoten duro.

—Cuenta con ello.

Pasó al trote una larga fila de jinetes, huidizas siluetas en la oscuridad, dejando tras de sí ruido de cascos de los caballos y tintineo metálico de las armas. Cuando se alejaron, Ruy Díaz miró de nuevo hacia levante. La franja del amanecer se ensanchaba despacio, adquiriendo un tono púrpura en su parte inferior. Hacia ese lado había cada vez menos estrellas y empezaban a distinguirse a contraluz los contornos del paisaje.

—¿Todo está en buen orden?

—Eso creo. La mayor parte de nuestros moros ya está en posición. El primer cuerpo de peones ocupa su lugar y el segundo está a punto de hacerlo... Los querías desplegados con la primera luz, y así lo han hecho. Protege los flancos su propia caballería ligera.

—¿Y el *rais* Yaqub?

—También está allí desde los segundos gallos, supervisándolo todo.

—¿Algún contacto con enemigos?

—Poca cosa. Según Galín Barbués, que va y viene, se despliegan en el camino de Lérida, como dijiste. Hay alguna tropa ligera, gente suelta, escaramuzando a lo largo de la línea. Toques de tanteo suyos y nuestros.

Llegaron Diego Ordóñez, Pedro Bermúdez y Félez Gormaz, también con sus caballos de la brida. La claridad que empezaba a derramarse por el campamento permitía reconocer sus rostros barbudos. Olían a cotas de malla recién aceitadas y sebo para el cuero. Bermúdez traía al hombro, enrollada todavía en su funda, la seña de Ruy Díaz.

—¿Alguna novedad sobre Mutamán?

—Nada —respondió Diego Ordóñez—. Por lo visto ha pasado la noche sin salir de la tienda, rodeado por su guardia negra. Y allí sigue. Dicen que leyendo el Corán.

—¿Creéis que estará p-presente en el campo de batalla? —inquirió Pedro Bermúdez—. ¿Que se arriesgará de ce-cerca?

—No lo sé —dijo Ruy Díaz.

—Pues quizá deba hacerlo —opinó Ordóñez, desabrido—. A fin de cuentas, él nos ha metido en esto.

Ruy Díaz lo miró con dureza.

—Ése no es asunto tuyo. Es el rey y hace su voluntad. Nuestro deber es combatir por él, y a eso vamos. Esté donde esté... ¿Entendido?

Gruñó el otro, a regañadientes, una confusa disculpa.

—No te he oído bien, Diego. Y los compañeros, tampoco.

—Entendido, Ruy.

—Hoy prefiero que me llaméis Sidi.

—Entendido, Sidi.

—Pues ocúpate de tus asuntos. Que van a ser muchos y difíciles.

Se subió Ruy Díaz la capucha de la cota, dejando todavía suelta la babera, y se colocó el yelmo con el protector nasal, ajustando bien las correas.

—A caballo —dijo.

Metió el pie izquierdo en el estribo y, agarrado al arzón de la silla, izó a lomos de Babieca la arroba y media de hierro que llevaba encima. El mesnadero de Vivar le alcanzó el escudo, que se colgó a la espalda. Después arrimó las piernas a los flancos, los otros lo imitaron y el grupo se movió despacio envuelto en la claridad incierta del amanecer.

Más tarde pusieron los caballos al trote. Cabalgaban entre largas columnas de jinetes cristianos y peones moros que, erizados de jabalinas y lanzas, guiados por los cabos de tropa, avanzaban sin otro ruido que el de sus pasos hacia la luz lejana que ya teñía el horizonte de tonos azules, naranjas y púrpuras. Y cuando al fin la primera mota de sol rojo asomó por allí y su luz hizo entornar los ojos a todos, el jefe de la hueste se volvió a Pedro Bermúdez.

—Démosles algo que vitorear. Despliega la señal.

Obediente, el alférez quitó la funda a la bandera para mostrarla al extremo del asta. Entonces, Ruy Díaz arrimó espuelas.

—Galopemos un poco... Que ondee y se vea bien.

Todo el grupo lo imitó, ganando velocidad. Resonaron acompasados los cascos de los caballos, pasando veloces junto a las filas. Y al reconocer éstas la enseña verde con la franja roja, un clamor de entusiasmo se fue alzando a su paso.

Sidi, Sidi, gritaban todos, señalándoselo unos a otros. Sidi, Sidi, Sidi.

VII

Desde una colina, el grupo de jinetes observaba la llanura rota por arbustos y pequeños encinares. Eran una docena de aspecto formidable, cubiertos de hierro y cotas de malla sobre fuertes caballos de guerra. Casi todos tenían lanzas con pendones apoyadas en el estribo derecho y llevaban el escudo suspendido del cuello o colgado a la espalda.

En la extensión de terreno que abarcaba su vista, cortando en perpendicular el camino que iba de Almenar a Lérida, formaciones densas de hombres y caballos se mantenían silenciosas e inmóviles en una composición casi geométrica: rectángulos de peones y núcleos de jinetes se extendían unos frente a otros formando dos líneas o campos bien definidos. Apenas se veía polvo, pues todos permanecían a la espera excepto algunos almocadenes y mensajeros que se movían entre las filas. Y el sol, que estaba más alto pero aún no alcanzaba su cénit, hacía relucir armas y yelmos, salpicando la llanura con infinidad de reflejos metálicos.

Cuatro mil hombres propios, pensó Ruy Díaz: cuatro mil ciento cincuenta siendo exacto, entre peones y lanzas. Y enfrente, a sólo quinientos pasos, de cinco a seis mil enemigos. Eso calculaban él y sus cabos de tropa, que desde la loma llevaban un rato estudiando las líneas contrarias: más caballería pesada la gente bajo su mando, más infantes y menos jinetes los otros: peones moros de Lérida, casi todos, y lanzas francas. Según Galín Barbués, que había tomado lengua de los apresados en las escaramuzas previas, el rey Mundir y el conde Berenguer Remont estaban en persona al otro lado. Aunque demasiado lejos para distinguir sus banderas, seguramente se hallaban con la reserva de caballería, en dos densas agrupaciones de jinetes situadas tras la infantería. El frente principal estaba constituido por haces de peones situadas en forma de un muro de lanzas que, visto de lejos, parecía espeso e infranqueable.

—No van a moverse de allí —concluyó el jefe de la hueste en voz alta—. Nos esperan.

—Y en algo de pendiente —dijo Minaya, preocupado—. Tendremos que avanzar cuesta arriba... Cargar un poco hacia la izquierda para golpear con la derecha.

—No hay otra.

La táctica enemiga era evidente y simple: sus peones moros y francos recibirían a pie firme las sucesivas acometidas hasta que la gente de Ruy Díaz perdiera impulso y empezara a retirarse; entonces la caballería pesada del conde de Barcelona daría el golpe final desbaratando a los agotados enemigos. Era una manera de combatir clásica y segura, de poco riesgo y gran ganancia si los defensores lograban mantenerse en orden. Se había hecho otras veces, desde el tiempo de los romanos y los godos. Gente descansada contra jinetes y peones obligados a remontar la pendiente para quebrar su resistencia.

—Va a ser largo y fatigoso —apuntó Diego Ordóñez—. Y asquerosamente cómodo para ellos.

Se volvió Ruy Díaz hacia Yaqub al-Jatib. El *rais* moro estaba a su lado, casi estribo con estribo. Montaba un soberbio caballo de batalla y se cubría con un yelmo rodeado de turbante y una loriga de malla de acero. No portaba lanza, pero como los cristianos y sus propios oficiales agarenos —había media docena cerca, todos montados— llevaba su daraqa, el escudo de madera y cuero, colgado a la espalda.

—¿Qué te parece, *rais* Yaqub?

—No pienso nada que tú no pienses.

Ruy Díaz señaló las filas enemigas.

—Habrás visto, como yo, que tienen las costaneras muy extendidas. Y que su segunda línea es de haces más espesas, como de quince o veinte hombres de fondo.

—Lo he visto.

—Entonces sabrás lo que significa.

—*Yid*... Si les sale todo bien, en algún momento cederán un poco en el centro para envolvernos.

—Así lo creo. Por eso necesito que tu caballería ligera hostigue sus flancos con flechas y jabalinas. El poco viento ayudará a los arqueros. Que no los dejen tranquilos y los mantengan apretados y sin abrir las alas, para que nuestras cargas hagan más efecto.

—Cuenta con eso.

Observó de nuevo Ruy Díaz la disposición de las tropas propias. Conducirían el ataque cuatro cuerpos de caballería pesada: un total de seiscientos hombres recubiertos de hierro, de los que dos tercios eran castellanos y el resto agarenos. Con ellos avanzarían los peones moros para aprovechar el éxito de los jinetes si éstos lograban romper al enemigo, o para sostener el combate mientras la caballería se reagrupaba después de cada carga.

—Ordóñez.

—A tu voluntad, Sidi.

—Tú vas primero, como dije.

—Por supuesto.

Hizo Ruy Díaz un ademán con una mano, como si partiera imaginariamente la línea enemiga, y la movió hacia la izquierda.

—Atacarás desde el centro a su flanco, donde la pendiente es menor. Tus caballos llegarán más descansados por ahí.

—Bien.

—Si no los derrotas, te reagruparás a nuestra zurda mientras yo dirijo la segunda carga. Si hace falta una tercera y no estoy en condiciones, la conducirá Minaya... ¿Entendido?

—Entendido, Sidi.

—Nos reagruparemos siempre en los flancos, procurando no estorbar ni desbaratar a los peones ni a los que vayan a cargar después.

Cambiaban miradas incómodas los oficiales moros, y el jefe de la hueste supo lo que pensaban. El ataque principal lo iban a dar los cristianos, pero ellos también tenían alguna caballería pesada. Se sentían dejados aparte, como segundones, y eso los humillaba. Así que se dirigió a ellos con franqueza. Sin disimulo alguno.

—Necesito al *rais* Yaqub en la reserva, con el cuarto cuerpo. Él y vosotros sois nuestra mano de Dios, que todo lo ve y todo lo puede. Bajo su señal nos juntaremos cuantos quedemos, si las primeras cargas fracasan... Ignoro si para entonces yo seguiré a caballo. De no ser así, vuestra será la responsabilidad.

Asentían los moros, aprobadores al fin, tranquilizados en su honra. Iba Ruy Díaz a añadir algo cuando un sonido de añafiles a su espalda hizo volver a todos la cabeza. Por la falda de la loma ascendía al paso un centenar de jinetes de piel negra y aspecto feroz. Era la guardia personal de Mutamán. Traían la bandera verde desplegada y entre ellos, elegante y tranquilo, cabalgaba el rey de Zaragoza.

No era momento de muchas palabras, pues todo estaba dicho la noche anterior. A caballo, apoyadas las manos en el arzón delantero de la silla, Mutamán permanecía callado, observando las líneas enemigas. No llevaba espada al cinto: sólo su corta gumía y, colgada de la muñeca derecha, la fusta de mango de plata. Orgullo de rey.

—Demasiado riesgo, mi señor —se limitó a decir Ruy Díaz—. Demasiado cerca.

El perfil de halcón moreno se quebró en una sonrisa blanca.

—No voy a quedarme en mi *afraq* esperando noticias.

—El combate puede llegar hasta aquí.

—En ese caso, lucharé... Como tú y como todos.

Miró Ruy Díaz hacia el grupo de cabos de tropa, del que ambos se habían apartado un poco. En torno a ellos, los jinetes de la guardia negra acordonaban la colina. Una ligera brisa hacía ondear suavemente los pendones de las lanzas.

—Os pido, mi señor, que no vayáis más allá de este lugar. Pelearé mejor si estoy tranquilo respecto a eso.

—¿Si no tienes que ocuparte de mi seguridad, quieres decir?

El jefe de la hueste no respondió. Se limitaba a mirar al rey moro en respetuoso silencio. Encogió éste los hombros mientras señalaba a su escolta y su bandera.

—Tengo mi propia gente que me guarda.

—Prometedme que no bajaréis de la colina. Y que os retiraréis si las cosas...

—¿Se tuercen?

Ruy Díaz no dijo nada. Seguía mirando a Mutamán con insistencia. Contemplaba éste con detenimiento el aspecto formidable del castellano, su rostro barbudo apenas entrevisto bajo la cota de malla y el nasal del yelmo reluciente al sol. La espada sujeta a la silla y el escudo colgado a la espalda, con su lema pintado *Oderint dum metuant.* Que me odien, pero que me teman.

—Maldigo a mi hermano cada día con la oración del alba —dijo de improviso el rey—. Te juro que, si hoy cae en mis manos, lo crucificaré con un perro a la derecha y un puerco a la izquierda... De eso Dios no me pedirá cuentas el día de la resurrección.

Calló bruscamente, vuelto de nuevo hacia las líneas enemigas. Observándolas pensativo.

—Yo quise esta batalla, Ludriq.

Lo dijo con sencillez impropia de un rey. Casi humilde. Pero Ruy Díaz se mantuvo inflexible.

—Prometedme que permaneceréis aquí, mi señor.

Alzó un dedo Mutamán, estoico, señalando el cielo.

—Nadie puede morir sin permiso de Dios y según el plazo fijado.

—Prometedlo. Os lo ruego.

Suspiró el rey, al fin. Cual si le doliera.

—Puedes luchar tranquilo... Tienes mi palabra.

Asintió satisfecho el jefe de la hueste y todavía estuvieron un momento callados mientras observaban el campo enemigo. Como si dispusieran de todo el tiempo del mundo.

—Va a ser difícil, supongo —comentó Mutamán.

—Eso parece.

—¿Conducirás tú el primer ataque?

—El segundo.

—Mejor así.

Haciendo visera con una mano, Ruy Díaz levantaba la vista para comprobar la altura del sol. Se hace tarde, pensaba.

—Supongo que es la hora —dijo Mutamán.

Tiraron de las riendas y cabalgaron despacio para reunirse con el capitán moro y los cabos. Metiéndose entre ellos, el rey se quitó un guante para permitir que Yaqub al-Jatib y los otros oficiales moros le besaran la mano.

—Recordad —dijo mientras lo hacían— que nadie entra en el jardín de Dios sin que éste sepa quién ha combatido bien y quién no... A él pertenecen la noche y el día.

Cuando todos le hubieron rendido homenaje, Mutamán señaló con la fusta el que iba a ser campo de batalla.

—Que los enemigos os encuentren duros y sin piedad —añadió—. Dios, que conoce la misericordia, está con quienes lo temen. Y el día que los congregue, los reconocerá. Cualquier cosa que le hayáis dado, incluso la vida, os será devuelta.

Miraba de nuevo a Ruy Díaz, y en su rostro destelló una sonrisa amistosa, confiada y serena.

—Adelante, Sidi Qambitur... Gana esta batalla para mí, o perece en ella.

Dejaron al rey de Zaragoza en la colina para bajar al trote por la ladera, dirigiéndose a sus lugares de combate. Y a medida que cada jinete se aproximaba a donde estaba asignado, dejaba el grupo para ocupar su puesto.

Yaqub al-Jatib fue el primero en apartarse con su gente, situándose entre la reserva de jinetes y su infantería agarena. Después fue Minaya quien quedó atrás, frente al tercer cuerpo de caballería pesada castellana. Por su parte, seguido por el alférez Pedro Bermúdez y por Félez Gormaz con su cuerno de guerra, Ruy Díaz cabalgó hasta la primera línea acompañando a Diego Ordóñez.

Refrenaron allí los caballos, atentos a las líneas enemigas. A una distancia de dos flechas, las haces de peones del rey de Lérida se veían espesas, erizadas de lanzas y con los escudos apoyados en tierra. Entre ambos bandos escaramuzaba ya gente suelta de unos y otros, tirándose dardos y piedras con hondas, y por los flancos se movían algunos jinetes de caballería ligera que tanteaban las líneas. Entre los del bando propio Ruy Díaz divisó a Galín Barbués y su compañero Muño García. Galopaban cerca de la formación, levantando polvo; y al reconocer al jefe de la hueste, el almogávar saludó espada en alto.

—Buen muchacho —dijo Diego Ordóñez, viéndolo pasar.

La voz del burgalés había sonado sorda, apagada por la babera de eslabones que le cubría la parte inferior de la cara. Protegido de arriba abajo, sólo se le veían los ojos relucientes y un poco de rostro barbudo; el resto era un rebozo de hierro y cuero. Tenía la lanza apoyada en el estribo derecho y embrazado el largo escudo en la zurda. Tras él, un sotalférez levantaba el pendón azul que iba a permitir reconocerlo en el combate: el que seguiría su gente en la espolonada y en torno al cual se reagruparían los supervivientes después de la carga.

Alzó Ruy Díaz la vista al cielo. Muy arriba, un águila solitaria planeaba majestuosa sobre el campo de batalla, volando hacia la derecha. Por un momento envidió su mirada desde allí arriba. Su altiva distancia. En todo caso era un buen augurio.

—Ahora es cosa tuya, Diego.

Asintió el otro, y Ruy Díaz creyó oírle reír bajo el metálico embozo. O tal vez lo imaginó, por costumbre. Quiso estrecharle una mano para desearle suerte, pero el otro no pareció advertirlo. Su pensamiento ya estaba, sin duda, quinientos pasos más allá. Recogido en sí mismo, Ordóñez tenía los ojos ausentes y fijos en las líneas enemigas, ajenos a cuanto no fuese la distancia a recorrer y los hombres a matar cuando la hubiese recorrido.

Volvió grupas Ruy Díaz para ocupar su puesto, seguido por Bermúdez y Félez Gormaz; pero en vez de rodear la formación de caballería que iba a seguir a Ordóñez, ciento cincuenta hombres alineados estribo con estribo y de cuatro en fondo, metió su caballo entre ellos.

—Buena suerte a todos —iba diciendo—. Buena suerte.

Se apartaban los jinetes, abriendo las filas para dejarle paso. Sentía el jefe de la hueste su olor a hierro, cuero, sudor y estiércol: a lo que había ocurrido y a lo que iba a ocurrir. Eran, pensó Ruy Díaz, los mejores guerreadores del mundo, veteranos de combates y algaras, gente conocida y profesional, hecha a su oficio, que por eso Ordóñez llevaba en la vanguardia. Serenos, silenciosos, apoyadas las lanzas en los estribos, se estaban pasando los escudos de la espalda al lado izquierdo y ajustaban las correas de yelmos y arneses, asentándose bien en las sillas de altos arzones. Dispuestos sin aspavientos a encarar lo que les aguardaba.

—Dadles lo suyo, compañeros... Que vean cómo pelea la gente que sabe hacerlo.

Bajo los protectores nasales, medio ocultos los rostros hirsutos por las cotas de malla, docenas de ojos lo miraban con respeto. Tirando de las riendas para apartar sus caballos, algunos le tocaban un brazo o le palmeaban un hombro al pasar, según acostumbraban, como si eso fuera a traerles mejor fortuna. Y así cabalgaba Ruy Díaz entre ellos, mencionando los nombres de cuantos conocía. Teniendo para todos una palabra o una mirada.

De pronto empezó la batalla.

Ocurrió sin señales especiales ni toques de cuerno de guerra. Un momento antes todo estaba quieto y en silencio, y al instante vio Ruy Díaz moverse el pendón de Diego Ordóñez al frente de sus hombres y ponerse éstos en marcha.

—Ordóñez at-taca —dijo el alférez Pedro Bermúdez, entornando los ojos.

Desde su posición, parado delante del segundo cuerpo, el jefe de la hueste veía las grupas de los caballos, las espaldas de los hombres y las lanzas. Bien adiestrados para ello, partían al paso sin apresurarse, a fin de no fatigar a las monturas antes de la espolonada final. Se alejaban manteniendo su densa formación estribo con estribo, atentos a no descomponerse en la inminente carga. Dispuestos a ganar velocidad poco a poco y llegar al adversario compactos y en buen orden.

Más allá de los que avanzaban, ligeramente elevadas en la suave pendiente, se distinguían las haces enemigas que aprestaban escudos y afirmaban lanzas. Arqueros y honderos que habían escaramuzado entre ambos ejércitos corrían a ponerse a salvo tras sus líneas, y desde allí arrojaban dardos y piedras contra los cada vez más cercanos jinetes. Ahora el pendón azul se movía con rapidez, los atacantes arrimaban espuelas y conseguían velocidad, pasando al trote. Se oía rítmico, acompasado, el resonar de cascos de los caballos, y el polvo empezaba a ocultarlos por detrás. Ya sólo podían verse las espaldas de los jinetes, que bajaban sus lanzas. Y cuando cerca del enemigo la señal de Diego Ordóñez ondeó a un lado y a otro, los suyos espolearon para ponerse al galope, la polvareda creció hasta ocultarlo todo y a través de ella se oyó el griterío de los hombres que mataban y morían.

—No los romperán a la primera —comentó Félez Gormaz, manoseando inquieto el cuerno de órdenes que le pendía del cuello.

Miró Ruy Díaz a derecha e izquierda, donde la caballería ligera propia, agarenos de Zaragoza con arcos y jabalinas, acosaba las alas enemigas y protegía las haces de peones propios que se aproximaban para aprovechar la ruptura de la línea o proteger a los jinetes de Ordóñez cuando se retiraran. Sabía que era improbable que la primera carga descompusiera las filas contrarias, pero confiaba en su efecto para debilitarlas y ponérselo más fácil a los siguientes ataques.

Alzó la vista. El águila continuaba arriba. Trazaba círculos sobre el flanco derecho, lo que seguía pareciendo un signo favorable. Si vencemos hoy, se le ocurrió de improviso, haré pintar esa ave en mi escudo. En agradecimiento. Una cabeza de águila erguida y noble: el águila de Almenar.

Se volvió hacia los que inmóviles aguardaban detrás, a caballo y lanza en alto, dirigiéndoles una larga ojeada. Su aspecto era magnífico. La brisa agitaba los pendones triangulares al extremo de las astas de fresno, apoyadas en los estribos de las recias sillas de batalla. Eran ciento cincuenta hombres idénticos a los que los habían precedido y a los que atacarían después: gente curtida, caballería bregada en la frontera. Muchos de ellos, gente de Vivar y de Burgos que lo había seguido en el destierro e iba a seguirlo ahora en el combate. Sentía Ruy Díaz, al observarlos, la áspera fraternidad de los hombres de guerra. Un vago y común orgullo forjado fatiga tras fatiga, con lo que les había ocurrido en la vida y lo que les iba a ocurrir ese día.

—¡Voy a meterme entre esos bujarrones moros y francos! —gritó de pronto, burlón—. ¡No vayáis a dejarme solo ahí dentro!

Le respondió un coro de risas y voces enardecidas. Sidi, aullaron todos. Sidi.

Bastaba con eso, de momento. Pegados a su grupa, Pedro Bermúdez sostenía la señal verdirroja y Félez Gormaz, listo el cuerno de órdenes, escupía y se pasaba la lengua por los labios. Todo estaba en orden. Miró Ruy Díaz hacia la polvareda del combate cercano, de la que salían caballos sin jinete y hombres heridos y tambaleantes. Al poco vio aparecer el pendón azul cabalgando de vuelta hacia el ala izquierda. Diego Ordóñez no había logrado romper y se retiraba. Al menos, el burgalés estaba vivo. O lo parecía.

—Vamos —dijo.

Se obligó a pensar en Jimena y las niñas, sólo un instante, y después procuró olvidarlas. Hizo la señal de la cruz, se cerró la babera del almófar, situó el escudo a la izquierda, sostuvo bien la lanza, y apretando las piernas en los flancos de Babieca lo hizo avanzar al paso, sintiendo arrancar a su espalda el rumor de los hombres que lo secundaban, el crujido del cuero en las sillas, el tintineo de las armas y el andar aún reposado de los caballos.

Pater noster, qui es in caelis, oraba entre dientes. *Sanctificetur nomen tuum.*

Sus ojos minuciosos —seguía envidiando los del águila— no paraban de moverse a un lado y otro, vivos y atentos, fijándose en cada detalle: los jinetes de Ordóñez que trotaban dispersos, buscando reagruparse bajo la protección de los peones y la caballería ligera. La polvareda que, al disiparse, mostraba las filas enemigas todavía espesas, preparándose ante el nuevo ataque.

Adveniat regnum tuum.

Había cuerpos de hombres y animales caídos. Eran muchos, así que, para evitar que entorpecieran la espolonada, hizo desviarse a Babieca un poco a la derecha. Picó espuelas y empezó a trotar, sintiendo que arreciaba detrás el resonar de cascos.

Fiat voluntas tua, sicut in caelo et in terra.

Todavía a cien pasos, las haces leridanas se cerraban esperando el ataque. Ruy Díaz ya podía distinguirlas bien: escudos firmes y lanzas asentadas en el suelo para oponer un erizo de acero.

En su estómago, un enorme y conocido vacío empezó a crecer. Ojalá el águila siga su vuelo hacia la mano diestra, pensó. Luego clavó las espuelas en los ijares, lanzando el caballo al galope.

—¡Santiago! —gritó al fin—. ¡Castilla y Santiago!

Sonó detrás el cuerno de guerra y ciento cincuenta voces repitieron el grito.

Panem nostrum cuotidianum da nobis hodie, seguía rezando Ruy Díaz de modo mecánico, por rutina, sin prestar ya atención a lo que él mismo murmuraba bajo el tapabocas de malla de acero.

El vacío del estómago era un pozo oscuro y hondo que le llegaba hasta el corazón. La tensión le agarrotaba ingles y riñones, y sus músculos estaban tan endurecidos que parecían a punto de romperse. Se apoyó más en los estribos para que el movimiento del caballo no le lastimara la espalda, con todo aquel peso de las armas encima. Una flecha aislada vino del cielo, ya sin fuerza, y le golpeó el yelmo con un sonido metálico. Clang, hizo. Otra le dio en el escudo.

Et dimitte nobis debita nostra.

Ojalá Dios sea indulgente, se dijo, si hoy me toca llamar a su puerta.

Por un momento quiso imaginar cómo serían el infierno, el purgatorio y el paraíso. En todo caso, fray Millán había asegurado que quien muriese en la jornada iría al otro mundo ligero de trámites. Limpio como una patena. Y el fraile bermejo parecía hombre de palabra.

Sicut et nos dimittimus debitoribus nostris.

La vanguardia enemiga ya estaba próxima: peones agarenos alineados en haces espesas. Turbantes, cascos y petos de cuero. Rostros barbudos y ojos obstinados de furia o desencajados por el miedo —hacía falta mucho temple para no flaquear ante una masa de caballos, lanzas y hombres cubiertos de hierro—. En su afán por estrecharse ante lo que les venía encima, pisoteaban a los muertos y a los heridos que no podían buscar refugio tras las filas.

Et ne nos inducas in tentationem.

Rugía bronco el cuerno de Félez Gormaz. El sobrino lo hacía sonar como si anunciara el Juicio Final.

Retumbaba el suelo bajo los cascos de los caballos y parecía que fuese a hundirse la tierra.

Llovían ahora flechas y piedras, golpeando como granizo.

Sed libera nos a malo, amen.

Ruy Díaz esperó a estar muy cerca de los enemigos. Entonces puso la mente en blanco —su último sentimiento fue una desamparada soledad—, bajó la lanza, se afirmó en los estribos y arremetió gritando de furia.

Castilla, rugía. Santiago y Castilla.

Superando el estruendo de la galopada y el combate, su voz se multiplicaba como si un eco la llevase, pues ciento cincuenta gargantas la coreaban tras él.

Santiago y Castilla, gritaban enloquecidos.

Santiago y Castilla.

El choque fue tan brutal que casi lo arrancó de la silla.

Sintió el crujido de una lanza al romperse contra el escudo mientras varias saetas y jabalinas zumbaban rozándole la cara. Ziaang, ziaang, hacían. Clavó su lanza quebrándola en el primer hombre que tuvo delante —un almocadén barbudo que daba órdenes alfanje en alto—, sacó la espada y cubriéndose con el escudo, apretados los dientes, dando tajos a diestra y siniestra mientras caracoleaba Babieca, empezó a luchar lo mejor que sabía, no ya por el rey de Zaragoza, ni por el de Castilla, ni por su gente, ni por la propia reputación.

En ese momento peleaba por su vida.

VIII

Aunque con enormes pérdidas, los moros del rey de Lérida aguantaban en sus filas. Sabían que separarse o volver la espalda significaba morir, y por eso peleaban a pie firme con sus escudos y lanzas, tenaces como rocas.

En un respiro del combate, forcejeo desesperado y sangriento cuya duración parecía eterna, Ruy Díaz pudo al fin mirar en torno, comprobando que las haces enemigas seguían densas y que desde su retaguardia llenaban de inmediato los huecos. Sabía que, como cualquier combatiente, esos hombres serían capaces de soportar una determinada cantidad de horror; pero ese límite no acababa de llegar. Sus almocadenes mantenían la disciplina empujándolos espada en mano. Peleando y muriendo con mucho pundonor.

Aspiró con violencia el aire ardiente y el polvo que le abrasaban la garganta. Y con gran esfuerzo de voluntad, recobrando la frialdad de juicio, la razón se abrió paso en su mente ofuscada por la matanza.

La segunda carga había fracasado.

Volvió entonces a ser jefe de la hueste en vez de un animal solitario, enloquecido y peligroso. Gritó retirada, tiró de las riendas de Babieca buscando a su sobrino Félez Gormaz con el cuerno de guerra; y al no hallarlo cerca, alzó la espada manchada de sangre para indicar a Pedro Bermúdez —que defendido por varios de Vivar, mantenía en alto la señal roja y verde— el lugar donde reagruparse.

—¡Retirada!... ¡Retirada!

Corríase la voz entre los hombres que luchaban. Pasaban junto a él, veloces, picando espuelas para salir del combate al ver a los compañeros volver grupas. Maltrechos, cubiertos de heridas, chorreando sangre propia y ajena, desorbitados los ojos bajo los yelmos, teniéndose a duras penas en las sillas, galopaban entre caballos sin jinete que saltaban sobre los cuerpos caídos.

—¡Retirada!

Quiso Ruy Díaz socorrer a los últimos. Acuchilló cuanto pudo, fatigado el brazo, las primeras filas enemigas y cubrió a un rezagado que, malherido, con una pedrada en la cara y una flecha clavada en la grupa del caballo, se agarraba con las dos manos a la silla para no caer. Luego metió espuelas y huyó en pos de sus hombres, que cabalgaban desordenados tras la señal del alférez.

Tump. Clang.

Eso hizo la saeta de ballesta al traspasarle el escudo.

Notó la mordedura del hierro en el hombro izquierdo, rompiendo los anillos de la cota de malla y el belmez de abajo; pero la tensión del combate aplazó el dolor. Sólo sentía un entumecimiento súbito y pérdida de vigor en el brazo. Apretó espuelas inclinándose sobre el cuello mojado de sudor de Babieca mientras intentaba desembarazarse del escudo, cuyas sacudidas laceraban la herida. Lo consiguió al fin, soltando las correas y dejándolo caer —ahora sí dolió, al arrancar con el escudo el asta de saeta—, mientras adelantaba al hombre a quien antes quiso ayudar: había caído de la silla y su caballo seguía al galope, arrastrándolo por el suelo con un pie trabado en el estribo.

La caballería ligera y los peones zaragozanos se portaban bien, arrimándose al enemigo lo suficiente para que a su amparo se reagruparan los jinetes en retirada. Debía de quedar menos de un centenar en condiciones de combatir, comprobó Ruy Díaz al unirse a ellos. Algunos contusos y maltrechos se mantenían en las sillas, pero los peor parados desmontaban o se dejaban caer doliéndose de las heridas. Vagaban sin rumbo caballos cubiertos de espuma y jinetes exhaustos que se miraban unos a otros en busca de compañeros o queriendo identificar a los ausentes.

Al ver llegar a Ruy Díaz, que trotaba despacio, algunos lo vitorearon, satisfechos de hallarlo vivo. Siempre con la señal en alto, Pedro Bermúdez espoleó su montura y le vino al encuentro. Había perdido el yelmo, tenía la gonela desgarrada sobre la cota de malla, los guantes manchados de sangre, y el almófar que le cubría la cabeza estaba mate y sucio. Los ojos se veían enrojecidos bajo una máscara de sudor y polvo.

—Bendito sea Dios, Sidi... Que os trajo vivo.

Ahora no tartamudeaba en absoluto: el combate le había aligerado la lengua. Ruy Díaz miraba en torno, buscando a su sobrino Félez Gormaz.

—¿Dónde está tu primo?

Encogía los hombros el alférez, con indiferencia. El día iba a ser largo y era demasiado pronto para la piedad, incluso en la familia.

—Ya no está. Lo vieron caer.

Pensó Ruy Díaz en su hermana, esperando en Vivar al hijo que no regresaría. Miró hacia la matanza que había dejado atrás y se dijo que tras aquella jornada muchas madres, esposas e hijos iban a aguardar en vano.

—Estáis sangrando, tío.

—No me llames tío... Un ballestazo me pasó el escudo y la cota.

—¿Cosa seria?

—No creo —se tocó el hombro, palpando con un dedo la malla de acero perforada—. Aunque el hierro se quedó dentro. Puedo tocarlo.

—Está poco hondo, entonces.

—Sí.

Desmontaron pesadamente, doloridos, inseguros al pisar el suelo de nuevo. Al verlos, quienes seguían a caballo los imitaron. Con los animales sujetos por la rienda, casi todos se sentaban o se tumbaban sobre la hierba. Bermúdez se acercó a echar un vistazo a la herida.

—Es verdad, el hierro está dentro... Dejad que os lo cu-curen.

Había recobrado el tartamudeo. Negó Ruy Díaz con la cabeza.

—Más tarde.

Miraba en torno. Docenas de rostros cansados y sucios lo observaban expectantes, sabiendo su destino en sus manos. Pero no estaban desmoralizados, comprobó. Al menos, no todavía. Conservaban armas y caballos, un jefe y una bandera. Seguían vivos y podían matar de nuevo. Cargar y reagruparse una y otra vez era usual en aquella clase de combates. Algo propio de su oficio.

—¿Has contado a los hombres?

—Hemos p-perdido más de un tercio entre muertos y heridos... Quedamos unos ochenta en bu-buenas condiciones para combatir.

—No está mal. Menos tuvo don Pelayo.

Sonrió el otro. Una mueca cansada, hecha por igual a las buenas y las malas noticias.

—Sí —dijo—. Podría ser p-peor.

Ruy Díaz señalaba a lo lejos, hacia el grueso del ejército.

—Unámonos a la gente de Ordóñez —indicó las formaciones enemigas, procurando disimular su mucha fatiga—. Habrá que regresar allí.

—Claro, Sidi.

Se volvió Ruy Díaz hacia los hombres más próximos, que escuchaban la conversación estudiándose de reojo entre ellos, sombríos y viéndolas venir. Los miró sin decir nada y ellos asintieron, resignados, conscientes de que les estaba pidiendo que se jugaran otra vez la vida.

—Todos los que puedan, a caballo —resumió.

Subió a la silla ayudado por Bermúdez. La herida del hombro se enfriaba, empezando a doler. También volvía a molestarle la vieja lesión de la rodilla. Miró en torno, empuñando las riendas. Si llego a viejo, pensó, un día estaré demasiado deshecho para hacer esto.

—¿Qué pasa con Minaya?

—Ahí va —dijo uno de los hombres con el brazo extendido, señalando a lo lejos.

Era la tercera carga.

Incluso entre hombres duros hechos a esa vida, se dijo Ruy Díaz, conmovía ver a los compañeros lanzándose al ataque. No era lo mismo picar espuelas hacia el enemigo rodeado por ellos, hermanados unos y otros por la tensión del combate, que asistir pasivo, de lejos, a su triunfo o su desastre.

Mi buen Minaya, pensó.

Allá iba, en efecto, el segundo de la hueste, Minaya Alvar Fáñez. Cabalgaba seguido por su pendón amarillo al frente de otros ciento cincuenta jinetes estribo con estribo, directo hacia el enemigo. El retumbar distante de la cabalgada estremecía la tierra.

—Que Dios los p-proteja —dijo Bermúdez.

Todos miraban en esa dirección; hasta los que estaban maltrechos o muy cansados se erguían para ver mejor. Algunos gritaban palabras de ánimo, cual si los que atacaban pudieran oírlos.

—Quizá c-consigan quebrarlos esta vez, Sidi.

—Puede ser.

Avanzaban Minaya y su gente como un solo cuerpo compacto y rutilante al sol, embrazados los escudos y bajas las lanzas. Dejando a su paso una polvareda tras la que corrían los peones agarenos, resueltos a aprovechar la ocasión si la carga desbarataba al fin las haces enemigas.

—Vamos —ordenó Ruy Díaz.

Trotó, seguido por su gente, hacia el lugar donde se veía el pendón de Diego Ordóñez, en torno al cual se habían reagrupado los supervivientes de la primera carga. Por el camino todos miraban atrás, atentos a lo que ocurría con Minaya, que ya embestía con los suyos, trabando combate. Esta vez la situación parecía distinta, pues en la retaguardia enemiga se divisaban banderas moviéndose rápidas de un lado a otro. Las haces del rey de Lérida empezaban a flaquear y eran sus reservas las que ahora llenaban huecos. Advirtiéndolo, los peones de Zaragoza se acercaban mucho a donde peleaban los jinetes, para apoyarlos, buscando el cuerpo a cuerpo.

—Tal vez lo c-consigan —insistió Bermúdez.

Ruy Díaz no dijo nada. Buscó el águila en el cielo, pero ya no estaba allí. Podía ser un buen o un mal augurio, mas no disponía de tiempo para pensar en ello. Llegaban ya junto a la gente de Diego Ordóñez, sesenta o setenta hombres a los que éste tenía formados de tres en fondo, montados y listos para atacar de nuevo. Vino al encuentro de Ruy Díaz.

—Me alegro de verte vivo, Sidi.

—Y yo a ti.

Ordóñez mostraba una estampa que habría impresionado a un enemigo, e incluso a un amigo: montaba un caballo que no era suyo, así que Ruy Díaz supuso que el otro se lo habían matado o lisiado en la carga. Cubierto de polvo y de sangre seca, el burgalés llevaba la cabeza descubierta, con las huellas de los eslabones de la cota de malla impresas en la frente calva. La sangre que manchaba el brazo de manejar la espada era sin duda enemiga; pero la costra parda sobre el cuello y un hombro era suya, procedente de una herida que bajo un improvisado vendaje le cubría desde el cuello hasta la sien.

—¿Qué te ha pasado?

Gruñó Ordóñez, malhumorado. Las gotas de sudor le trazaban surcos en la cara sucia.

—He perdido una oreja con esos hijos de puta… Por suerte tenía dos.

Miraron hacia donde se luchaba. La infantería propia y la enemiga peleaban cuerpo a cuerpo y el pendón de Minaya seguía en alto, empeñado en la lid y sin indicios de retirarse. O estaba venciendo, o se veía atrapado. Buscando ver mejor, Ruy Díaz se puso de pie en los estribos. También la señal verde de Yaqub al-Jatib entraba en liza: la distinguió en pleno combate, algo más a la izquierda. Sin esperar nuevas órdenes, según lo previsto, el *rais* zaragozano empeñaba la reserva.

—Ese moro cabrón conoce su oficio —admitió Ordóñez, que también miraba.

Era el Momento, se dijo el jefe de la hueste. O parecía serlo. Demasiado tarde no volvería a serlo jamás. Tocaba al instinto actuar en consecuencia. Jugársela a victoria o derrota. A Dios o al diablo.

Dudaba, sin embargo. Y eso no era bueno. En un combate no importaba tanto lo que se hiciera como ejecutarlo con audacia y determinación.

Se volvió a echar un vistazo sobre la grupa. Sus jinetes ya se habían alineado con los de Ordóñez, fundiéndose en un solo cuerpo. Era un centenar y medio de hombres y caballos preparados para volver a la batalla. Algunos daban cortos sorbos a las calabazas con agua que pendían del arzón, se ajustaban las armas, tranquilizaban a los animales, que cabeceaban nerviosos.

—Lo harán —apuntó Ordóñez, adivinando lo que pensaba.

En su mayor parte, aquellos rostros rodeados de hierro no traslucían emoción alguna. Miraban a sus jefes aguardando órdenes, resueltos a aceptar lo que viniera: pelear, morir, ser derrotados o vencer. Para eso cobraban treinta sueldos al mes. Para ganar su pan y asumir sin aspavientos la suerte incierta de los dados que manejaba el azar.

—Viene un ba-batidor —dijo Bermúdez, entornando los ojos.

Era cierto. Un jinete solitario se acercaba al galope desde la línea de batalla, dejando tras él un rastro de polvo recto y rápido.

—Parece Galín Barbués —asintió Ordóñez.

Lo era. Picando espuelas hasta ensangrentar los ijares de su montura, el almogávar llegó hasta ellos, refrenando su caballo con tanta violencia que éste resbaló sobre las patas traseras. Luego, con voz sofocada por el esfuerzo, informó de la situación. Traía un mensaje de Yaqub al-Jatib: las haces del rey de Lérida empezaban a desordenarse y la caballería pesada del conde Berenguer Remont, hasta entonces en reserva y apartada del combate, se situaba en posición para socorrerlas.

—Si cargan contra nuestra infantería la barrerán, Sidi... El *rais* Yaqub pide una contracarga con todo lo que tenemos. Ahora os mandará cuantos jinetes pueda reunir de los suyos.

—No hay tiempo para esperarlos.

—Vienen de camino. Es cosa de un momento.

Miró Ruy Díaz a un lado y a otro, calculando distancia y tiempo. Todo iba endiabladamente rápido. Demasiado.

—¿Por dónde se espera a los francos?

Hizo Barbués girar a su caballo con un tirón brusco de las riendas. Entornaba los ojos bajo el casco de cuero, señalando a lo lejos.

—Por nuestra costanera derecha.

—¿Qué tal le va a Minaya?

—Se sostiene bien, creo. Acomete, se retira unos pasos, acomete otra vez... No desampara a los peones moros, que lidian bien, ni éstos a él. Parece dispuesto a quedarse ahí.

—Eso es buena señal.

—Lo es.

—Diles que aguanten cuanto puedan y no aflojen. Que vamos allá.

—A vuestra voluntad.

Partió el almogávar de regreso a la línea de combate, de nuevo en rápida galopada. Ruy Díaz miró a Ordóñez y luego a Bermúdez.

—En alto esa señal, que la vean bien los que combaten.

Obedeció el alférez, irguiéndose en la silla. Ruy Díaz tiró de las riendas hacia la izquierda, rozando la crin de Babieca. Vuelto hacia los hombres alineados tras su grupa.

—¡Formad en cuña!

Era el modo más eficaz de cargar en tales circunstancias, y no tenía vuelta atrás. Lanzados al galope, el reagrupamiento sólo sería posible tras las líneas enemigas, una vez atravesadas y deshechas éstas. Y si no, pues no.

—Vamos a buscar tu oreja —le dijo a Ordóñez, señalando el campo enemigo—. Quizá la encontremos por ahí.

Rió el burgalés con su ferocidad habitual, pasándose una mano por la frente para apartar el sudor y el polvo de los ojos.

—Se la quitaré a otro si no encuentro la mía, Sidi. Aquí se viene a morir.

—Aun así, procuremos vivir.

—Y matar.

Llegaron los moros prometidos. Eran unos treinta, de buen aspecto: veteranos de tez oscura, barbas en punta y turbantes en torno a los yelmos de acero. Casi todos llevaban escudos, cotas de malla, lanzas y espadas. Muy tranquilos, sin decir nada, fueron a alinearse con los jinetes castellanos, que tiraban de las riendas para hacerles sitio en sus filas. Unos y otros, pensó Ruy Díaz, eran gente bien nacida, como había dicho Yaqub al-Jatib. Capaces de ir con calma a la eternidad.

Sacó la espada y la apoyó en el hombro derecho. El modo más seguro de perder una batalla, pensaba, era creerla perdida.

—¡Soy Sidi Qambitur y vosotros sois mi gente!... ¡Que en Lérida y Barcelona lloren viudas y huérfanos al oír nuestro nombre!

Le respondió un rumor de aceros saliendo de las vainas y un coro desafiante de gritos e insultos al enemigo.

—¡Santiago, Zaragoza y Castilla! —voceó—. *Ialah bismilah!*

Entonces arrimaron espuelas y fueron al encuentro de la caballería franca.

Cuarta parte
La espada

I

Hundió con alivio el rostro en el arroyo y permaneció arrodillado e inmóvil sobre las piedras de la orilla, sintiendo el agua fresca correr por su cara mientras arrastraba el polvo, el sudor y la sangre que la cubrían.

Era sangre de dos clases: propia, de la ceja que le habían partido de una cuchillada; y ajena, de los hombres a los que había matado. También manchaba su brazo derecho hasta el codo, de manejar la espada. Y el hombro izquierdo, por el ballestazo recibido en la primera carga.

Después de un momento con el rostro metido en la corriente, Ruy Díaz bebió despacio hasta saciarse. Cuando cogió el yelmo y se incorporó pesadamente con el apoyo de la espada, las gotas de agua le corrían por el pelo y la barba, mojando la cota de malla, la capucha de acero echada atrás entre los hombros, la gonela desgarrada y sucia por el combate.

Babieca, libre la rienda, mordisqueaba la hierba de la orilla.

El jefe de la hueste se acercó al caballo, metiendo la espada en la vaina que pendía del arzón y colgando allí el yelmo abollado de golpes. Después acarició el cuello del animal. Tenía éste un tajo poco profundo, del que apenas parecía dolerse. La sangre goteaba mansa hasta el pecho y la pata izquierda. Cogió su dueño del suelo un puñado de tierra limpia, la mezcló con hierba y frotó con eso la herida para cortar la hemorragia. Después se palpó el hombro, tocando con un dedo el hierro de saeta que seguía incrustado allí, no demasiado dentro. Sangraba poco, comprobó. Y más que doler, escocía mucho.

Apoyado en la silla, miró alrededor.

Hasta donde alcanzaba su vista, en ambas orillas del arroyo e incluso dentro de él, había hombres y caballos: en aquel paraje, que lindaba con un bosque de pinos bajos, serían más de una treintena, pues el combate había sido duro allí. Mezclados moros y cristianos, algunos estaban muertos y otros no. También había heridos que se quejaban o agonizaban en silencio. Otros sólo estaban maltrechos o fatigados. Dos o tres merodeadores se movían entre ellos, furtivos como cuervos, buscando identificar enemigos para degollarlos, si seguían vivos, y quitarles cuanto de valor llevaran encima. Incluso despojaban a los del propio bando, si estaban muertos o a punto de estarlo y no tenían amigos cerca. Había ya media docena de cadáveres desnudos, iluminados por el sol declinante de la tarde.

Nada se parecía tanto a una derrota, pensó Ruy Díaz, como una victoria.

Unos jinetes se acercaban despacio por la falda de un otero cercano, mirándolo todo. Traían cuatro o cinco caballos capturados y hatos de botín cogido a los muertos. Por instinto, Ruy Díaz apoyó una mano en la empuñadura de la espada, pero la retiró al reconocer a Minaya. Venía con otros de Vivar, y lo buscaban. Todos tenían aspecto sucio y muy cansado. Uno de sus acompañantes picó espuelas para echar el caballo sobre los merodeadores que en ese momento desvestían a otro cadáver. Huyeron éstos ruines y rápidos, salpicando agua del arroyo, refugiándose en el pinar. Entonces el jinete desmontó y continuó por su cuenta el despojo.

Minaya se mostraba feliz de haber encontrado al jefe de la hueste.

—Gracias a Dios. Te hemos buscado por todas partes, Sidi.

Ruy Díaz hizo un ademán que abarcaba el lugar, los vivos y los muertos.

—Acabé aquí, como ellos... Aunque en mejor estado que algunos.

Asintió Minaya. Cada cual tenía su propio relato de las últimas horas, y más tarde, juntando testimonios, se empezaría a componer la historia general: la de quienes acudían a la llamada para reagruparse y la de los que ya no acudirían jamás. Muchos hombres buenos se habían perdido para siempre.

La del propio Ruy Díaz era una de esas historias. Tras romperse las haces moras en la cuarta carga, después de desbaratar a la caballería pesada de los francos se había visto envuelto en uno de los muchos combates parciales que salpicaron la persecución del enemigo derrotado. Acabó en el arroyo con otros jinetes que lo seguían, acuchillándose con un grupo de enemigos que intentaba huir por el pinar y que, acorralados, vendieron caras sus vidas: habían luchado todos muy recio y bien, primero a caballo y luego pie a tierra, hasta caer uno tras otro. Ruy Díaz había matado al último, un caballero franco de buen aspecto al que ofreció cuartel y no lo quiso; lo rechazó en airada lengua catalana. Ahora el franco yacía junto al arroyo, blanco y desnudo como un gusano. Era de los primeros muertos despojados por los merodeadores.

—La jornada es nuestra, Sidi —dijo Minaya.

—Eso parece.

Dos jinetes bajaron de sus caballos para ayudar a Ruy Díaz a izarse a lomos del suyo. Minaya se acercó a mirarle la herida del hombro y el corte de la ceja.

—¿Es lo único?

—Que yo sepa.

—No parece mucho.

Señaló el jefe de la hueste alrededor, los muertos y los heridos.

—No en este paisaje.

Media docena de los que habían estado dispersos por el arroyo se acercaron al grupo. Todos traían caballos propios o ajenos de la brida y cargaban armas y objetos de los muertos cercanos.

—¿Se sabe algo del alcance?

Minaya se había quitado el casco y echado atrás el almófar. Estiraba los miembros para aliviar las piernas y la espalda doloridas de tanto cabalgar. Se pasó una mano por el rostro fatigado, marcado por viejas cicatrices de guerra y viruela.

—Aún continúa —se retiraba también la cofia de la cabeza, enjugándose con ella el sudor de la cara—. Los nuestros persiguen a los moros de Lérida, acuchillando a cuanto hombre vivo se topan... Según dicen, el rey Mundir ha conseguido escapar, aunque sacrificando a muchos de los suyos para cubrir la fuga.

Ruy Díaz parecía no escuchar. Se hallaba absorto en los recuerdos recientes: imágenes de la batalla que irrumpían en sus pensamientos con tanta viveza como si estuvieran ocurriendo de nuevo. El retumbar de los caballos en el suelo, el sonido metálico de las armas, los gritos de los hombres que mataban y morían. El calor, el sudor, la boca seca, la desesperación, la fatiga del brazo que se alzaba para herir y defenderse.

—¿Me escuchas, Sidi?... Te digo que el rey de Lérida puede haberse escapado.

Asintió el jefe de la hueste como desde lejos. Era ahora, sereno al cabo, cuando ordenaba la sucesión de hechos, las decisiones que había tomado sobre la marcha, fruto de la experiencia combinada con el instinto. Decisiones que lo habían llevado hasta allí, pero que también, por caprichos del azar o errores de juicio, podían haberlo convertido en uno de los cadáveres desnudos a orillas del arroyo.

Miró hacia el campo de batalla, lúcido al fin. Comprendiendo por qué había ocurrido de esa y no de otra forma.

Entonces, y sólo entonces, supo con certeza por qué había vencido.

Habían empezado atacando a la caballería pesada franca que avanzaba sobre el flanco derecho, en una contracarga directa: Ruy Díaz, Diego Ordóñez, Pedro Bermúdez con la bandera y ciento ochenta jinetes cristianos y moros reagrupados, puestos al paso, luego al trote y después al galope, directos hacia el enemigo. Y mientras se acercaban a éste, Ruy Díaz había forzado las cosas. Sabía por experiencia lo insólito de que dos masas de caballería chocasen a la carga; al estar cerca una de otra, la menos motivada o decidida solía flaquear y volver grupas. Era semejante a sostener un desafío mirándose a los ojos. Todo se jugaba ahí en la decisión de los hombres y la sangre fría de sus jefes.

Algo tan viejo como el mundo y la guerra.

Y así fue.

A menos de treinta pasos del choque, los francos tiraron de las riendas.

No había ninguna razón concreta para ello, mas lo hicieron. Eran hombres tan experimentados y valerosos como los de Ruy Díaz, o tal vez no lo eran. Quizá menos audaces. Lo cierto fue que, por los arcanos que mueven el corazón de los hombres, sus jefes parecieron vacilar, refrenaron las monturas y eso bastó para que todos volvieran la espalda. Entonces los atacantes apretaron aún más las espuelas y los persiguieron con las espadas picándoles los riñones; matando a unos pocos y desordenando a todos hasta que, dispersos, sin concierto ni cordura al mando, los francos abandonaron el campo.

—Ese cabrón sobrino tuyo —comentó Minaya.

Ruy Díaz lo miró parpadeando con asombro. El segundo de la hueste parecía haberle penetrado el pensamiento.

Porque también él pensaba en Bermúdez. Tras la espolonada contra los francos se reagrupaban todos en torno a la señal que el alférez mantenía en alto, cuando éste señaló las haces enemigas que a sólo un tiro de flecha, al ver retirarse a su caballería pesada, empezaban a flaquear abriendo en su formación claros que no cubrían. La infantería de Yaqub al-Jatib peleaba de cerca con mucho brío, pero no conseguía quebrarlas del todo. Percatándose de ello, Ruy Díaz miraba en torno para comprobar si sus jinetes seguían lo bastante agrupados y en condiciones de cargar de nuevo. Una batalla perdida, recordó, sólo era una batalla que se creía perdida. Y él se negaba a creerlo. Fue entonces cuando el alférez tartamudo dejó otra vez de serlo e hizo lo que hizo. O más bien gritó e hizo.

—¡Ahí está, Sidi! —exclamó—. ¡Ahí está la victoria!

Entre las cosas que Ruy tardaría toda su vida en olvidar, una era a su sobrino haciendo caracolear el caballo, sosteniendo en la zurda el asta con la señal verde y roja de la mesnada de Vivar, desenvainada la espada en la diestra. Cubierto del polvo de la galopada, centelleantes los ojos miopes tras el nasal del yelmo, Pedro Bermúdez había mirado como un relámpago al jefe de la hueste; y al comprobar que éste dudaba sobre la conveniencia de arriesgarlo todo a un golpe, había gritado de nuevo, sin trabucar ni una sílaba y tras una tremenda blasfemia que involucraba a Dios y a su Santa Madre:

—¡No dejéis que me quiten la señal!

Y dicho eso, clavando hasta los talones los acicates en los flancos de su caballo, lo había lanzado contra las haces enemigas para meterse entre ellas, dando botes sobre los muertos y los vivos, soltando espadazos en una carga solitaria y suicida.

Fue entonces cuando Ruy Díaz lo vio.

El Momento.

La leve, fugaz fracción de tiempo que decidía vidas y batallas.

Entonces dejó de pensar, picó espuelas para socorrer a su alférez, y ciento ochenta moros y cristianos lo siguieron a través de la infantería propia, que al verlos llegar abría las filas para dejarles paso, gritando de entusiasmo.

II

Dejaron atrás el pinar y el arroyo cabalgando muy despacio, al paso cansado de los caballos. Al otro lado del otero se extendía el llano donde había sido más recia la batalla. Hasta donde alcanzaba la vista se divisaban cadáveres de hombres y animales, armas tiradas por el suelo, heridos que se arrastraban buscando socorro y alzaban las manos para suplicar ayuda o piedad a los que se tenían en pie. Zumbaban enjambres de moscas y olía como el tajo de un matarife, a vísceras, excrementos y sangre. Grupos de merodeadores iban de un lado a otro en busca de botín o corrían tras los caballos sin jinete. Otros remataban a lanzazos o pedradas a los enemigos que seguían vivos.

Por el cielo, revoloteando a baja altura, los cuervos acudían en bandadas negras, ávidos por aprovechar la carnicería.

Encontraron a Yaqub al-Jatib con un grupo de sus jinetes. Tan sucio y ensangrentado como todos, el *rais* agareno estaba arrodillado junto a un moro malherido. Al ver acercarse a Ruy Díaz, se puso en pie.

—Me alegra el corazón verte vivo, Sidi... Dios ha sido hoy generoso con nosotros.

Apoyaba una mano en el arzón del jefe de la hueste. Sonreía con fatiga, torciendo los labios agrietados y cubiertos de costras. Se había quitado el yelmo y profundos cercos oscuros le embolsaban los ojos. Ruy Díaz miró al herido: Ali Taxufin, el oficial de caballería agarena que había parlamentado en Monzón. Un moro competente y valeroso, de los más allegados a Yaqub al-Jatib. Su segundo en el mando.

—¿Es grave? —se interesó.

—Se partió el cuello al ser derribado del caballo —el *rais* miró un momento al caído—. No siente nada en el cuerpo y pide que lo rematemos.

—¿Y qué harás?

Suspiró Yaqub al-Jatib.

—Todavía no lo sé —volvió a suspirar, amargo—. Es mi amigo.

Asintió Ruy Díaz. Cada cual debía cargar con lo suyo, y en aquella jornada había para todos.

—¿Qué hay de los francos? —quiso saber.

Señaló el moro un lugar impreciso, hacia levante.

—Escapan en desorden camino de Balaguer, perseguidos por los nuestros.

—No hay que dejarlos reagruparse. A ellos menos que a nadie.

—No lo harán, porque matamos a cuantos podemos —lo tranquilizó el otro—. Saben que no hay cuartel excepto para los caballeros que puedan pagar rescate, y ni siquiera ésos están seguros. Por eso corren como liebres acosadas, buscando ponerse a salvo... Ya no pelea ninguno, *alhamdulih-lah*. Gracias a Dios.

—¿Se sabe algo del conde de Barcelona? —preguntó Minaya.

—De él no tengo noticias. La última vez que vi la bandera fue cuando se retiraba, después de que destrozáramos su reserva.

—Seguramente habrá logrado escapar —dijo Ruy Díaz.

Minaya miraba en torno, satisfecho.

—Les hemos hecho una linda matanza, ¿verdad?

Esbozó el moro una mueca fatigada. Tal vez era un amago de sonrisa.

—Por mi cara que sí —indicó los cuerpos de sus hombres caídos en la llanura—. Pero también nos la han hecho a nosotros.

—Sí, aunque menos —acordó Minaya—. Hay días en los que Dios se pone simpático... Además, hoy hemos tenido a dos de nuestra parte: el vuestro y el nuestro.

Yaqub al-Jatib le dirigió una mirada de reprobación.

—No blasfemes, cristiano.

—Disculpa.

Un jinete se acercaba al trote fatigado de su montura: era Galín Barbués, que durante toda la batalla había ido de un lado a otro con mensajes y participado luego en la persecución de los enemigos en fuga. Venía cubierto de polvo y su caballo se movía con desgana, sangrantes los ijares de los espolonazos. Traía un grueso collar de oro al cuello.

—Tenemos a Berenguer Remont —dijo al llegar junto a ellos.

Ruy Díaz lo miró con asombro.

—Repite eso.

—Lo tenemos, Sidi... El conde fue capturado cuando intentaba ponerse a salvo con varios de los suyos. Algunos iban heridos, y eso los retrasaba. Por lo visto no quiso abandonarlos.

—¿Dónde fue eso?

Había ocurrido cuando los fugitivos vadeaban el Noguera, contó Barbués. Para entonces ya cabalgaban jinetes propios por la otra orilla y fue fácil cortarles el paso. Los francos, poco más de una docena, se habían defendido bien; pero metidos en el agua tenían poco que hacer. Alguno de los heridos, incluso, se ahogó con el peso de la cota de malla y las armas.

—Al final pidieron cuartel —concluyó con sencillez—. Y al ver que era gente de calidad, se les concedió —tocaba el collar de oro, mostrándolo—. El propio conde dio esto para que no lo mataran.

—¿Estás seguro de que es Berenguer Remont?

El rostro fatigado del almogávar lo iluminaba una ancha sonrisa.

—Pues claro, Sidi... Yo mismo le puse la espada en el cuello y le quité la suya.

Cuando Ruy Díaz llegó a donde estaban los cautivos, el sol descendía sobre el horizonte alargando sombras y dando tonos rojizos y violetas al paisaje de pinos y chaparros que ondulaba en las colinas cercanas. El conde de Barcelona se hallaba sentado en el suelo bajo una vieja encina, junto a las ruinas de una ermita visigoda de la que sólo se mantenían en pie los muros y el arco de la entrada. El resto eran sillares caídos por el suelo, donde crecían matojos y correteaban lagartijas.

Berenguer Remont estaba en compañía de ocho de sus caballeros, los supervivientes del vado, vigilados por una treintena de moros y cristianos entre los que se contaban Diego Ordóñez y Pedro Bermúdez, que milagrosamente había salido con sólo una descalabradura y una pierna herida, pero con la señal en alto, de las filas enemigas. Los prisioneros francos se veían deshechos de fatiga, humillados y sucios. Ninguno estaba maniatado, pero todos habían sido despojados de sus armas y cotas excepto el conde, que bajo la gonela de rayas blancas y rojas conservaba una loriga tachonada con placas de plata.

Desmontó Ruy Díaz y saludó a Berenguer Remont, que pareció no escuchar sus palabras. Tenía la cabeza descubierta y el aire abatido; miraba el suelo bajo sus botas de cabalgar dibujando en él con una ramita, distraído o aparentando estarlo, cual si no se hubiera percatado de la llegada del jefe de la hueste. Su pelo y barba se veían apelmazados de tierra y sudor. Tenía algo más de treinta años, pero parecía haber envejecido otros veinte.

Sin más palabras, Ruy Díaz fue a sentarse a pocos pasos de él, sobre una piedra grande. Lo acompañaban Minaya y Galín Barbués, y al verlos llegar Diego Ordóñez se unió a ellos. El burgalés había trocado su habitual aire de ceñuda ferocidad por una sonrisa satisfecha aunque no menos feroz. Aún imponía más su aspecto, con la cota de malla manchada de polvo y sangre seca, el vendaje rojizo que le cubría del cuello a la sien y el rosario de orejas enemigas cortadas: una veintena ensartadas en un cordel que pendía de su cinto junto a la daga y la espada. Había vengado de sobra la suya, perdida en el campo de batalla.

—Tenemos aquí a un *tebib* de los moros —dijo Ordóñez comprobando la herida en el hombro de Ruy Díaz—. Así que vamos a sacarte esa punta de saeta.

—Me parece bien.

—Dice que puede darte un cuarto de dracma de opio, para hacerlo más fácil.

—Luego. Ahora prefiero seguir despejado.

—Como quieras.

Se dejó hacer el jefe de la hueste, sentado como estaba, mientras le desceñían las armas antes de sacarle por la cabeza el almófar, la pesada cota de malla y el belmez que llevaba debajo. Desnudo de cintura para arriba, al aire el torso cubierto de marcas y cicatrices, aceptó el pequeño trozo de madera que le pusieron entre los dientes para soportar lo que vendría después, y por el espacio de diez credos lo mordió con fuerza, procurando mantenerse impasible y no gemir mientras Minaya y Ordóñez lo inmovilizaban y el sanador —un hebreo de rostro arrugado y manos hábiles, silencioso y eficaz—, apartando a manotazos las moscas, extraía el hierro de la herida, limpiaba ésta con vinagre, vertía sebo fundido al fuego para cauterizarla y la cubría con una venda. Después le curó el corte de la ceja.

—¿Puedes mover el brazo? —inquirió Ordóñez.

Probó Ruy Díaz a hacerlo. Sentía entumecidos los dedos de la mano, pero no habían perdido mucha fuerza. Se cerraban y abrían bien.

—Puedo.

—¿Y duele ahora?

—Lo normal.

Ordóñez le pasó un pellejo de cabra con algo de vino.

—Echa un trago. Compensará la sangre que has perdido.

—Gracias.

—Tuviste suerte; es herida limpia. La punta no tocó la articulación ni rompió un tendón.

Mientras bebía, Ruy Díaz observó a Berenguer Remont. Éste había levantado varias veces la vista durante la extracción de la flecha, antes de volver a hurgar el suelo con la ramita. Y entonces, cuando Ordóñez y Minaya ayudaron a Ruy Díaz a ponerse de nuevo el belmez y ceñir las armas, éste se incorporó y anduvo hasta el prisionero procurando pisar firme pese al malestar del brazo. Aún tenía el odre en las manos y se lo ofreció.

—Es vino, señor. Os irá bien.

El conde de Barcelona levantó la vista, contemplando la oferta y luego a Ruy Díaz. En sus ojos azules, a través del cansancio y el despecho se abría paso una honda soberbia. En realidad lo habían apresado por retrasarse en abandonar el campo de batalla. Incluso tras saberse derrotado, él y sus caballeros francos habían luchado con extraordinario valor, hasta la extenuación, antes de darse por fin a la fuga y acabar prisioneros en el río.

—No tengo sed —dijo.

—Ya acabó todo y estamos vivos —insistió Ruy Díaz—. Os veo sediento, como vuestros hombres y todos nosotros. Bebed, os lo ruego.

—Beberé cuando se me antoje.

—No es mal momento para hacerlo, señor. Tenemos demasiado polvo y sangre en la garganta.

—No necesito tu ayuda para limpiar la mía.

Ruy Díaz se lo quedó mirando, sin replicar. Al cabo se volvió despacio a los otros prisioneros, mostrándoles el pellejo de vino. Como era de esperar, uno tras otro negaron con la cabeza. Los más viejos, que sin duda se habían visto en trances parecidos, lo hicieron con adusta altivez; los jóvenes, desasosegados y con temor en los ojos.

El jefe de la hueste le puso el tapón al odre y se lo arrojó a Ordóñez, que lo atrapó al vuelo. Después, sin apresurarse, dobló las rodillas para sentarse ante el conde de Barcelona. Lo hizo deliberadamente, haciendo caso omiso del protocolo. Una cosa era el orgullo de cada cual y otra olvidar quién era vencedor y quién prisionero.

—¿Dónde está vuestra espada, señor?

Con un ademán del mentón indicó el franco a Galín Barbués, que se mantenía a distancia respetuosa con su caballo y Babieca de las bridas.

—Él sabrá —dijo con desdén.

Miró Ruy Díaz a Barbués y éste señaló a Muño García, que con otros mesnaderos estaba recostado en el muro derruido de la ermita.

—La tiene él, Sidi. Cuando fui a buscaros, le dije que la custodiara con su vida.

—Que la traiga.

Se acercó Muño García con un hato de paño sujeto con cordeles, y al deshacerlo apareció la espada, recta y larga, de hermosa empuñadura con cruz en ligero arco, metida en su vaina de cuero repujado.

—¿Es la vuestra? —preguntó Ruy Díaz a Berenguer Remont—. ¿La llamada Tusona o Tizona?

—Lo es —confirmó el otro de mala gana.

Movía la cabeza Ruy Díaz, pensativo. Sacó la espada de la vaina y la sopesó, valorando su hoja perfecta de dos filos, la acanaladura central y el perfecto encaje en la empuñadura. Tenía huellas recientes del combate y trazas de sangre seca, pero ni una sola mella. La acarició un momento con admiración antes de envainarla y devolvérsela a Muño García.

Con visible desolación, el conde de Barcelona veía cómo se llevaban su espada. Consciente de lo que el cautivo sentía, Ruy Díaz quiso consolarlo un poco.

—Habéis luchado bien, señor. Como quien sois.

Torcía el otro la boca con arrogante amargura.

—Pero he sido vencido —dijo.

Sonaba menos a lamento que a insolencia. A la consideración de algo imposible o inexplicable. Vencido por unos desharrapados y unos cuantos moros, quería decir. Por chusma de frontera.

Ruy Díaz le dirigió una sonrisa benévola.

—Es simple fortuna de guerra, señor.

—¿La llamas así?

—Nuestro oficio tiene estas cosas. Unas veces se gana y otras se pierde.

Berenguer Remont dio un respingo.

—No mezcles oficios... El mío es gobernar, y el tuyo servir por un trozo de pan.

Volvió un poco la cara Ruy Díaz mirando hacia los hombres apoyados en el muro de la ermita, cual si reflexionara sobre lo que acababa de escuchar. Después señaló a Muño García, que había vuelto con sus compañeros.

—Sólo quería deciros que vuestra espada está a salvo. Y que la tendréis cuando se os libere.

Un destello de interés iluminó la mirada del franco.

—¿Cuándo será eso?... ¿Y cuánto me va a costar?

—No es asunto mío, señor.

—Ah, ¿no?

—En absoluto. Yo sirvo al rey de Zaragoza. A él corresponde establecer vuestro rescate —miró Ruy Díaz a los otros cautivos—. Y el de vuestros hombres, a los que supongo gente principal.

Berenguer Remont emitió una risita malhumorada y sarcástica.

—No he visto a tu rey en la batalla —casi escupió—. Sí, en cambio, a su hermano Mundir antes de que escapara de vuelta a Lérida... Pero no a él.

—Estaba cerca, mirándolo todo desde una colina.

—No demasiado cerca, por lo que sé.

—Para eso me tenía a mí. Para arrimarme.

—Claro... Para eso te tiene a ti.

Ruy Díaz empezaba a sentirse irritado, y sabía que eso no era bueno. No en tales circunstancias. No ante Berenguer Remont, por muy prisionero suyo que fuera. Si en vez del conde de Barcelona se hubiera tratado de un simple caballero, de un infanzón como él, lo habría puesto en libertad en el acto, dándole una espada para matarlo a continuación según las más escrupulosas reglas de la guerra. Pero eso no era posible.

—En Agramunt, a mí y a mi gente nos llamasteis *malcalçats* —habló mirando las botas con espuelas doradas del conde—. Hoy, sin embargo, ambos llevamos la misma clase de huesas —señaló las suyas—. Apenas me las he quitado desde entonces.

Lo observaba el franco con recelosa curiosidad.

—¿Y qué pretendes decir con eso?

—Que todo es cuestión de saber para qué se calza uno: para danzar en los salones o para la guerra... Yo lo hago para ganar mi pan, como habéis dicho.

—Al servicio de moros —apuntó el conde con mala fe.

Sonrió Ruy Díaz con sencillez.

—Señor, ni soy el primero ni seré el último. También vos habéis luchado hoy hermanado con ellos.

—Y en mala hora se me ocurrió.

No había más que hablar, comprendió Ruy Díaz. El conde de Barcelona iba a necesitar tiempo para asumir su humillación: ningún respeto le haría olvidarla y ningún consuelo era posible. Demasiado orgullo maltrecho, el suyo, para un solo día.

—¿Hay algo que pueda hacer por vos?

—Sí. Vete al diablo con tus moros, tu ruin batalla y tu mal vino.

—¿Ruin batalla, decís?

De improviso y a su pesar, sin poder reprimirlo, Ruy Díaz sintió recorrerle el cuerpo un relámpago de ira. Entonces, en dos rápidas zancadas, fue hasta el conde y lo hizo levantarse con violencia, agarrado por el cuello de la loriga. Alzando el brazo herido, señaló a los cuervos y aves rapaces que cada vez en mayor número revoloteaban sobre el escenario de la reciente matanza.

—Ahí acaban de morir dos millares de hombres valientes vuestros y míos. Tenían hijos, mujeres, padres que en este momento los esperan y aún no saben que están muertos... Moros o cristianos, todos merecen vuestro respeto.

Acercó su rostro al del franco. Tanto, que el otro quiso retroceder y se le espantó el semblante.

—¿Os atrevéis a llamarlos ruines? —lo increpó Ruy Díaz, casi brutal.

Se debatía el conde de Barcelona intentando desasirse mientras los prisioneros francos se levantaban indignados, queriendo socorrerlo. Y lo habrían hecho de no desenvainar espadas sus guardianes y tenerlos a raya. Los señaló Ruy Díaz con la daga que acababa de empuñar.

—Agradeced a Dios que no os hago decapitar con todos éstos, y cuelgo vuestras cabezas en las ramas de esa encina.

Respiraba entrecortado Berenguer Remont. Ahora estaba por completo inmóvil. Las pupilas se habían dilatado de golpe y olía agrio, a tierra y miedo. Ruy Díaz le había puesto el filo de la daga en el cuello. Sabía que en ese momento podía matar, y le dolían los músculos de contenerse para no hacerlo.

—Abrid la boca, señor conde de Barcelona —le susurró al oído—. Suspirad tan sólo, moved una ceja, parpadead, y por el Dios que nos alumbra juro que os degüello.

Y en sus ojos había suficiente noche para creerlo.

III

Hacía frío. Un viento del norte agitaba los arbustos invisibles en las sombras y resonaba con suavidad en las oquedades de las peñas. Terminaba el largo día.

—*Bi sahih,* Ludriq. Te debo mucho.

Desde lo alto de una colina, Ruy Díaz y el rey Mutamán veían cómo la noche se adueñaba de todo. Los iluminaban desde atrás hachotes de pez y resina clavados en tierra ante la tienda real, y esa luz dejaba entrever los escorzos de centinelas inmóviles y armados que se mantenían a distancia. Los dos estaban cerca uno de otro, envueltos en mantos. Conversaban.

—Hice el trabajo, mi señor. Todos lo hicieron.

—Yo tenía razón, como has visto. Era necesario dar la batalla.

—No sé si era necesario... Pero salió bien, y por eso fue bueno darla.

El horizonte ya no existía a levante, donde había oscuridad y cada vez más estrellas. Por el lado de poniente quedaba una estrecha franja mortecina comprimida entre tierra y cielo, que viraba despacio del ámbar al azul oscuro. Y contra la negrura, salpicándola de puntos rojos, brillaba una infinidad de fogatas.

—¿Puedo hablaros con franqueza? —preguntó Ruy Díaz—. ¿Con todo respeto pero con franqueza?

Asintió el perfil del rey en la penumbra.

—Hoy has ganado hablar como te convenga.

Todavía dudó el jefe de la hueste.

—Estuvimos a punto de perder —confesó al fin—. Hubo un momento en que rozamos la derrota.

Mutamán escuchaba con naturalidad.

—Lo sé. Me di cuenta. Esas cargas sin éxito, ¿verdad?

—Creí que no lograríamos romper las haces enemigas.

—Y sin embargo, lo seguiste intentando.

—Ya no podía elegir... Y el *rais* Yaqub al-Jatib fue decisivo. Mantuvo la presión de los peones una y otra vez, dándonos tiempo para reagruparnos y cargar de nuevo.

—Es un buen hombre —concedió Mutamán.

—Es más que eso. Es un guerrero.

Relucían rojizos los ojos del rey. Estaba sonriendo.

—No somos tan diferentes, ¿verdad?

—No, mi señor. Creo que no lo somos.

—De religión distinta, pero hijos de la misma espada y la misma tierra.

Se quedaron callados un instante. Contemplaban los innumerables fuegos en torno a los que centenares de hombres estarían curando sus heridas y recordando los pormenores de la jornada.

—Se equivoca —dijo de pronto Ruy Díaz, como para sí mismo— quien hace la guerra con la única esperanza de vencer siempre.

Mutamán pareció reflexionar sobre aquello.

—Hay que educarse también para la derrota, quieres decir —concluyó.

—Sí.

Otro silencio. Al cabo, Ruy Díaz habló con voz opaca.

—Cuatro cargas, mi señor... Y hasta la última no creí que lo consiguiéramos.

—Sin embargo, en ningún momento hiciste amago de retirarte.

—Una retirada puede costar más cara que el ataque más sangriento.

—Lo sé... Te observaba desde aquí, como digo. Entre el polvo de las galopadas veía tu señal ir y venir de las filas enemigas, a tu gente arremolinarse alrededor, formar líneas y cargar de nuevo.

Siguió otro silencio, cubierto por el chisporroteo de los hachotes de luz y el susurro del viento entre las rocas.

—Me gustaría que empezaras a pensar en Valencia, Ludriq... Las tierras de Levante. Creo que es momento de extender mi reino por allí. ¿Te parece buena idea una campaña en primavera?

Lo pensó Ruy Díaz.

—Podría hacerse, mi señor.

—Empieza con una cabalgada. Hacia Morella, por ejemplo. Deseo que no haya árbol que no tales, casa que no quemes ni esclavo o botín que no te traigas. Hazles sentir el temor de Dios y el tuyo, hasta el punto de que no sepan cuál los aterra más... ¿Te ves capaz?

—Sí.

—Tenlo presente entonces, porque hablaremos de ello.

Contemplaba el rey las fogatas extendidas por el llano. Al poco se volvió otra vez hacia el jefe de la hueste.

—¿Cómo va tu herida?... ¿Hicieron efecto las hierbas medicinales que te envié?

—Sí. Ahora apenas me duele, y puedo mover el brazo.

—Me alegro... ¿Puedo hablarte yo también con franqueza, como tú antes a mí?

—Será un honor.

—Cuando te disponías a atacar de nuevo y os vino encima la caballería franca, estuve a punto de galopar ladera abajo para unirme a vosotros con mi guardia negra. Ya sabes: victoria o muerte.

—Por fortuna no lo hicisteis, señor.

—Tú sabes que no se trata de cobardía. *Wa-ras abi.* Lo juro por la cabeza de mi padre, al que Dios tenga en su jardín... Soy rey, y el futuro de un reino no lo decide una batalla. Mi obligación habría sido regresar a Zaragoza, levantar otro ejército y defender mi derecho ante los enemigos —Mutamán hizo una larga pausa—. Te habría tenido que abandonar para ponerme a salvo.

—Claro.

—Igual que hizo mi hermano Mundir con los suyos.

—El rey de Lérida peleó bien. Honró vuestra sangre y se retiró cuando ya no hubo más remedio.

—Pues el conde de Barcelona no tuvo tanta prisa.

—Lo intentó, os lo aseguro. Y es natural. El franco tuvo mala suerte.

Mutamán inclinó el rostro, pensativo, y la luz resinosa resbaló por su perfil de halcón flaco.

—Debo pensar qué hacer con él —dijo—. ¿Está bien tratado?

—Sí, dentro de lo razonable... Duerme en mi tienda, custodiado por los mejores hombres.

Rió el rey, divertido con la idea.

—Tu tienda no es gran cosa.

—Es lo mejor que tengo.

—¿Crees que debería ir a verlo mañana, antes de partir? ¿O sería mejor hacerlo venir aquí?

—No lo sé, señor. Entre reyes y condes yo tengo poco que decir.

Lo pensó Mutamán. Al cabo hizo un ademán impaciente, envolviéndose más en el manto.

—Prefiero no verlo. Que te ocupes tú —lo miró con intención—. Me han dicho que es hombre de insolencias, y no quisiera ordenar que le corten la cabeza.

—Sólo es orgulloso, mi señor. Acostumbrado desde niño a mandar. Como vos, supongo.

—Quizá tengas razón. Tampoco yo sería buen prisionero.

—¿Qué debo hacer con él?

Exhaló el rey un prolongado suspiro. Sonaba a indecisión y fastidio.

—No puedo ejecutarlo —dijo—. Otra cosa es que hubiera muerto en la batalla. Ahora, todos los reyes cristianos y algún andalusí me llamarían asesino.

—¿Pediréis rescate?

—Eso plantea un problema, porque en tal caso debo retenerlo como prisionero hasta que pague, lo que lleva tiempo... No puedo tener en una mazmorra durante meses a un conde de Barcelona.

—Podéis liberarlo bajo palabra.

—¿Tú crees que Berenguer Remont pagaría una vez se viese libre?

—¿Con sinceridad, mi señor?

—Pues claro.

—No creo que pagase ni una triste onza.

—Yo tampoco lo creo.

Rieron los dos: una risa bienhumorada y cómplice.

—Me gustas, Sidi Qambitur.

Ruy Díaz se removió incómodo, sin responder. No era la clase de confidencias a la que estaba acostumbrado. Y menos viniendo de un rey.

—Llevo todo este tiempo observándote —prosiguió Mutamán—. Sabes mandar. Renuncias a privilegios que te corresponden: duermes como todos, comes lo que todos, te arriesgas con todos. Jamás dejas a uno de los tuyos desamparado, si puedes evitarlo... ¿Estoy en lo cierto?

Encogió los hombros Ruy Díaz, con desgana. Nadie podía ignorar la pregunta de un rey.

—Quien no tiene consideración por las necesidades de sus hombres —repuso tras pensarlo un momento— no debe mandar jamás. Nadie como ellos es sensible a la atención de un jefe.

—Por eso tu gente, y ahora la mía, se hace matar por una palabra o una mirada tuyas.

—Todos son hombres valerosos.

—No se trata sólo de valor, porque la frontera está llena de hombres valientes... Hasta un cobarde, si sabe que tú lo miras, lucha como un león. Es así, Ludriq, y no de otro modo. Dios, que todo lo ve y todo lo sabe, te bendijo con ese privilegio.

—¿Puedo confesaros algo, mi señor?

—Por supuesto.

—No hay hombre más cobarde que yo en vísperas de una batalla.

La luz rojiza iluminó a medias la sorpresa de Mutamán.

—¿Lo dices en serio?

—Mientras hago planes, procuro imaginar cuanto puede salir mal.

—¿Y actuar luego en función de eso, y no de lo que puede salir bien?

—Más o menos.

—*Ant alahaq*... Tienes razón. Te he visto hacerlo.

La última franja de claridad se había extinguido en el horizonte y la bóveda celeste parecía acribillada de minúsculos alfilerazos de plata. Alzó el rostro el rey, contemplando las estrellas.

—Eres un jefe extraño, Ludriq. Puedes ser temible con los enemigos, implacable con los indisciplinados, fraternal con los valientes y leales... Tienes la energía y la crueldad objetivas de un gran señor. Eres duro y justo. Y lo que es más importante: puedes mirar el mundo como un cristiano o un musulmán, según lo necesites.

—Hago lo que puedo.

—Haces más que eso, o tal vez sea que prometes menos de lo que puedes... Por lo común, las leyendas se construyen sobre hombres muertos. Pero tú eres una leyenda viva, Sidi Qambitur. Contigo vencería yo a los hombres, a los diablos y a los ángeles del cielo.

Seguía Mutamán con el rostro vuelto hacia las estrellas que se reflejaban en sus ojos. El perfil, silueteado por la luz tenue y rojiza de las antorchas, parecía contemplar las Pléyades.

—Debería estar celoso de ti... Un rey debe sospechar de todo lo admirable.

Ruy Díaz no supo qué decir a eso, así que permaneció en silencio. Suspiró el rey otra vez, con mucha melancolía.

—Volviendo a nuestro ilustre prisionero —dijo—, no hay más alternativa que poner a Berenguer Remont en libertad. Podemos pedir rescate por sus caballeros: a ésos los retendremos hasta que el conde o las familias paguen. Pero a él hay que soltarlo... ¿Opinas lo mismo?

—Sí.

—Habría que arrancarle, al menos, que no se entrometa en nuestra posesión de Monzón y Almenar. Son asuntos entre mi hermano y yo. El rey de Aragón ya se ha lavado las manos, como decís los cristianos. Que Berenguer Remont haga lo mismo... ¿Podrías planteárselo tú?

—Puedo intentarlo.

—*Inshalah.*

—¿Libre a cambio de su palabra?

—Eso es.

—Dudo que su palabra valga mucho en este asunto.

—Yo también, pero es mejor eso que nada. Prepararé un documento en árabe y en su lengua franca para que lo firme y ponga su sello... Habla con él mañana y procura que lo acepte.

—No será fácil, mi señor. La diplomacia no es lo mío. Me temo que hoy he dado alguna prueba.

—Ya me contaron vuestro incidente... Ese hombre agota la paciencia, ¿no?

—Casi.

—Conocí a su hermano, al que hizo asesinar. Y era igual de orgulloso e irritante. Carácter de familia, me temo... De todas formas, habla con él. Persuádelo. Invítalo a comer. Te mandaré viandas y vino de mi bagaje. Un buen convite.

Dio el rey media vuelta, dando por finalizada la conversación. Regresaría al día siguiente a Zaragoza y necesitaba descansar. Caminaron despacio hacia su tienda, circundada por los guardias negros apenas visibles en la noche. De pronto, Mutamán se detuvo cerca del chisporroteo de las antorchas.

—El inconveniente —dijo— es que de esto sacarás poco más de lo que te pago: el despojo de la batalla, los caballeros cautivos y basta. De rescate sustancioso, nada... *Res de res,* como dicen ellos.

Sonrió Ruy Díaz, estoico.

—No se puede ganar todo ni ganar siempre, mi señor.

—Es cierto, pero has batallado duro para merecerlo. Me gustaría compensarte con algo. Así que piénsalo bien, Sidi Qambitur.

Asintió el jefe de la hueste. Alguna idea le rondaba la cabeza.

—Lo pensaré, mi señor... Lo pensaré.

IV

El convite fue en Almenar, en la pequeña plaza de armas del castillo, cuatro fechas después de la batalla. El día era soleado, y el jefe de la hueste había ordenado instalar una carpa de lona sobre una mesa provista con lo que Mutamán dejó antes de regresar a Zaragoza. Al fuego se asaban una docena de pollos y tres corderos que se lardeaban con su propia grasa girando en los espetones. Había damajuanas forradas de mimbre llenas de vino, servido en copas de barro, y hogazas de pan horneado aquella misma noche. No estaba mal, convinieron todos, para tratarse de una comida de campaña.

Había dos mesas bajo la carpa. Una era más grande, y en ella estaban frente a frente seis de los caballeros francos prisioneros y otros tantos oficiales de la hueste además de fray Millán y Yaqub al-Jatib. En la otra mesa, cubierta con un mantel, estaban sentados Ruy Díaz y Berenguer Remont, pero no había sido fácil que el conde asistiera. Tras mucha insistencia, sólo la amenaza de poner grilletes a sus hombres y sumirlos en lo más oscuro de una mazmorra había doblegado el orgullo del franco. Aun así, se negaba a probar bocado.

—Gustad un trozo de cordero, señor conde. Os lo ruego.

—No tengo hambre.

—Por favor.

Negó otra vez Berenguer Remont, obstinado. Oscuro de ánimo.

—Te digo que no tengo hambre.

Conversaban y reían los vencedores en la otra mesa, comentando pormenores de la batalla. Callaban los vencidos, comiendo cabizbajos. Despojados de sus armas y mejor ropa, barba y pelo en desorden, los francos vestían de cualquier manera, con prendas viejas que les habían dado sus captores, y algunos mostraban heridas y magulladuras. Sin embargo, siendo como eran de buena crianza, tenían actitudes dignas y al comer se mostraban moderados por respeto al conde de Barcelona. Aun así, masticaban con mal disimulado apetito y bebían con sed, pues era el primer yantar decente desde su cautiverio.

—Pues los vuestros se llenan el estómago, señor —opuso Ruy Díaz.

—Cada uno es cada cual.

El jefe de la hueste se inclinó sobre la mesa con expresión amable, casi confidencial.

—Es absurdo que os neguéis a probar bocado... La guerra tiene idas y venidas, diversos golpes de fortuna. Quien come hoy puede luchar mañana.

Seguía enrocado el conde en su rechazo.

—No veo próximo ese mañana mientras siga en tu poder.

—Os apresé en buena lid. Mi gente pagó su precio en sangre, como la vuestra. Todos luchamos bien.

Apartó el otro, con el dorso de una mano, el plato que su anfitrión le había puesto delante. El orgullo herido le enturbiaba el talante.

—El rey Mutamán, mi señor, me ha encarecido mucho vuestro cuidado —insistió Ruy Díaz—. Esta comida la envía él para honraros.

Le dirigió el conde una mirada torva. Malintencionada.

—Habéis dicho *mi señor* —recalcó.

—Así lo he dicho, en efecto.

—Pues eso lo resume todo —hizo una mueca desagradable que se pretendía altiva sonrisa—. Vuestro señor es un reyezuelo moro.

Asintió Ruy Díaz con mucha calma.

—No siempre puede uno elegir a sus señores —opuso.

—Ya veo.

—Ni tampoco quién lo captura a uno.

Acusó el otro la saeta, pues estuvo un rato callado, ensortijando los dedos en la barba rojiza. Ruy Díaz decidió darle un respiro. Bromeaban en la otra mesa sobre la oreja perdida por Diego Ordóñez, que era el primero en hacer chanza de ello.

—Me la cobré con creces... Con creces, os digo. Pero ninguna era de mi talla.

Reían los castellanos y callaban los francos. Sentado junto a Yaqub al-Jatib, fray Millán comía en silencio, con una vaga sonrisa en la boca. El fraile, pensó Ruy Díaz, tenía derecho a estar allí. Lo recordó tímido monje en San Hernán, con su pelo bermejo tonsurado, el hábito de estameña y la ballesta colgada a la espalda, prestándose voluntario para acompañarlos en la cabalgada. Después, cuatro días atrás en el campo de batalla, tranquilo y seguro de sí, recorriendo en su mula las filas castellanas, exhortándolos para que pelearan y fuesen a Dios como buenos soldados, indiferente a las flechas, piedras de honda y jabalinas enemigas que llovían como granizo. Y más tarde, al terminar todo, arrodillado junto a moribundos moros o cristianos, confortándolos camino del paraíso de cristo o del jardín del profeta. Hermanándolos en el último viaje.

—Un brindis —propuso Minaya.

Se había puesto de pie con una copa de vino en las manos. Lo imitaron ruidosos los otros mesnaderos.

—¿Por quién? —preguntó Ordóñez.

—Por nuestros muertos —miraba Minaya a los francos sentados enfrente—. Y por los suyos.

—Por los bu-buenos hombres va-valientes —se sumó Pedro Bermúdez, que llevaba un vendaje en torno a la cabeza y se apoyaba en un cayado de pastor.

Mirábanse los prisioneros entre ellos, indecisos, hasta que el más viejo, un guerrero de pelo cano y cicatrices en la cara, cogió su copa y se levantó. Lo imitaron los otros y bebieron todos a excepción de fray Millán, que sólo probaba el vino en misa y lo hizo con agua, y Yaqub al-Jatib, que se limitó a llevarse respetuosamente la mano derecha al corazón.

También Ruy Díaz se había levantado con una copa de vino en la mano. Sin embargo, Berenguer Remont permanecía sentado, ceñudo y sombrío. Tenía la mirada baja y cruzaba, testarudo, los brazos sobre el pecho.

—¿No bebéis por vuestros muertos, señor conde?

—Déjame en paz.

—Eso no está bien, señor.

—Vete al infierno.

Después de beber, Ruy Díaz se sentó de nuevo. Al cabo de un momento, el conde franco levantó la vista.

—¿Ya has pensado cuál será el rescate? —inquirió con aparente desdén—. ¿Lo que pedirás por mi libertad?

Asintió el jefe de la hueste.

—Lo hablamos hace unos días el rey mi señor y yo.

—Imagino los términos.

Hizo Ruy Díaz otro ademán afirmativo.

—Alguien de vuestra calidad no vale menos de cinco mil marcos de oro y plata. Ésa fue la conclusión.

—Qué disparate.

—Os hacéis de menos, señor.

—No tengo tanto dinero disponible... Gasté demasiado en esta campaña.

Alzó una mano el jefe de la hueste, descartando aquello.

—Hay hebreos en Barcelona que os lo prestarían con gusto, al interés adecuado. También el rey de Lérida, por el que os veis aquí, podría ayudar.

Si una sonrisa podía calificarse de negra, la de Berenguer Remont lo era. Negra y astuta. Todo el rencor y todo el desprecio se vomitaban en ella.

—Lo suponía... ¿Y aceptará Mutamán mi palabra, o debo permanecer prisionero hasta que se satisfaga el pago?

Lo miró Ruy Díaz con fingida sorpresa. Lo cierto era que empezaba a divertirse.

—No he dicho que sea ése el rescate. Sólo dije que mi señor y yo estuvimos discutiendo el asunto.

—Espero que no se os haya ocurrido pedir más.

—Eso depende.

Volvió a tocarse Berenguer Remont la barba. Ahora parecía desconcertado.

—Muy baja manera tenéis de negociar un rescate —dijo tras un momento.

—Ah, pues la creí agradable para vos. Una buena comida, un día de sol, y todos seguimos vivos —señaló la otra mesa—. Al menos, ellos y nosotros.

Era la ocasión, decidió al fin. Estudiaba con cautela el gesto crispado del conde, las pupilas contraídas por el odio en el centro de los iris azules, y supo que tocaba dar el siguiente paso en la partida que llevaba rato jugando. Sin apresurarse, con movimientos tranquilos, desenrolló el documento escrito en vitela que había estado oculto en su ropa.

—Os pido que leáis esta declaración, señor. Está en árabe y en vuestra lengua franca.

Miraba el otro el documento, receloso.

—¿Qué es?

—Leed y lo sabréis.

Leyó Berenguer Remont, renuente al principio. Al cabo le enrojeció el rostro y tiró el documento sobre la mesa.

—Mutamán está loco si cree que voy a firmar algo que le entrega Monzón y Almenar.

—No son vuestros, señor.

—Son del rey de Lérida, que me paga parias... Es mi aliado. No puedo desentenderme de él.

—Querer es poder. Sobre todo si está vuestra libertad en juego.

—¿Y qué pasa si no firmo y me niego a pagar rescate alguno?

Hizo Ruy Díaz un ademán ambiguo.

—Eso no depende de mí. En lo que a vos respecta, supongo que pasaríais una larga temporada en una mazmorra de Zaragoza, a voluntad del rey mi señor —señaló a los prisioneros francos, bajando la voz—. Ellos, en cambio, sí serían de mi competencia.

—Lo que significa...

—Que con gran dolor de mi corazón, pues son valientes caballeros, tendría que degollarlos a todos.

Un puño de Berenguer Remont, apoyado en la mesa junto al documento, estaba tan apretado y tenso que blanqueaban los nudillos.

—¡Bellaco!

Ruy Díaz encajó el insulto con mucha sangre fría.

—La bellaca es la costumbre. No inventé yo los usos de la guerra. Por otra parte, y según mis noticias, también vos habéis despachado a unos cuantos. Os supongo acostumbrado a que os degüellen gente y a degollar... Incluso en familia.

Palideció el otro con la alusión.

—El rey de Zaragoza... —empezó a decir.

—El rey de Zaragoza se encuentra lejos —lo interrumpió Ruy Díaz—. Quien está aquí soy yo.

No dijo más y se quedó mirando fija e intensamente al conde. Al poco lo vio parpadear, respirar fuerte y parpadear otra vez. Seguía con el puño apretado sobre la mesa, pero ahora la mano le temblaba. No mucho, pero temblaba. Ya no era furia, sino incertidumbre. Tenía gotas de sudor bajo el nacimiento del pelo, en la frente. Y cuando habló al fin, su voz sonó a claudicación.

—Además —dijo, ronco—, me quitaron el anillo condal al apresarme.

Intentando no mostrar su júbilo, Ruy Díaz mantuvo el semblante hosco. Señaló a fray Millán.

—Lo tiene el fráter, que es secretario de mi hueste. Hombre santo y de toda confianza. Puede devolvéroslo ahora mismo.

Las últimas palabras las deslizó casi con delicadeza. Todo encajaba en su lugar, y no era cosa de estropearlo con prisas.

—¿De verdad no queréis probar el cordero?... Está delicioso.

Le acercó el plato al conde como si ya estuviera todo dicho. Después tomó un trozo del suyo, llevándoselo a la boca. Masticó despacio y tragó con ayuda de un sorbo de vino.

—Voy a proponeros algo —dijo como si se le acabara de ocurrir.

Miraba el otro su plato, sin tocarlo.

—No creo que me guste.

Sonrió Ruy Díaz. Lo justo.

—Esperad a escucharlo.

Tras chuparse la grasa de los dedos, se limpió las manos en la jofaina con agua que tenía al lado. Después se volvió hacia el conde.

—Vuestro rescate es veros comer.

—¿Qué?

—Lo dicho —señaló el plato que el otro tenía delante—. Hacedme la inmensa merced de probar este cordero y estaréis muy cerca de vuestra libertad.

—No te entiendo.

—Pues lo he dicho en limpia lengua de Castilla.

—Quizá no domino del todo tu lengua.

—Pues siento no manejar bien la vuestra, pero os lo puedo decir en latín: *ede, et liber eris.*

El conde abrió la boca medio palmo. Lo miraba, incrédulo.

—¿De qué estás hablando?

—De que vuestro rescate es que comáis.

—No estoy para bromas.

—Hablo en serio. Vuestra libertad a cambio del placer de veros yantar con apetito... Y algún pequeño detalle más.

—¿Qué detalle?

—Vuestra firma y vuestro signo, por supuesto.

Tocaba con un dedo el documento. Berenguer Remont contempló el rollo de vitela como si lo viese por primera vez.

—Me tomas el pelo.

—No.

—¿Eso es todo lo que pides?

—Casi... Comed.

Dio unos golpecitos en el borde del plato. Después tomó delicadamente con dos dedos un trozo jugoso de cordero y lo puso en la mano del conde, que lo cogió indeciso.

—¿Qué es lo otro? —quiso saber.

—Comed. Por favor.

Se metió Berenguer Remont el trozo de cordero en la boca. La grasa le manchaba la barba mientras entornaba los párpados, receloso e intrigado.

—¿Qué es?

—Vuestra espada.

—¿La Tizona?

—Sí. Ésa.

Masticó el otro tragando con dificultad, como si se le acabara de atravesar un bocado. Le alcanzó Ruy Díaz la copa de vino y bebió un largo sorbo.

—Pero ya me la has quitado —dijo.

—Así no tendré que devolvérosla.

El conde cogió otro trozo de cordero.

—Esa espada vale doscientos cincuenta marcos de oro.

—Ah. Creí que era más.

La expresión de Berenguer Remont era una mezcla de despecho, asombro, desconcierto y alivio.

—Comed —insistía con mucha amabilidad Ruy Díaz—. Y luego, firmad.

Rebañó el otro su plato, silencioso y pensativo. Al cabo se enjuagó las manos en la jofaina y las secó en su ropa. Y entonces, a un gesto de Ruy Díaz, se levantó fray Millán y vino hasta ellos con tintero, pluma y el anillo condal.

—Hijo de puta —masculló entre dientes el conde.

Tres días más tarde, bajo un cielo desgarrado y gris que amenazaba lluvia, Berenguer Remont fue conducido al límite de sus dominios. Lo escoltaban treinta jinetes castellanos escogidos por Ruy Díaz, y el jefe de la hueste y Galín Barbués cabalgaban con ellos.

Anduvieron sin prisa casi tres leguas, hasta un antiguo puente romano próximo a Balaguer. Al otro lado, ante las estribaciones de la sierra del Montsec, esperaba un destacamento de caballería para hacerse cargo del conde de Barcelona. Como los castellanos que se aproximaban, los jinetes francos iban armados de arriba abajo, envueltos en embozos negros y pardos. Desde las cumbres lejanas, cubiertas de nieve, soplaba un cierzo cortante y frío que agitaba los mantos, los pendones de las lanzas y las crines de los caballos.

Cerca del puente, Ruy Díaz ordenó alto, tiró de las riendas y estudió el lugar. No por recelo especial, sino porque era su costumbre. Y de ese modo, sus ojos hechos a la guerra recorrieron los detalles del terreno, las ramblas y oteros, los bosques que se espesaban a los lados del camino.

Barbués se había adelantado hasta detenerse junto a él.

—Todo está tranquilo, Sidi.

—Eso parece.

Entornaba los ojos el almogávar, observando suspicaz a los francos.

—¿Cruzaremos al otro lado?

—No... Vuelve con el conde y que permanezca tranquilo. Esperad mi señal.

Apretó las piernas en los flancos de Babieca, haciéndolo avanzar despacio, al paso. Y mientras se aproximaba al puente sólo oía el sonido de los cascos del caballo y el rumor del viento que agitaba las jaras y las ramas de los árboles.

Todo estaba en orden, confirmó con un último vistazo. Los jinetes del otro lado se veían tranquilos, a la espera. Relajados. Sin dejar de mirarlos, hizo la seña a Barbués y desmontó manteniendo el caballo de la rienda.

Tras estirar los miembros doloridos por la cabalgada se acomodó el manto, abrigándose mejor mientras observaba las montañas. El casco y la cota de malla que le tapaban medio rostro parecían aún más fríos que el aire. Movió las piernas entumecidas, pateando el suelo. Volvía a dolerle la rodilla, y la herida del hombro se hacía notar.

El viento decrecía en intensidad, pero la sierra arañaba el vientre de un enorme nubarrón, oscuro y denso, que lo ensombrecía todo a su paso. Relumbraban latigazos silenciosos de relámpagos lejanos.

Nos vamos a mojar hasta el ánima, pensó con resignado fastidio.

Apagado en la distancia, se oyó el seco retumbar de un trueno. Y como si fuera una señal que abriese despacio las espitas del cielo, gruesas gotas de lluvia empezaron a repiquetear suavemente sobre el acero de su yelmo y a vencer las hojas de las jaras que bordeaban el camino.

Se volvió al oír cascos de un caballo acercándose a su espalda. El conde de Barcelona había dejado atrás a la escolta y avanzaba solo, montado en un alazán árabe de magnífica estampa que el propio Ruy Díaz había escogido entre los capturados en Almenar. Iba cubierto con una capa de paño encerado que tapaba hasta la grupa del animal y se tocaba con un elegante gorro de viaje. Con las botas de montar calzaba las espuelas doradas.

Ruy Díaz permaneció inmóvil, a pie, mirándolo aproximarse. Las gotas precursoras de la tormenta arreciaban ahora en lluvia declarada, y el aire comenzaba a velarse con la cortina triste y gris del agua intensa que caía. Despacio, al paso tranquilo de su caballo, Berenguer Remont llegó junto al jefe de la hueste sin mirarlo siquiera. Se diría que iba a seguir de ese modo, pasando de largo hacia el puente, cuando pareció pensarlo mejor. Tiró un poco de las riendas, bajó la vista y lo miró por primera vez.

—Volveremos a vernos —prometió.

Le sostuvo la mirada Ruy Díaz. La lluvia mojaba el gorro y la barba rojiza del franco, y sus ojos expresaban todo el desprecio y el rencor posibles en un ser humano.

—Supongo que sí.

Retenía el otro su caballo, un poco separados los talones de los ijares, como si dudase en irse del todo. Parecía buscar algo que decir. Un último gesto o una palabra.

—No sé quién crees que eres... Sólo la suerte te dio lo que tienes. Y no es gran cosa.

Lo pensó Ruy Díaz sin despegar los labios. Era razonable, se dijo. De modo que asintió, sincero.

—No es mucho, señor. Estáis en lo cierto.

—Que no te envanezca haber hecho jurar a un rey y derrotar a un conde de Barcelona. Todo se paga.

Movió Ruy Díaz los hombros, incómodo. El agua empezaba a calarle el manto y se filtraba por los eslabones de la cota de malla.

—Lo sé —repuso con sencillez.

Soltó el conde una maldición. Casi una blasfemia.

—¿Lo sabes, dices?... Tú no sabes nada. No eres más que un desterrado sin patria —señaló a Barbués y los otros—. Tú y esa gente sois mercenarios y buscavidas. Chusma de frontera.

También reflexionó Ruy Díaz sobre ese punto.

—Tengo un caballo y una buena espada, señor... Lo demás, Dios lo proveerá.

Se entreabrió el manto mientras lo decía, a fin de que el conde pudiera ver la Tizona, que llevaba al cinto.

Palideció el otro. O tal vez fue un relámpago cercano que en ese momento restalló en el cielo, blanqueándole de luz la cara. Apartó de nuevo las espuelas para acicatear a su montura, pero aún se contuvo un último instante.

—Soy Berenguer Remont, segundo de mi nombre, conde de Barcelona, de Gerona, de Ausona y Vich —dijo con la voz quebrada de cólera—. ¿Comprendes?

—Comprendo.

—Estoy en los anales de la historia, como lo estuvieron mi abuelo y mi padre, y como lo estarán mis hijos y mis nietos... Pero tú acabarás pudriéndote al sol en cualquier oscuro combate, ahorcado y pasto de los cuervos, cargado de cadenas en los sótanos de un castillo... Se borrará del mundo lo que eres y lo que fuiste.

Hizo el jefe de la hueste otro ademán afirmativo, pero estaba distraído. En ese momento pensaba en Jimena y las niñas. Ojalá se encuentren bien las tres, se dijo. En San Pedro de Cardeña, lejos de la lluvia. A salvo y reunidas ante un buen fuego.

Pensó después en Yusuf Benhud al-Mutamán, rey de Zaragoza. En las tierras de Levante y en la ciudad de Valencia. En los abastecimientos y tropas que reuniría para la primavera: soldados, animales, carros, comida, armas. Cada caballo iba a requerir veinte libras de forraje y un cubo de agua al día; cada hombre, dos libras y media de alimentos, vino, aceite para aderezar comida, alumbrarse y engrasar las armas. Había mucho que prevenir antes de que acabara el invierno. Por suerte tenía a Minaya, Ordóñez, Barbués y los otros. Ellos eran sus verdaderos hermanos. Su familia. Podía confiar en todos. Por un momento tuvo la grata visión de yelmos y lanzas brillando al sol, pendones flameando al viento, grupos de jinetes cargados de botín que arreaban ganado y cuerdas de prisioneros, con un fondo de campos en llamas y humo de incendios.

—¿Oyes lo que te digo, Ruy Díaz?... Dentro de unos años nadie recordará tu triste nombre.

Asintió de nuevo. La lluvia caía ahora con más fuerza golpeándole el yelmo, corriendo en gruesas gotas por su cara y su barba.

—Probablemente, señor —dijo—. Probablemente.

Buenos Aires, abril de 2019

Agradecimientos

A Alberto Montaner, por su imprescindible *Cantar del Cid* y la revisión técnica del texto.

A Federico Corriente, por el vocabulario andalusí del siglo XI.

A Julio Mínguez, por el visto bueno ecuestre.

A Augusto Ferrer-Dalmau, por la portada cidiana.

A Carolina Reoyo, por su implacable mirada holmesiana.

Y a mi bisabuela Adéle Replinger Gal, que en 1883 adquirió *La leyenda del Cid* de José de Zorrilla, que yo leería setenta y seis años después.

Índice

Arturo Pérez-Reverte nació en Cartagena, España, en 1951. Fue reportero de guerra durante veintiún años. Con más de quince millones de lectores en todo el mundo, muchas de sus novelas han sido llevadas al cine y a la televisión. Hoy comparte su vida entre la literatura, el mar y la navegación. Es miembro de la Real Academia Española.